Im Land der Millionäre

In diesem Verlag erschienen

Urwaldmusik, 484 Seiten
ISBN 9783752626117

Gammlerbeat, 564 Seiten
ISBN 9783753427980

Alle Rechte liegen beim Autor
Herstellung und Verlag: BoD - Books on Demand,
Norderstedt
ISBN **9783753444192**

Berlin, 2021

Peter Scheel

Im Land der Millionäre

Roman

Für meine Frau Karin

Die beste Bildung findet ein gescheiter Mensch auf Reisen

Goethe

Keine Hundert

Noch schlaftrunken betrat Felix die Küche. Sonne, Sonne satt. Immer das Gleiche, wenn sie den Abend zuvor ausgegangen waren. Schützend hob er die rechte Hand vor die Augen, um ein wenig die stechende Morgensonne abzuschirmen.

Pia, seine Frau, sah nur kurz von ihrer Müslischale auf.

Er schlurfte zum Küchentisch, zog sanft an ihrem honigblonden Pferdeschwanz, sodass ihr Kopf sich leicht nach hinten bog, und gab ihr einen schmatzenden Kuss auf den Mund. „Morjen, Mäusepieps."

„Du kratzt."

Er setzte sich ihr gegenüber. „Schlecht geschlafen?"

„Hmm. Du hast Bäume gesägt."

„Wir haben Ofenheizung, schon vergessen?"

„Ha, ha." Sie löffelte ihr Müsli weiter und sagte kauend: „Ganz schön lustig." Und fügte an: „Kaffee steht auf dem Herd. Die Margarine, wenn vorhanden, ist im Kühlschrank und das Brot, vielleicht schimmelig, sollte sich im Brotfach befinden."

„Wie im Hotel hier."

„Vielleicht willst du frische Schrippen holen?"

Nein, das wollte er ganz bestimmt nicht, nicht mit dem Brummschädel. Wieder mal waren sie bei Jazzmusik und etlichen Gläsern Rotwein im *Yorckschlösschen*, ihrer Musikkneipe um die Ecke, hängen geblieben. Zudem wohnten sie in einem Altbau, Hinterhof, im vierten Stock.

Er rieb sich die Schläfen. „Ich glaube, ein Aspirin macht`s auch." Abwehrend hob er die Hand. „Sag nichts, Mäusepieps! Lass mich raten: die Tabletten sind in der Schublade, das Glas im Hängeschrank und das Wasser kommt vermutlich aus dem Hahn. Richtig?"

„Richtig! Geht doch." Sie stellte die braunlasierte Müslischale in den Abwasch, dann holte sie Bleistift und Zettel und setzte sich wieder an den Tisch.

Derweil würgte Felix die zweimarkstückgroße Brause-tablette mit reichlich Leitungswasser hinunter. Auf-stoßend fragte er: „Was schreibst du da eigentlich?"

Amüsiert starrte sie ihn an. „Dass das `ne Brause-tablette ist, die man auflösen muss, das weißt du, ja?"

Mist! Felix machte ein dummes Gesicht. Schon fing es an, im Magen zu rumoren, es folgten mehrere unkontrollierte Rülpser. „Und?"

„Und was?"

Er deutete mit dem unrasierten Kinn auf den Zettel.

„Ich versuche mich an der Einkaufsliste fürs Wochenende. Brot und Eier habe ich schon."

Er stieß erneut auf. „Ist das alles?"

Sie gähnte, nickte. Auch ihr Gehirn arbeitete noch nicht auf Hochtouren.

„Aspirin.", gähnte er zurück. „Das war die letzte Tablette."

Sie notierte.

Nach einem Blick in den fast leeren Kühlschrank ergänzte er die Liste um Saure Gurken und Rollmöpse."

Pia nahm zusätzlich Milch, Wurst, Käse und Margarine in die Liste auf. „Und, was möchte der Herr zu Mittag essen?"

Dieser schneidende Ton. Anscheinend war sie immer noch angepikt. Bloß weil er gestern die brünette, schlanke, vollbusige Sängerin im *Yorckschlösschen* so angehimmelt hatte? „Vergiss nicht, dir die Telefonnummer geben zu lassen", hatte Pia gezischt. Dabei war es ihm ausschließlich um ihre göttlich rauchige Stimme gegangen, mehr nicht.

„Mittag", wiederholte sie.

„Mittag?"

„Ja, Mittag. Das ist das Essen, welches man so gegen eins zu sich nimmt. In jedem Fall vor dem Abend-essen."

„Ach das!" Er dachte angestrengt nach. „Schnitzelchen?"

Fleisch. Ihr drehte sich der Magen um. Nicht dass sie Vegetarierin wäre, nein, aber ihr drängten sich momentan Bilder von Massentierhaltung auf, die sie vor zwei Tagen im Fernsehen gesehen hatte. Kaum zu ertragen. Sie verzog das Gesicht. „Keine toten Tiere am Wochenende!"

„Dann vielleicht Leber?"

„Witzig!" Ihre azurblauen Augen sahen ihn entgeistert an. „Innereien? Noch schlimmer!"

Es brodelte jetzt ordentlich in Felix` Eingeweiden, er bekam einen Schluckauf, der ihn daran hinderte, neue Vorschläge zu unterbreiten.

„Was hältst du von Kräuterrührei?"

Ein schelmisches Lächeln huschte über sein Gesicht. „Genial. Hick. Ungeborene Küken."

Pia hielt sich die Hand vor den Mund. „Also, Felix!" Tiefes Durchatmen. „Vielleicht sollten wir mal fasten."

Dass ihr dieser Wunsch erfüllt werden sollte, konnte sie noch nicht ahnen.

Felix leerte sein Wasserglas in einem Zug. Spontan schlug er vor, sich vom vielfältigen Angebot auf dem Wochenmarkt in der Marheineke-Halle inspirieren zu lassen.

Pia hob den Daumen, lächelte sogar. „Gute Idee, Weiberheld."

Zehn Minuten später verließen sie mit Son-nen-brillen auf der Nase die Wohnung.

Silbrig glänzender Schnee, hart wie Glas, empfing sie im Innenhof. Größte Vorsicht war geboten. Untergehakt eierten die beiden zu den überquellenden Mülltonnen und entsorgten ihre Abfalltüten. Mit viel Drücken konnte Felix gerade noch so den Schiebedeckel schließen.

Zum Glück war der Gehweg auf der Straße größtenteils mit roter Asche gestreut und auf der Großbeerenstraße sogar fast vollständig geräumt. Vorbei an den Yorck-Kinos und der Sankt Bonifazius-Kirche bogen sie eine Minute später in den Mehringdamm ein. Keine hundert Meter weiter blieb Pia abrupt vor dem Schaufenster eines Reisebüros stehen. Sie trat näher an die Scheibe. „Kann das stimmen? Keine hundert Mark? Hin und zurück!"

Felix schob seine Sonnenbrille hoch und sah ihr über die Schulter. „Unglaublich."

Nicht einmal eine halbe Stunde später verließen sie das kleine Reisebüro im Souterrain, in der Hand zwei Flugtickets. Ihre Laune war fast euphorisch. Da störte es auch wenig, dass das Einkaufsgeld futsch war, es hatte geradeso für die Anzahlung gereicht.

Blauer Flug

Je näher sie dem Check-in-Schalter im Flughafen Tegel kamen, umso mehr stieg ihnen Knoblauchduft in die Nase.

„Das ist für mich Morgenland", meinte Felix bestens gelaunt und stellte sich zwei Minuten später an die lange Schlange an. Sie waren, soweit Felix das beurteilen konnte, die einzigen Blonden. Na ja, kein Wunder bei dem Ziel.

Vor ihnen in der Schlange echauffierten sich zwei ältere Türken über die schrittweise Streichung der Berlinzulage, die die Maueröffnung vor drei Jahren mit sich gebracht hatte. Anschließend schimpften sie über die hohen Kosten der Wiedervereinigung und der Wohnungsknappheit. „Mein Sohn, guter Automann, aber keine Wohnung kriegen. Können Ostmenschen nicht im Osten bleiben-?"

Felix musste grinsen. Schon interessant, wie sich die Zeiten verändert haben.

Pia staunte über die Gepäckmassen, die sich links und rechts der Wartenden emporragten. Anscheinend flogen sie mit einer Frachtmaschine.

„Raucher oder Nichtraucher?", fragte dann nach einer gefühlten Ewigkeit eine junge, schwarz-haarige Frau am Check-in-Schalter der Pegasus Airline.

„Raucher", entgegnete Felix zögerlich. Ein Blick zu seiner Frau, die keinen Widerspruch erhob, veranlasste ihn, seine Entscheidung zu bekräftigen: „Ja, Raucher."

Flink ließ die schlanke Schönheit ihre Finger über die Tastatur sausen. „Sie haben Glück, zwei Plätze sind noch frei."

„Buchen!" Felix lächelte sie an.

Sie lächelte maskenartig zurück.

Als Felix das Gepäck auf die Waage stellte, ging das Lächeln der Schönen ins Mitleidige über. „Ist das alles?"

Er nickte verunsichert.

Das Model reichte die Bordkarten über den Tresen und wünschte einen guten Flug.

Vor der Passkontrolle, gleich links neben dem Schalter, hatte sich derweil eine große laute, in Abschiedstränen aufgelöste Menschenmenge versammelt. Herzzerreißend. Pia und Felix mochten ungern stören, aber sie mussten sich wohl oder übel durchdrängeln.

Im Warteraum schlug Pia die Hände vor den Mund. Noch mehr Gepäck. Sie stieß ihren Mann in die Seite. Der nickte bloß. Fasziniert blickten beide auf Berge von Gepäckstücken, die sich entlang der Sitze auftürmten. Nicht nur überquellende Taschen und prallgefüllte Plastik-tüten verstopften den Gang, nein, auch eine Stehlampe, ein

Bügelbrett, zwei Wäscheständer und ein Schaukelpferd waren darunter.

„Das soll alles in die Kabine passen?"

Felix grinste. „Vielleicht verfügt die Maschine über einen Dachgepäckträger?"

Verfügte sie nicht.

Beim Einstieg, eine halbe Stunde später, brauchte man nicht nur Geduld vielmehr waren Hindernislaufqualitäten gefragt. Leicht transpirierend erreichten die beiden ihre Sitzreihe.

„Besetzt", sagte die orangene Stehlampe beziehungsweise ihr Besitzer, der jetzt den Kopf vorstreckte.

Felix hielt den „Besetzern" die Bordkarten unter die Nase.

„Setzen zwei Reihen weiter, bitte." Viele Goldzähne blitzten auf. „Wir Familie."

„Tut mir leid, wir haben Raucher gebucht", erwiderte Felix bestimmt. „Sonst gerne."

Goldzahn machte eine wegwerfende Hand-bewegung. „Egal." Dann lächelte er bettelnd. „Bitte."

Pia, mit Blick auf die mit Tüten zugestopfte Reihe, zog ihren Mann am Ärmel. „Komm, Felix! Ist doch einerlei. Die drei Stunden wirst du es auch mal ohne Rauchen aushalten."

Murrend stieg Felix über einen Plüschelefanten.

Auch die Plätze zwei Reihen weiter waren voll belegt. Auch hier der Hinweis auf Familie.

„Welche Reihe?", fragte Pia nur noch.

Schlussendlich landeten sie in der vorletzten Bank.

„Füße einfach draufstellen, bitte", bat der Fluggast am Fenster. „Alles Geschenke für die Familie." Es waren ein Toaster, ein Mixer und eine Kaffeemaschine. Er betonte: „Alles *Made in Germany*."

Felix zwängte sich auf den Mittelsitz. Bei dem Gedanken, über drei Stunden in dieser nicht sehr bequemen Haltung sitzen zu müssen, verflog der Rest an guter Laune.

Pia dagegen schien bester Stimmung. „Gleich sind wir im Orient, Schatz, das musst du dir mal vorstellen: exotische Gerüche, Minarette, Basare-"

„Und Taschendiebe." Knurrend schnallte sich Felix an.

Der Fensterplatzfluggast nickte bestätigend. „Ja, in Großstädten sollte man immer gut aufpassen."

„Stimmt auch wieder", räumte Felix ein und schloss den Sicherheitsgurt.

Die übervolle Maschine rollte nun zum Start. Die Vorführung der Sicherheitsbestimmungen ging im allgemeinen Stimmengewirr unter. Da konnte man nur beten, dass die Maschine nicht Notwassern muss oder ein Druck-abfall das Anlegen der Sauerstoffmasken erforderlich macht. Felix fühlte sich unwohl.

Der Pilot schwenkte auf die Startbahn ein, gab dann gleich ordentlich Schub und es kehrte für einen Augenblick Ruhe ein. Kaum hatte die

Maschine sich in den abendlichen Berliner Himmel erhoben, schwoll der Lärmpegel wieder ohrenbetäubend an: Reihe zwei unterhielt sich lauthals mit Reihe fünf, Anmerkungen lieferte Reihe acht bis zehn, Lacher ringsherum.

Obwohl die Nichtraucheranzeige noch leuchtete, klickten Feuerzeuge und blauer Dunst stieg überall auf. Merkwürdigerweise erhob das Bordpersonal keine Einwände.

Verdattert sah Felix seine Frau an, doch die hatte schon die Augen geschlossen und schien zu schlafen.

Als dann immer mehr Rauchfahnen aufstiegen, keimte in Felix der Verdacht, dass Goldzahn vielleicht Recht haben könnte. Auch der Sitznachbar steckte sich jetzt eine Zigarette an.

Daraufhin kramte Felix seinen Tabak aus der Jeansjacke und fing an, sich eine zu drehen.

Plötzlich schob sich eine Schachtel *Senussi* unter seine Nase. Er zuckte zusammen.

„Bitte, eine nehmen", sagte sein Nachbar.

„Oh, sehr freundlich." Felix stellte das Drehen ein, verstaute den Tabakbeutel wieder in seiner Jackentasche und griff zu. Nach drei tiefen Zügen fragte er: „Geht`s nach Hause?"

Des Sitznachbars fast schwarze, freundliche Augen wurden ein wenig feucht. „Zur Familie, ja. Zu Großeltern, Eltern, Brüdern, Schwestern und Frau und zu meinen Kindern; drei Jungen und zwei

Mädchen." Ein tiefer Seufzer. „Ein halbes Jahr nicht gesehen."

„Eine verdammt lange Zeit."

„Viel zu lang."

„Das würde ich gar nicht durchstehen, glaube ich. Heimweh ist schlimmer als Durst, sagt man bei uns."

Kopfnicken. „Denn Heimat ist kein Ort, Heimat ist ein Gefühl", ergänzte der spendable Nachbar.

Nach einer weiteren Zigarette wurde er gesprächig und erzählte, dass er seit nunmehr zehn Jahren in Berlin lebe, dass er bei Siemens arbeite und dass er ein Haus baue und er bald in das Land seiner Väter zurückkehren würde. „Deutschland ist schön", fügte er an, „aber die Türkei ist mein Zuhause."

„Klar."

Der Türke, ohne Bart, was ungewöhnlich ist, vermutlich im gleichen Alter wie Felix, also Ende Dreißig, stellte sich nun vor: „Ibrahim Yussuf." Er streckte die Hand aus.

Felix schlug ein. „Felix Kegelmann. Freut mich." Auf seine schlafende Frau deutend. „Pia, meine Frau. Wir machen eine Woche Urlaub in Istanbul."

„Meine Heimatstadt." Ibrahims Augen strahlten. „Und, habt ihr schon ein Hotel?"

Felix schüttelte den Kopf.

„Dann Gast bei uns, ja?" Ibrahim erwähnte fairerweise, dass es eng bei ihm werden könnte, aber die

17

Ehebetten, die würde er gerne zur Verfügung stellen. "Was sagst du?"

Felix erblasste, übertünchte es mit einer Rauchschwade. „Sehr nett, danke. Das können wir beim besten Willen nicht annehmen. Aber vielleicht kennen Sie … du … ein nicht so teures Hotel? Ideal wäre in der Altstadt."

Nach kurzem Protest forderte Ibrahim Papier und Stift. Beim Schreiben, ohne aufzusehen, sagte er: „Aber du musst mir versprechen, dass ihr uns zumindest besuchen kommt, ja?" Er kritzelte seine Adresse unter den Hotelnamen.

Felix versprach es. Nach allgemeinem Plausch folgte ein längeres Schweigen. Felix lehnte sich zurück, seine Gedanken schweiften in die Vergangenheit.

Mindestens einmal die Woche war Pia in seinen Kellertrödelladen in der Bergmannstraße in Kreuzberg gekommen, um in der Bücherecke am Kanonenofen zu schmökern. Manchmal hatte sie sogar ein Buch gekauft. Hermann Hesse war damals ihr Hero.

Viele hatten ein Auge auf das stille Mädchen mit dem offenen Lächeln und dem honigblonden Pferdeschwanz geworfen. Irgendwann hatte er sie zu einem Glas Wein um die Ecke überreden können. Bis zum Morgengrauen hatten sie dann über Hesses Gedankenwelt diskutiert.

Wir zwei, lieber Freund, sind Sonne und Mond, sind Meer und Land. Unser Ziel ist nicht, ineinander überzugehen, sondern einander zu erkennen und einer im anderen das zu sehen und ehren zu lernen, was er ist: des anderen Gegenstück und Ergänzung.

Seit diesem Abend waren sie nicht nur Ergänzung und Gegenstück, sondern Feuer und Flamme für einander. Und, fünf Monate später war aus Pia Bollenwiese Frau Kegelmann geworden. Kein Doppelname, richtig altmodisch. Wer hätte das gedacht.

Felix lächelte still vor sich hin.

Pias Mutter, eine Wilmersdorfer Witwe, war anfangs nicht sonderlich begeistert, einen „Althippie" und Trödler als Schwiegersohn zu bekommen. Aber ihre Tochter bestand darauf.

Als er sich dann seinen Vollbart abrasiert und die Haare auf Schulterlänge gestutzt hatte und ihr des Öfteren einen Blumenstrauß vorbeibrachte - fast ein halbes Jahr lang -, entspannte sich die Situation zusehends. „Doch ein ganz passabler junger Mann", hatte Frau Bollenwiese ihre Tochter wissen lassen." Irgendwann hatte sie ihn sogar „mein Felix" genannt, auch ohne Blumen.

Wieder huschte ein Lächeln über sein Gesicht. Ja, er hätte alles gegeben, um Pia zu bekommen.

„Klappen Sie bitte die Tische herunter", unterbrach der Lautsprecher seine Gedanken. „Wir reichen jetzt das Abendessen-"

Für einen Moment verzog sich der blaue Dunst aus der Kabine und das allgemeine Gehuste reduzierte sich auf vereinzelte chronische Hüstler. Serviert wurde ein trockenes Käsebrötchen mit schlaffem Salatblatt und einer grünen Olive, dazu schwarzer Tee.

„Das ist Abwaschwasser", meinte Ibrahim abfällig und schob seinen Becher beiseite. „Der muss mindestens `ne Viertelstunde ziehen."

Felix sah ihn verwundert an. „So lange?"

„Ja. Erst so kann er sein ganzes Aroma entfalten. Kein Türke würde einen Vier-Minuten-Beuteltee anrühren."

„Na, ihr als Teetrinkernation müsst es ja wissen." Dennoch trank er sein Abwaschwasser aus.

Anschließend wurden Ibrahims restliche vier Glimmstängel in Asche verwandelt. Turbulenzen deuteten dann an, dass sie erneut die Wolkendecke durchbrachen. Gleich darauf leuchteten die Anschnallzeichen sowie das Rauchverbot auf. Diesmal wurden die Zeichen halbwegs beachtet.

Ibrahim drückte seine Zigarette im übervollen Ascher, der sich in der Armlehne befand, aus. Er legte Felix die Hand auf den Arm und erneuerte sein Angebot.

„Wir kommen auf jeden Fall, Ibrahim."

„-in wenigen Minuten werden wir landen-" Unsanft setzte die Maschine auf.

Pia schreckte hoch, musste husten.

„*Senussi*", merkte ihr Mann augenzwinkernd an. „Wir sind im Orient."

Die große Uhr in der Empfangshalle des Attatürk-Flughafens stand exakt auf 23.00 Uhr. Felix wunderte sich, dass seine Armbanduhr eine Stunde weniger anzeigte.

„Osteuropäische Zeit", klärte ihn Ibrahim auf.

„Natürlich." Er band seine Micky-Mouse-Armbanduhr, Geschenk seiner Frau, ab und stellte sie vor.

„Hat mich echt gefreut, Euch kennengelernt zu haben", sagte Ibrahim und umarmte Felix zum Abschied, Pia schüttelte er kräftig die Hand.

„Uns auch", erwiderte Felix. „Bis die Tage."

„Ja, kommt einfach vorbei - wann Ihr wollt." Dann tauchte er in der Menge unter. Kurz drehte er sich noch einmal um und winkte.

Felix winkte munter zurück. „Netter Kerl", sagte er zu seiner Frau. „Hat uns doch glatt zu sich eingeladen, obwohl sein Haus von Verwandten nur so überquillt."

„Das nennt man Gastfreundschaft", entgegnete Pia gähnend.

„Er hat uns die Ehebetten angeboten."

Sie lächelte müde. „Ein Bett wäre jetzt nicht schlecht."

Der Flughafen war riesig, kein Vergleich zu Tegel; und es war, trotz der späten Stunde, noch reger Betrieb. Nach einer Weile des Herumirrens fanden sie tatsächlich eine Wechselstube, vor der zum Glück nur ein einzelner Herr stand. Der Fluggast machte ein äußerst freudiges Gesicht, als er den Schalter verließ. Schon eine Minute später wussten die beiden, warum. Geld, massenhaft Geld. Der lupenbebrillte Devisenhändler schob ihnen für 500,- DM einen enormen Batzen Scheine durch die Glasluke. Genau 2,5 Millionen Türkische Lira.

Ungläubig zählte Felix nach.

„Heißt das, wir sind jetzt Millionäre?"

Felix nickte grinsend. „Ja, das sind wir. Multi-millionäre sogar. Unfassbar, was?"

Mit geröteten Wangen umarmte Pia ihn, dabei fiel ihr Blick auf die Wechselkurstafel neben der Glasscheibe. Sie zählte die Stellen vor dem Komma. „Der Gauner", lachte sie, „für seine Umtauschprovision kannst du bei uns ein halbes Haus kaufen. Das erklärt auch sein zufriedenes Grinsen."

„Nominell gesehen." Felix löste sich aus der Umarmung. „Egal. Leben und leben lassen."

„Gaunerleben!"

„Von mir aus." Eilig verstaute Felix das viele Geld in den Hosentaschen. „Komm, lass uns losziehen. Ich kann`s kaum erwarten."

Rastellis Nachfahre

Als die beiden ins Freie traten, wehte ihnen eine kalte Brise entgegen. Eigentlich hatten sie warme Frühlingsluft erwartet. Um sich weiter darüber zu wundern, blieb keine Zeit, denn im Nu waren sie von Taxifahrern umlagert, die ihre Dienste in mehreren Sprachen feilboten. Kaum hatten sie sich aus dem Pulk befreit, trat ihnen ein freundlich lächelnder Großvatertyp mit weißgelbem Schnurbart entgegen. Er fragte erst gar nicht, ob sie ein Taxi wollten, er nahm ihnen, wie selbstverständlich, das Gepäck aus den Händen und eilte voraus. Bevor sie protestieren konnten, war er schon um die nächste Ecke gebogen, wo vermutlich sein Fahrzeug stand. Es war ein alter, schwarzer, von Rostflecken übersäter Opel Kapitän.

Großvater blickte sich um und raunte verschwörerisch: „Spezialsonderpreis. Einsteigen. Schnell, schnell."

Was hatte Ibrahim geraten? Keine wilden Taxis.

Ehe Felix Einspruch erheben konnte, riss Großvater schon die hintere Autotür auf und schob sie auf die Rückbank. Die Tür knallte zu. Mit quietschenden, qualmenden Reifen wurden sie in die durchgesessenen Polster gedrückt. Im Rückspiegel konnte Felix erkennen, dass die Gesichtszüge des

Fahrers alle Milde verloren hatten, sie zeigten jetzt Entschlossenheit - zu was auch immer.

Nach dreiminütiger wilder Kurvenfahrt über das Flughafengelände trat Großvater plötzlich unvermittelt auf die Bremse, Kegelmanns ruckten mit Schwung nach vorne. „Wohin?", fragte der alte Taxifahrer.

Die Frage schien berechtigt, fand Felix und reichte ihm Ibrahims Zettel.

„Ah, Asien." lächelte der Alte. „Das wird teuer" und legte den ersten Gang ein."

Asien? „Stopp! Das kann nicht sein." Felix lehnte sich über den Sitz nach vorne. Der angebliche Taxifahrer deutete auf die untere Adresse. „Können glauben, asiatische Seite."

Felix atmete erleichtert auf und zeigte auf die obere Zeile. „Das ist unser Ziel."

Großvater schien enttäuscht, er murrte und gab erneut Gas, ein Menge Gas. Felix flog nach hinten. Pia lächelte irritiert. Siedend heiß fiel Felix ein, dass Ibrahim ihm eingebläut hatte, den Preis vor Fahrantritt auszuhandeln.

„Stopp!"

Wieder flogen beide nach vorne. Der alternde Rennfahrer drehte sich um. „Noch ein Zettel?"

Felix rieb sich den Nacken. „Was kostet die Fahrt ins Hotel?"

„Kein Problem."

„Wie viel ist kein Problem?"

„Zweihundertfünfzigtausend", sagte Großvater ohne zu Überlegen. „Superpreis."

Das glaubten beide sofort. Bloß für wen? Felix schüttelte den Kopf. Nicht mehr als 20.-DM hatte Ibrahim gemeint. „Achtzigtausend", bot Felix an.

Der Alte war empört, nuschelte was von Almosen, Ruin, viele Kinder, die es zu ernähren galt. „Zweihunderttausend."

Felix war klar, dass sie im Moment eine schlechte Verhandlungsposition hatten, denn sie standen kurz vor der Zufahrt zu einer Schnellstraße, wo es noch nicht einmal einen Fußweg gab. Und es war bald Mitternacht. Trotzdem hielt er dagegen. „Neunzig."

„Hundertachtzig."

„Hundert."

„Hundertachtzig."

„Komm, wir steigen aus", sagte Felix zu seiner Frau. „Das wird nichts."

„Hundertfünfzig."

„Hier?" Pia sah sich schon mit ihrem Gepäck auf der Landstraße herumirren. Plötzlich kam ihr eine Idee. Sie stellte die entscheidende Frage: „Wo ist eigentlich ihr Taxameter?"

Grabesstille. Nach einer gefühlten Minute, maulte der Alte: „Also gut, Hunderttausend." Mit durchdrehenden Rädern fädelte er sich in den fließenden Verkehr ein. Vollgasgebend überholte er rechts wie links die Fahrzeuge vor ihm. Kaum tauchten die ersten Häuser Istanbuls auf verminderte er die Geschwindigkeit geringfügig, dafür setzte er jetzt die Hupe ein, um die lästigen Schleicher zu vertreiben. Auch Ampeln schienen für ihn nur empfehlenden Charakter zu haben.

Kegelmanns schwitzen Blut und Wasser.

Wo die Straße zu eng war, nutzte Großvater den halben Bürgersteig fürs Fortkommen.

„Ahhh!" Auf der linken Seite tauchte eine beleuchtete Moschee auf. Bevor Kegelmanns sie genauer bewundern konnten, wurden sie auf die andere Seite der Rückbank gepresst, weil Rastelli jetzt durch einen Kreisverkehr schleuderte. Zwei Minuten später überquerten sie das Goldene Horn. Ein beeindruckendes Nachtpanorama bot sich ihnen. Gleich hinter der Brücke ging es dann durch enge, ansteigende Gassen, vorbei am Pera Palace, dem Hotel, das damals die Passagiere des Orient-Expresses beherbergte, laut Ibrahim. Kurz darauf stieg Großvater in die Eisen. „Wir sind da!"

„Hier?" Die dunkle Gasse erweckte nicht unbedingt Vertrauen.

„Das Hotel ist um die Ecke."

Felix zottelte einen Hunderttausender und einen Zwanzigtausender aus der Hosentasche.

„*Teşekkür ederim.*"

„Zehntausend retour", sagte Felix

Großvater steckte beide Scheine eilig ein, machte jedoch keine Anstalten, den Restbetrag zu erstatten.

Felix räusperte sich etwas lauter.

„Kein Wechselgeld", lächelte er entschuldigend.

„Sorry, sorry. Dafür einen guten Tipp, okay?"

Beide waren sprachlos über die Schlitzohrigkeit.

Das Schweigen deutete Großvater als Zustimmung. „Ihr habt gut gehandelt." Er hob den rechten Daumen, dann folgte sein Tipp: „Habt Ihr das Hotel schon gebucht? Wenn nein, dann könnt Ihr auch im Hotel den Preis aushandeln. Wusstet Ihr das?"

„Im Hotel?"

„Ja. Touristen nicht wissen. In Türkei wird überall gehandelt. Nicht Handeln - Beleidigung." Rastelli lächelte das erste Mal. „Wissen ist Macht. Stimmt?"

„Stimmt." Felix bedankte sich für diese wirklich wichtige Information.

Großvater reichte ihm einen Zettel mit seiner Telefonnummer. „Für Rückfahrt." Dann schwang er sich wieder in seine Rostlaube und ließ die beiden in einer Wolke aus verbranntem Gummi zurück.

Pia hustete, sie schüttelte nur den Kopf. „Echt ein verrückter Kerl."

Felix steckte den Zettel in die Hosentasche. „Dass die Rostschüssel nicht schon längst auseinandergefallen ist, grenzt fast an ein Wunder."

Als Pia wieder Luft bekam, sagte sie: „Du bist ja großzügig."

Felix lächelte sie an. „Dafür, dass wir noch leben, ist es vielleicht nicht zu viel, würde ich sagen." Felix legte den Arm um ihre Schulter und gab ihr einen Kuss.

„Wenn du das so siehst."

„Genauso."

Pia schob ihn sanft auf Distanz. „Öffentliches Küssen im Orient ist verboten, soviel ich weiß."

„Ich nicht weiß."

„Das kann dir zehn Stockhiebe auf die Fußsohlen einbringen - oder auf den nackten Hintern."

„Dann zwanzig", lachte er und gab ihr noch einen Kuss mit Schmackes.

Agentenhotel

„Nicht übel, Frau Zwübel." Felix war merklich erleichtert, als sie um die Ecke bogen und die Vorderseite des Gebäudes sahen. „Jahrhundertwende, würde ich sagen."

Büyik Londra stand über dem Eingang.

Pia sah auf Ibrahims Zettel. „Ja, das isses."

Beim Eintreten empfing sie roter Teppichboden, farbige Stuckdecke, ein bunter Glaskronleuchter, alte Möbel, alles etwas angestaubt, aber es verströmte eine angenehme Atmosphäre.

Am blankpolierten Marmortresen lehnte gähnend ein rot livrierter, graumelierter Portier. Als die beiden Reisenden auf ihn zusteuerten, straffte er sich, schloss die obersten Knöpfe der Jacke und strich sich über seinen mächtigen Oberlippenbart. „İyi akşamlar". Als keine Reaktion kam: „Good evening!"

International, sehr gut. Felix stellte sich vor: Kegelmann und erwiderte die englische Begrüßung. Es folgte die spannende Frage: „Do you still have room available?"

Der Portier zog die Stirn kraus, sah in sein Buch, wiegte den Kopf. Zehn Sekunden später ein zögerliches: „Maybe".

Vielleicht? Was sollte das heißen? Im März alles belegt, das konnte nicht sein. Taktik?

„Vielleicht sollst du ihm etwas anbieten?", mutmaßte Pia schläfrig.

Leichte Aufhellung im Gesicht des Portiers war nicht zu übersehen.

So hatte sich Felix das Verhandeln nun beim besten Willen nicht vorgestellt. „Sie sprechen unsere Sprache?"

„Ein wenig, der Herr."

Felix holte tief Luft. „Wenn also ein Doppelzimmer frei sein sollte, nur mal angenommen, was würde es dann kosten?"

Pia ließ sich derweil schlapp auf einem antiken Armlehnensessel nieder. „Ich rühre mich nicht mehr von der Stelle, keinen Zentimeter."

Wieder ein heimliches Grinsen, was Felix missmutig registrierte, denn damit wurde die Verhandlungsposition nicht besser. Hinzu kam die ungünstige Uhrzeit, es war schon nach Mitternacht. Aber als ehemaliger Trödler war er ja das Handeln gewöhnt. Bloß ihm fiel auf die Schnelle nichts ein, was er in die Waagschale werfen konnte. Oder doch?

Na. Klar!

Ohne eine Miene zu verziehen, sagte er: „Komm, Mäusepieps, dann müssen wir wohl doch zu Ibrahim fahren."

Sofort verschwand das Lächeln aus dem Gesicht seines Gegenübers. „Nicht so stürmisch, junger Mann, ich schau noch einmal nach."

Sein Deutsch wurde immer besser. „Danke."

Wieder blätterte er im Buch - hin und her und zurück. Plötzlich, nach einer gefühlten Ewigkeit: „Ahh!" Er sah auf. „Sie haben Glück, da sehe ich was."

Guter Schauspieler, fand Felix. Obwohl das Schlüsselbrett hinter ihm halbvoll mit Schlüsseln hing.

Gut, damit war die erste Runde überstanden, jetzt der Preis: „Und, was soll es kosten?"

„Achtzig Dollar."

Felix ließ geräuschvoll die Luft aus den Lungen. „Bow!" Schmerzhaft verzog er das Gesicht. „Zu viel - viel zu viel." Kurze Pause. „*Forty* ... äh vierzig."

„Wir haben Festpreise, mein Herr.", erwiderte der Türke, jetzt hellwach.

Kein schlechter Schachzug. Felix sah ihn verunsichert an. Also musste die letzte Trumpfkarte auf den Tisch: Die Dauer des Aufenthalts. „Eigentlich wollen wir eine Woche bleiben", er hielt kurz inne, „aber unter diesen Umständen-"

„Wenn Sie wollen, schau ich noch einmal nach, ob ich da was machen kann?", unterbrach der Portier. Sein Blick ging nicht ins Buch, sondern gen Decke, und er brabbelte vor sich hin. Felix folgte seiner Blickrichtung, konnte jedoch nichts Ungewöhnliches an der Decke finden, außer feinen Rissen und Spinnweben am Stuck.

Die Wanduhr tickte und tickte. Felix zählte mit, nach 45 Tickern kam die Antwort: „Fünfundsechzig, *with bathroom*."

Unglaublich! Das Handeln funktionierte also auch im Hotel. Hatte Großvater recht.

„Fünfundvierzig!", hielt Felix dagegen. Pia erblasste um die Nase. Hoffentlich übertreibt er nicht, sagte ihr Blick.

Der Portier grinste. „Also gut, sechzig. Er schob die braungebrannte Hand über den Tresen. Felix zögerte und fragte, ob man hier ein Taxi bestellen könne. Eine Minute später schlug er bei Fünfzig ein.

Höchstwahrscheinlich war es der reguläre Preis in der Nebensaison, dachte Felix beim Unter-schreiben. Aber es hätten auch Achtzig sein können.

Dafür durften sie ihr Gepäck selber tragen.

Das Zimmer Nummer 113 lag im ersten Stock. Kegelmanns dachten an einen Irrtum, als sie den Raum betraten. Ein Möbellager?

Weit gefehlt. „Spezialpreis", sagte der Portier im gedämpften Ton. „So viele Betten und Schränke, das bekommen sie in keinem anderen Hotel."

Könnte sogar stimmen. „Die Hälfte der Möbel würde uns vollends reichen", erwiderte Felix leicht amüsiert. „Dann könnten wir den Zimmerpreis vielleicht noch spezieller gestalten. Was sagen Sie?"

Sprachlosigkeit.

Pia legte die Hand auf den blätternden Rippen-heizkörper neben der Tür. „Die Heizung ist ja kalt."

Der Portier verzog verständnislos das Gesicht. „Wir haben schon Frühling-"

„Das Zimmer ist kalt, um nicht zu sagen eiskalt. Egal, ob März oder April. " Sie sah ihn direkt in die Augen. „Ich habe gelesen, dass Istanbul eine moderne, internationale Stadt sein soll, mit westli-chen Standards-"

„Morgen kommt der Monteur", lenkte der Portier ein. Mit gut gespielter Büßermiene legte er den

Schlüssel auf einen der drei Tische ab. „Gute Nacht."

„Mal sehen", brummte Pia.

Felix schmunzelte, als sich die Tür schloss. „Andere Länder, andere Sitten."

„Kalt ist eine Unsitte, egal wo", meinte Pia und begann sogleich die Koffer auszupacken.

Ja, die erste Nacht im Orient war richtig kalt. Jede Stunde zog sich Pia ein zusätzliches Klei-dungsstück über, da es keine weiteren Decken gab. Um sechs war der halbe Koffer aufgebraucht.

Zwei Stunden später, die Sonne schien ins Zimmer, weckte sie der Muezzin. Schnell war die Zitternacht vergessen. Weder die tröpfelnde Dusche noch das lauwarme Wasser und die undichten Fenster konnten dem Hochgefühl etwas anhaben.

Denn heute galt es eine der ungewöhnlichsten Städte zu entdecken, eine Stadt, die auf zwei Kontinenten liegt, die einmal Metropole dreier Weltreiche war, die Abendland und Morgenland verband.

Der kleine, junge Oberkellner hieß Selin. Sein Äußeres war geschniegelt und gebügelt; das Jackett schneeweiß, die schwarze Hose mit korrekter Bügelfalte, die schwarzen Lackschuhe auf Hochglanz poliert. Auch sein freundliches Auftreten ließ nichts zu wünschen übrig. Er befehligte zwei noch jüngere, schüchterne Unterkellner in roten Jacketts.

Kegelmanns wurden, kaum hatten sie in dem mit Spiegeln übersäten Frühstücksraum Platz genommen, mit Fragen, teils auf Englisch, teils Deutsch, teils Türkisch überhäuft. Kaffee oder Tee? Spiegel-, Rühr- oder ein gekochtes Ei? Weißbrot, Schwarzbrot? Schwarze oder grüne Oliven? Scheiben-, Streich- oder doch lieber Schafskäse-?

Pia atmete tief durch, fragte nach Marmelade, Erdbeermarmelade.

Selin sah sie fragend an.

„Strawberry.“

Selins tiefbraunes Gesicht erhellte sich. Post-wendend erteilte er Anweisungen an seine beiden Unterkellner. Schon kurze Zeit danach servierte er eine kleine Glasschüssel gefrorener Erdbeeren. Pia lächelte gequält, bedankte sich.

„No problem, Lady.“

Felix hingegen hatte das volle Programm bestellt. Der kleine Tisch drohte überzuquellen. Für die Tee- und Kaffeekanne und den Brotkorb fanden sich kein Platz mehr, also mussten die beiden Unterkellner die ganze Zeit den Brotkorb und die Kannen in der Hand behalten. Diese Aufgabe erfüllten sie mit stoischer Ernsthaftigkeit. Immer im Wechsel bot einer der beiden seine Dienste an. Felix verkrampfte zunehmend. Er war es einfach nicht gewöhnt, bedient zu werden, und vor allem fühlte er sich beobachtet, was zur Folge hatte, dass er sich beim Essen stark konzentrieren musste, um nicht zu kleckern oder den Kaffee zu verschütten. Es fiel ihm Ei von der Gabel. Sofort sprang einer der Unterkellner hinzu und hob es auf.

Auch Pia konnte ihr Unwohlsein nicht vollständig überdecken, sie fühlte sich genötigt, das Gespräch im Flüsterton zu führen, obwohl die Jungen höchstwahrscheinlich ihre Sprache nicht verstanden.

Selin erschien und fragte, ob alles in Ordnung sei, ob er noch was bringen lassen dürfe.

Felix schüttelte den Kopf, demonstrativ rieb er sich den Bauch. Nichts geht mehr. „*Finito!*"

Pia schwieg, ihr taten die Zähne von den eiskalten Früchten weh.

Selin machte einen korrekten Diener, dann ließ er fingerschnippend abräumen.

Als ihm Felix fünf Minuten später ein Trinkgeld zusteckte, beugte sich Selin vor und vertraute ihnen hinter vorgehaltener Hand ein Geheimnis an. „*This Hotel was a Spy-Hotel a la James Bond.*"

„Ach! *And now?*"

Selin zuckte nur mit den Schultern und verschwand.

Kegelmanns sahen erst sich verwundert an, dann sahen sie sich vorsichtig um.

Am Ecktisch drei junge Asiaten, vermutlich Japaner. Vielleicht Geschäftsleute, denn sie trugen dunkle Anzüge. Sie hatten die Köpfe zusammengesteckt und kicherten leise.

„Ich sehe keine Ausbeulungen an den Jacketts", flüsterte Felix. „Auch tragen sie keine Sonnenbrillen."

„Tarnung", meinte Pia.

Am Nachbartisch saß ein älteres, bebrilltes Ehepaar. Die leisen Wortfetzen, die zu Kegelmanns herüberdrangen, hörten sich Hollän-disch an.

„Bestimmt Nachfahren Mata Haris."

„Du meinst die niederländische Tänzerin, die für Deutschland spioniert haben soll?"

Felix nickte. „Nicht nur für Deutschland."

Den Holländern gegenüber eine deutschen vierköpfigen Familie: Vater, Mutter und zwei halbgare, rothaarige Töchter. Der Vater ließ sich lang und breit über das bevorstehende Ausflugsziel aus: „Der Topkapi-Palast … dort werden wir neben unermesslichen Schätzen … und Reliquien des Propheten Mohammeds sehen … sein Fußabdruck, sogar sein Barthaar-"

„Die fallen raus", sagte Pia. „Und die Dicke mit ihrem lilagefärbten Pudel auch."

Felix blieb skeptisch. „Zeichnen sich Spione nicht dadurch aus, dass sie wie ganz normale Menschen aussehen?"

„Sieht dic normal aus? Am ehesten die Japaner. Was die alles so in den Fünfziger- und Sech-zigerjahren an westeuropäischen Elektroartikeln, Maschinenbau und Fototechnik kopiert haben. Und das Know-how hatten die sich bestimmt nicht immer legal besorgt."

„Und jetzt kopieren wir ihre Technik", grinste Felix. „So ändern sich die Zeiten."

„Trotzdem, wir sollten wachsam sein."

Felix nickte und erhob sich.

Nachdem Kegelmanns ihre Beschwerde bezüglich der Heizung beim noch immer dienst-habenden Nachtportier wiederholt hatten, und der erneut versprach, es zu ändern, verließen sie das in die Jahre gekommene und seit einer Stunde geheimnisumwitterte Haus.

Goldenes Horn

Ein Blick auf den Stadtplan verriet ihnen, dass sie sich im europäischen Stadtteil Beyoğlu befanden, einem Bezirk oberhalb des Goldenen Horns.

Rückwärtig am Hotel verlief eine schmale Gasse, die direkt auf die bekannteste Straße Istanbuls stieß: die İstiklâl Caddesi, eine belebte Geschäftsstraße, seit kurzem Fußgängerzone. An ihr lagen zu Zeiten des Osmanischen Reichs eine Reihe europäischer Botschaften - heute Konsulate -, wie zu lesen war. Sie ist das Zentrum des kosmopolitischen, westlich orientierten Istanbuls. Mit zahlreichen Läden, vor allem der griechischen

Minderheit, war die rund drei Kilometer lange Straße auch einer der Hauptschauplätze des Pogroms von 1955. Das Progrom richtete sich in erster Linie gegen die Griechen, Christen, türkische Juden und Armenier. Die Ursachen, die zu der Gewaltorgie führten, waren unter anderem der aufkeimende türkische Nationalismus nach dem Untergang des Osmanischen Reiches, der eskalierende Zypern-konflikt und die Abwendung vom Laizismus (strikte Trennung von Staat und Kirche), die Ministerpräsident Menderes beförderte, denn er wollte einen islamischen Staat etablieren.

Felix machte Aufnahmen von der ehemaligen kaiserlichen Schule am Galatasaray-Platz und der Basilika St. Antonius - und natürlich von der historischen Straßenbahn, die lediglich aus einem Wagon bestand. Die alte Bahn verbindet den Taksim-Platz mit dem Tünel-Platz.

„Putzig, richtig putzig", fand Pia. Lautes Bimmeln scheuchte sie von den Gleisen. Gerne wäre sie ein Stück mit der kleinen Bahn gefahren, aber die war hoffnungslos überfüllt. „Dann müssen wir zu Fuß ans Wasser."

„Ans Joldene Horn", berlinerte Felix gut gelaunt. „Wasser und Schiffe kieken, wa."

„Quatschkopf." Sie griff nach Felix´ Hand und zog ihn Richtung Tünel. „Komm, ist nicht so weit."

„Weit ist relativ."

„Relativ nah."

„Das hört sich relativ gut an."

Am Tünel-Platz erwarteten sie Losverkäufer, Saft-presser und Schuhputzer.

„Deutsch?", fragte ein älterer Schuhputzer, der durchaus einer der vierzig Räuber von Alibaba hätte sein können. Er war unrasiert, hatte eine un-schöne Narbe quer über der verschwitzten Stirn und seine schwarzen Augen leuchteten bedrohlich.

Felix nickte. „Berlin."

„Ost oder West?"

„Die Mauer gibt es nicht mehr - seit fast vier Jah-ren."

„Gratuliere. Wieder Deutsches Reich, ja?" Der Schuhputzer deutete mit dem Wuschelkopf auf Felix' Turnschuhe, spuckte in sein schwarz-brau-nes Tuch. „Putzen?"

Felix schüttelte energisch den Kopf und wies da-rauf hin, dass sie sauber, vor allem aber, dass sie weiß seien.

Das schien den vermeintlichen Räuber aus Tau-sendundeiner Nacht nicht sonderlich zu stören, er fragte erneut: „Putzen?"

Felix trat sicherheitshalber zwei Schritte zurück.

„Ich habe große Familie", seufzte der Schuhput-zer, „fünf Kinder, Papa, Mama, Opa und Oma-"

Felix lächelte verständnisvoll. Trotzdem lehnte er dankend ab, seine weißen Schuhe in braune ver-wandeln zu lassen.

Pia sprang ein. „Meine hätten es mal wieder nötig." Sie stellte ihren rechten braunen Stiefel auf die schräge Fußbank.

„Gute Frau, gute Frau, gute Frau", murmelte der Schuhpfleger ständig vor sich hin.

„Guter Preis", brummte Felix fünf Minuten später, als er dem Schuhputzer Zwanzigtausend in die Hand blättern musste. Selbst schuld! Was hatte Ibrahim ihnen mit auf den Weg gegeben? Immer nach dem Preis fragen. Und Rastelli? Immer handeln.

Felix Frau war sehr zufrieden mit dem Putz-ergebnis, obwohl ihr das abschließende Drauf-spukken und das gleichmäßige Verteilen des Speichels eher widerstrebte, aber dafür glänzte das Leder jetzt wie eine Speckschwarte.

Mit einer innigen Umarmung entließ Alibabas Nachfahre die beiden, rang ihnen jedoch noch das Versprechen ab, bei seinem Bruder, der unweit einen Stand mit Goldschmuck betreibt, vorbei-zuschauen.

Felix versprach es. Rasch zog er seine Frau aus dem Gewimmel der fliegenden Händler, die sie nun wild umlagerten, jetzt, wo sie wussten, dass die Frau anscheinend kaufwillig war.

Pia stolperte beim Rückwärtsgehen über irgendetwas. Beim genaueren Hinsehen entpuppte sich der Gegenstand als Personenwaage. Der alte Mann, dem anscheinend das Gerät auf dem Boden gehörte, bot ihr an, sie für lächerliche 5000 TL zu wiegen. Augenzwinkernd vertraute er ihr an, dass die Waage immer weniger anzeige als tatsächlich gemessen.

Pia lehnte dennoch dankend ab. Diesmal sprang Felix in die Bresche. Der Mann tat ihm leid.

„Guter Mann", sagte Pia und lachte herzhaft, als die Waage keine fünfzig Kilo anzeigte, obwohl ihr Mann mindestens fünfundsiebzig wog.

Der Waagen-Mann lächelte breit. „Na, was hab ich gesagt?"

„Danke. Jetzt weiß ich, dass er nicht genug isst."

Vorm Eingang zur Tünel-Bahn ließen sie sich frischen Orangensaft pressen. Genüsslich am Strohhalm saugend, lauschte Felix seiner vorlesen-den Frau.

„Der Tünel ist eine unterirdische verlaufende Standseilbahn im europäischen Teil Istanbuls und gilt mit dem Eröffnungsjahr 1875 als die älteste Standseilbahn Europas und zugleich zweitälteste U-Bahn der Welt ... im Jahr 1867 ermittelte der französische Ingenieur Henri Gavand den Bedarf nach einer schnellen Verbindung zwischen dem alten Pera und dem Ufer des Goldenen Horns. Es war quasi die Fortsetzung des Orientexpresses zum *Europäer-Viertel* der Metropole ... die Wagons waren so ausgelegt, dass sie Pferde und Gespanne transportieren konnten." Sie klappte den Reiseführer zu.

„Interessant. Ich bin gespannt", sagte Felix und warf den Plastikbecher in den Mülleimer. „Dann wollen wir mal."

„Nicht heute, meine Feder." Sie lächelte keck. „Nicht bei dem schönen Wetter. Außerdem würden wir den Turm verpassen."

„Turm?"

„Lass dich überraschen."

Federgewicht Felix tauschte das Normal- gegen ein 200er-Teleobjektiv aus, um rasch noch mit seiner Pentax Spotmatik Aufnahmen von Platz und Leuten zu machen, ohne dass er ihnen auf die Pelle rücken musste.

Als Felix fertig war, sagte Pia: „Zum Turm geht`s hier lang." Sie deutete mit dem Kopf auf eine dunkle Gasse.

Die mehrstöckigen Häuser in der engen Straße waren äußerst morbide, überall blätterte der Putz ab, wenn vorhanden, und vom Straßenpflaster war auch nur noch wenig vorhanden.

„Hübschhässlich", meinte Felix nur und ging voraus.

Es schien das Musikinstrumenten-Viertel zu sein, denn fast jeder Laden stellte hinter meist staubigen Schaufensterscheiben Klanggeräte aus: von Geigen, Gitarren, Mandolinen bis hin zu traditionellen Instrumenten wie Langhalslauten, Becher-trommeln, Schafshirtenflöten und Blasinstrumenten mit Schalltrichter, Zurna genannt, wie Pia im schlauen Büchlein herausfand. Aber auch Klaviere so wie stapelweise Notenblätter konnte man hier erstehen. Höhepunkt war jedoch eine restaurierungsbedürftige holländische Drehorgel.

„Die wäre doch was für unseren Laden", fantasierte Felix. „Mit Sicherheit würde die scharenweise Kunden anlocken."

„Wir sollten mal fragen, was die kostet", schlug Pia vor.

Zum Glück war der Laden geschlossen.

Nach zehn Minuten erreichten sie den runden Galata-Turm, ein Bauwerk aus dem 14. Jahr-hundert. Er bildete das Nordende und die Hauptbastion der genuesischen Siedlung Galata und wurde 1348-49 als Christus-Turm errichtet, so der Reiseführer. Nach der Eroberung Istanbuls durch die Osmanen im Jahre 1453 wurde der Turm teilweise zerstört, später jedoch wieder-aufgebaut. Weitere Beschädigungen entstanden durch Erdbeben im Jahre 1509 und durch Brände in den Jahren 1794 und 1831. Ab dem 16. Jahrhundert diente er als Wachturm, gegen Ende des Osmanischen Reichs als Feuerwache, eine Funktion, die er bis in die 1960er Jahre innehatte. Jetzt ist er restauriert und privatisiert und für den Tourismus geöffnet.

Die Besteigung des 67 Meter hohen Turms bescherte dem Besucher dann einen traumhaften Blick über das Goldene Horn mit seinen vielen großen und kleinen Schiffen, den Moscheen mit ihren Minaretten, den Brücken und dem Topkapi-Palast. Felix` Motivklingel läutete Sturm.

Nach einer andächtigen Weile des Staunens, murmelte Felix: „Das ist also das alte Konstantinopel. Einst Hauptstadt des Oströmischen- beziehungsweise des Byzantinischen Reiches, wie die abendländische Bezeichnung war. 396 n.Chr., wenn ich mich richtig erinnere, fand die Teilung statt."

„Angeber! Hast wohl heimlich im Reiseführer geblättert. Gib`s zu."

Hatte er. Er ließ aber die Frage unbeantwortet.

Pia klapperten die Zähne. „Wirklich ein toller Ausblick. Wenn`s bloß nicht so kalt wäre." Sie schloss ihre Jacke bis zum Kinn, denn nun pfiffen auch noch eisige Böen um den Turm, ihr Pferdeschwanz wurde zur Wetterfahne.

Kurzerhand rissen sie sich von dem grandiosen Panorama und dem Schauplatz der meist blutrünstigen Weltgeschichte los und wärmten sich ein Stock tiefer bei einem Glas heißen, gesüßten Tees der Marke Herztod auf. Als Pias Lebensgeister wiedererwachten, stiegen sie ab.

Nun wurde ihr steil abwärts führender Weg von Kühlschränken, Kühltruhen, Trocknern, Mangeln und Waschmaschinen aller Art gesäumt. Zwei Ecken weiter kam dann die Galatabrücke zum Vorschein. Um dort hinzukommen, mussten sie allerdings erst noch eine überaus lebhafte Straße passieren, deren Verkehrsfluss nicht enden wollte.

Eine Ampel gab es nicht, die Überquerung schien unmöglich. Vor allem Taxen rasten teils mit enormer Geschwindigkeit durch diese unübersichtliche Schikane. Sie schauten sich ratlos an.

Kurz darauf tauchte ein altes, gebeugtes Mütterchen mit schwarzem Kopftuch und einem Weidenkorb voller Sesamkringel auf. Ohne zu warten trat sie auf die Fahrbahn.

„Nein!" Pia hielt sich erschrocken die Augen zu, ein Unfall schien unvermeidlich.

Quietschende, kreischende Bremsen, quäkende Hupen. Nichts passierte.

Noch bevor Pia die Augen öffnete, zog Felix sie schon auf die holprige Fahrbahn, dicht hinter der alten Frau bleibend. Noch leicht ungläubig, dieses Abenteuer unbeschadet überlebt zu haben, erreichten sie die andere Seite. Zum Dank kauften sie dem Mütterchen vier Sesamkringel ab.

An der Kaimauer, kurz vor der Brücke, wo Fischer ihre frische Ware lauthals anboten, blieb Pia stehen und zückte erneut ihren „Schlaumeier" aus der Tasche. Kauend las sie: „Die Galatabrücke überspannt das Goldene Horn zwischen den Istanbuler Vierteln *Eminönü* im Stadtteil *Fatih* und dem Hafenviertel von *Karaköy* im Stadtviertel *Beyoğlu*." Die Sesamkörner kitzelten im Hals, sie musste husten. Mit kratziger Stimme fuhr sie fort: „Da der Fährverkehr mit Ruderbooten den Anforderungen nicht mehr genügte, wurde auf Initiative von Bezmialem Valide Sultan, der Mutter Sultan Abdülmecids, 1845 an dieser Stelle die erste Brücke mit einer Länge von 466 Metern errichtet. 1863 nahm man den Besuch Kaiser Napoleons III. zum Anlass, um den Holzbau zu erneuern. Schon zwölf Jahre später ersetzte sie eine englische Firma durch eine Eisenbrücke. Diese wurde wiederum 1912 von einer neuen Pontonbrücke der Firma MAN mit zwei Etagen abgelöst.

„Kiek an, MAN. Ich dachte, die bauen bloß Brummis."

Pia räusperte sich, ging nicht darauf ein. „Von 1845 bis 1930 war die Benutzung der Brücke nicht nur für Fahrzeuge, sondern auch für Fußgänger mautpflichtig … Die heutige 42 Meter breite, ebenfalls zweigeschossige und moderne Konstruktion wurde nach einem Entwurf des deutschen Bauingenieurs namens Fritz Leonhardts und unter Beteiligung der Firma Thyssen 1992 fertiggestellt, jetzt ruhend auf 114 Pfeilern."

Felix schoss mehrere Fotos, mit und ohne Gattin.

Auf dem baulichen Meisterwerk wimmelte es nur so von Anglern. „Bei dem starken Schiffsverkehr", feixte Felix, „kann man hier doch bloß Ölsardinen fangen."

Pia lachte. „Gleich in der Dose, was?"

Fast alles klar - Mokkabar!

Kaum hatten sie die Brücke überquert, wurde es unübersichtlich: So weit das Auge reichte drän-gelten sich Menschenmassen um aufgetürmte Schuh- und Kleiderberge.

„Komisch. Eigentlich ist der *Mısır Çarşısı* der Gewürzbasar", wunderte sich Pia. Sie ließ sich auf einer Steinumrandung nieder und blätterte im Reiseführer. "Hier! Heute werden neben Gewürzen auch Textilwaren, Elektronikartikel, Zeitungen und vieles mehr angeboten."

„Und ich dachte, das wäre der Ägyptische Markt", warf Felix ein, während er eine buntgekleidete Frau fotografierte, die drei übereinander gestapelte prallgefüllte Säcke auf dem Kopf trug, nicht balancierte, sondern kerzengerade, als wäre es das Normalste der Welt, mit wackliger Last auf dem Kopf durch die Gegend zu stolzieren. „Unglaublich!"

„Beides stimmt", sagte Pia. „Das eine bedingt das andere. Aufgrund der Gewürze, die aus Ägypten kamen und hier verkauft wurden, nannte man ihn auch Ägyptischer Markt. In der Blütezeit des Basars war er die letzte Station der Kamelkarawanen, die die Seidenstraßen von China, Indien und Persien bereisten."

Der Ruf des Muezzins der benachbarten Neuen Moschee unterstrich die Exotik des Ortes im Besonderen.

„Hier war schon vor der osmanischen Eroberung Konstantinopels das Viertel der Händler. Im byzantinischen Mittelalter bestimmten Hand-lungstreibende hauptsächlich aus den italienischen Seerepubliken wie Venedig, Pisa, Amalfi und Genua Handel."

Eine leichte Brise kam auf. „Jetzt rieche ich was", sagte Felix schnuppernd.

Pia sah auf. „Was denn?"

„Na, Gewürze."

Tuten, schwarzer Qualm. In dem Moment traf ein neuer Schub Menschen ein, anscheinend hatte ein Schiff an der nahegelegenen Anlegestelle sie ausgespuckt.

Pia hielt die Nase in den Wind. „Stinkt mehr nach Diesel."

„Komm", sagte Felix, „wir gehen rein, dann kannst du eine Nase voll Orient nehmen."

Der Geräuschpegel nahm zu, denn die Hälfte der Ankommenden strebte jetzt dem Markt zu. Die beiden drückten sich auf die Seite, um nicht umgerannt zu werden.

„Vielleicht nachher, mir ist es zu voll hier. Lass uns zum Bahnhof gehen. Der ist nur ein paar Meter entfernt."

„Welcher Bahnhof?"

„*Sirkeci.*"

Felix machte ein dummes Gesicht. „Muss man den kennen?"

„Muss man!"

„Ach!"

„Ich sage nur Orient-Express."

Der berühmte Zug verband damals Paris mit Istanbul, via München, Wien, Budapest, Belgrad und Sofia. Und der Kopfbahnhof *Sirkeci* war Start und Ziel.

Ein preußischer Baubeamter aus Berlin mit Namen August Jachmund war der Architekt. Er wurde 1888 nach Istanbul entsandt, um die osmanische Architektur zu studieren. Der Bau des Bahnhofkomplexes auf einer Fläche von 1200 Quadratmeter ist eines der besten Beispiele des europäischen Orientalismus, der wiederum Entwürfe anderer Architekten beeinflusste. Aufgrund seiner Gasbeleuchtung und Winter-beheizung galt das Gebäude als äußerst modern. Schon zwei Jahre später, am 3. November 1890, wurde der Bahnhof eingeweiht und ersetzte den temporären Bahnhof aus dem Jahre 1873.

Vor dem historischen Bahnhof stand eine Dampflok der Baureihe TCDD 2251 (ursprünglich Orientbahn-406), gebaut 1884 von Krauss-München.

Felix drückte auf den Auslöser. „Überall trifft man auf deutsche Firmen, Ingenieure und Architekten."

„Ja, das deutsche Kaiserreich pflegte enge Beziehungen mit den Osmanenreich. Zudem war und ist Istanbul schon immer eine internationale Stadt."

Ein architektonischer Mischmasch aus Jugendstil- und Orientelementen empfing sie dann im Bahnhofsgebäude. Gleich über dem Eingang eine Rosette aus farbigem Glas, seitlich offene mozarabische Schlüsselloch-Fenster. Die Wände waren weiß getüncht, die Holzdecke bunt verziert. Kurz darauf betraten sie den berühmten Bahnsteig, von wo der Orient-Express abfuhr beziehungsweise ankam. Die rot-weiß längsgestreifte Wand mit seinen Sternfenstern mutete leicht Maurisch an.

Pias Gedanken schweiften geradewegs in eine Zeit, als Reisen noch was Besonderes war - und hier im Speziellen. Sie sah osmanische Gepäckträger mit ihren typischen roten Kopf-bedeckungen, dem *Fes*, die riesige lederne Koffer der feinen europäischen Gesellschaft auf Wagen Richtung Ausgang schoben. Sie sah Männer mit Homburg und Zylinder, dazu Galoschen; junge Burschen in karierten Knickerbockers und Schiebermützen; Frauen, deren Köpfe Federhüte zierten; kleine Mädchen in bunten Sommer-kleidchen und runden Strohhüten mit farbigen Bändern und Jungs in

Matrosenanzügen. Sie vernahm ein buntes Sprachengemisch, bestehend aus Französisch, Deutsch, Wienerisch, Ungarisch, Arabisch, Serbokroatisch, Persisch, Chinesisch. Entweder ließen sich die Herrschaften ins Pera Palace, dem Luxushotel, kutschieren oder sie nahmen die Fähre, um auf dem asiatischen Teil auf die Bagdad-Bahn umzusteigen, die vom Bahnhof *Haydarpaşa* startete.

Hier, wie in keiner anderen Stadt der Welt, prallte Europa geradewegs auf den Orient: Händler, Abenteurer, Künstler, Archäologen, Agenten, Diebe, Schmuggler, aber auch gekrönte Häupter trafen auf eine Welt, die noch von Sultanen und Kalifen beherrscht wurde. Hier war und ist das Tor nach Kleinasien.

Felix machte einige Fotos von den Bahnsteigen 1-3. „Gar nicht so pompös", fand er.

In der Ferne hörte man ein Pfeifen. Wie bestellt.

„Halt dich bereit, der Orientexpress kommt."

Er sah sie ungläubig an. „Gibt`s den denn noch?"

Pia zuckte mit den Schultern, sah sich um und entdeckte tatsächlich eine mehrsprachige Tafel an der Wand des Bahnsteig 3. Sie überflog den Text.

„Also, der Orientexpress war ursprünglich ein nur aus Schlaf- und Speisewagen zusammengesetzter Luxuszug, der erstmals am 5.Juni 1883 von Paris in Richtung Konstantinopel fuhr. Da der Zielort noch nicht durchgehend auf der Schiene erreichbar war, mussten noch Fähr- und

Schiffsverbindungen benutzt werden. Erst ab 1890 bestand eine durchgehende Verbindung von Paris über Wien, Budapest und Sofia.

Er wurde auch *König der Züge* oder *Zug der Könige* genannt. Nach dem Ersten Weltkrieg übernahm der Simplon-Orient-Express die Verbindung zwischen Paris und Istanbul über Mailand, Venedig und Belgrad. Nach dem Zweiten Welt-krieg wurde dann die Zuggattung Luxuszug abgeschafft und die Züge in normale Schnellzüge umgewandelt, die die Bezeichnung Orient aber im Namen behielten. Die letzte durchgehende Verbindung zwischen Paris und Istanbul war der Direct-Orient, er wurde 1977 eingestellt." Sie drehte sich zu ihrem Mann um. „Die Antwort ist also Jein. Es gibt noch Anbieter für Sonder- und Touristenzüge mit restaurierten alten Wagen, die ihre Namen vom historischen Orient-Express ableiten. "

Jetzt tauchte der Zug auf, an der Spitze eine Diesellok ohne nennenswerten Rauchausstoß. Langsam, mit quietschenden Rädern rollte ein unspektakulärer normaler Zug in den Kopf-bahnhof ein. Die Passagiere, die ausstiegen, waren jedoch aus dieser Zeit. Leider. Pia seufzte leise. Keine Leute von damals aus den Dreißiger Jahren, um genau zu sein aus dem Jahre 1934, das Jahr, indem der Agatha-Christi-Roman *Mord im Orientexpress* angesiedelt war. Trotzdem stiegen ihr Bilder der berühmten Romanverfilmung von 1976 vors innere Auge.

Er war Starbesetzt: Lauren Bacall, Ingrid Berg-mann, Sean Connery, Anthony Perkins, Vanessa Redgrave, Richard Widmark, Michael York, Jac-queline Bisset, Martin Balsam und Albert Finney als Meisterdetektiv Hercule Poirot.

Und was für eine Geschichte.

1934. Der Orientexpress nimmt in Istanbul Passa-giere auf und bleibt in Jugoslawien zwischen Vin-kovi und Brod im Schnee stecken. Kurz darauf wird eine Leiche im Zug entdeckt. Zwölf Messer-stiche. Klarer Fall: Mord. Der Telegraf streikt, die jugoslawische Polizei kann nicht erreicht werden. Der zufällig im Zug reisende belgische Detektiv Hercules Poirot nimmt sich des Falles an; denn alle Passagiere scheinen verdächtig und weitere Morde sind nicht auszuschließen.

Ein verzwickter Fall, nichts will zusammenpassen. Nach vielen Vernehmungen der Passagiere dann doch noch die Erleuchtung: Nicht ein Mörder, nicht zwei, nicht drei, nein, zwölf Mörder!

Der quäkende Bahnhofslautsprecher brachte Pia wieder in die Realität zurück.

„Komm, Mäusepieps, lass uns im Bahnhofscafé was trinken."

Ein alter Kellner im schwarzen Anzug (hätte gut in die alte Zeit gepasst) nahm sie in Empfang und wies ihnen einen Platz zu. Die Einrichtung im Wie-ner Kaffeehaus-Stil des Fin de Siècle sugge-rierte gleich Gemütlichkeit. Nach drei Minuten kehrte der Kellner mit zwei Speisekarten an den Bistro-tisch zurück.

Felix winkte ab. „*Only drinking*."

„Sie können ruhig Deutsch mit mir sprechen." Er verriet ihnen, dass er über fünfzehn Jahre in Düsseldorf gelebt und gearbeitet hat. Auch Karneval hätte er die letzten Jahre mitgefeiert. „Helau", beim Lachen entblößte er drei goldene Front-zähne. „Man nannte mich Türken-Jupp."

„Sozusagen ein Düsseldorfer Jung", lächelte Felix.

„Sozusagen." Türken-Jupp zückte seinen Block. „Wat darf isch bringen?"

Pia rieb sich die Hände. „Vielleicht zwei Mokka?" Sie sah zu ihrem Mann. Der nickte.

„*Sade, az şekerli, Orta şekerli* oder *tam şekerli kahve?*", fragte der Fast-Düsseldorfer Jung, noch immer lä-chelnd, nach.

„Orta was?"

„Tschuldigung. Das sind die einzelnen Süßstufen. Ich empfehle Mittelsüß."

Pia bejahte und lächelte zurück. „Meinen Mokka aber bitte mit Rosenwasser, ja?"

Türken-Jupp schüttelte den Kopf. „Haben wir nisch, tut ma leid."

„Aber ist der türkische Mokka nicht immer mit Rosenwasser?"

„Kann schon sein. Hier nur mit Zucker."

„Schade. Dann halt so."

Kaum war der Kellner verschwunden, fragte Felix: „Mit Rosenwasser? Woher hast du das?"

„Gelesen. Im Gegensatz zum arabischen Mokka, der mit Kardamom, Zimt oder Nelken ungesüßt serviert wird, so kommt in den türkischen Mokka eben Rosenwasser."

„Kaffee mit Rosenwasser?" Er schüttelte sich. „Würde ich eher mit Gesichtspflege verbinden."

„Geht auch. Rosenwasser ist ein ätherisches Wasser der *Rosa centifolia*, ein Nebenprodukt bei der Destillation von Rosenöl. Wird viel in der arabischen, indischen und iranischen Küche verwendet. Zum Beispiel im Joghurtgetränk *Lassi* oder in *Güllaç*, einer türkischen Süßspeise."

„Helau!" Türken-Jupp kehrte zurück und servierte zwei kupferfarbene, langstielige Kännchen und zwei Mokkatassen auf einem Silbertablett. „Diese Kännchen heißen bei uns *Ibrik*. Vorsischt, heiß! Und Vorsischt beim Eingießen!"

„*Balik*", sagte Felix. Er hatte unauffällig im Kurzwörterbuch nachgesehen, um auch mal ein Wort in Landessprache zu verwenden.

Türken-Jupp stutzte. „Doch wat essen? Aber Fisch haben wa net. Isch hole die Karte."

Felix schüttelte verwirrt den Kopf.

„Ich glaube, mein Mann wollte sich nur bedanken."

„Helau!" Lachend entfernte sich der Kellner und steuerte auf den Nachbartisch zu, an den sich, nach ihrer Körperfülle und dem Kaugummienglisch zu urteilen, zwei Amerikaner gerade niederließen.

„Und, was habe ich gesagt?"

„Fisch. Du bist eins zu tief gerutscht. Danke heißt *teşekkür ederim*."

„Ach ja?" Felix grinste sie an, dann verteilte er die beiden Mokkatassen. Als er seine Tasse füllen wollte, meinte Pia, dass sich der Kaffee erst setzen müsse, da das Kaffeepulver ungefiltert mit heißem Wasser aufgefüllt werde. „Stand auch in dem Artikel", fügte sie an.

Also übte sich Felix in Geduld. Zwei Minuten fand er ausreichend. Bedächtig füllte er seine Mokkatasse, vielmehr er versuchte es, jedoch ohne Erfolg. Irgendetwas schien die Öffnung des *Ibriks* zu verschließen. Felix kippte weiter und weiter, bis die Öffnung fast waagerecht über seiner Tasse schwebte. Seiner Frau schwante Böses, auch die Amerikaner sahen gespannt herüber.

Dann, ohne Anzeichen, löste sich plötzlich der Pfropfen und der gesamte Kaffee plumpste in Felix` Tasse - und gleich wieder heraus und verteilte sich über die weiße Tischdecke, über Felix` Gesicht, Hemd und Hose. Auch Pia wurde gesprenkelt.

Die Amerikaner brachen in schallendes Gelächter aus, ihre schwabbligen Doppelkinne hüpften auf und ab. Sie riefen dem Kellner unter Tränen zu,

dass sie umbestellen wollen und lieber Tee nehmen würden.

Auch Pia konnte sich das Lachen nur schwerlich
verkneifen. Unglaublich, wie wenig Kaffee so viel
Schaden anrichten konnte. Schnell schnappte sie
sich die Pentax und drückte auf den Auslöser. Felix im Rausch eines türkischen Mokkas, titelte sie
in Gedanken.

Türken-Jupp hingegen fand das gar nicht komisch. „Wat für `ne Sauerei", schimpfte er und
eilte mit einem Stapel Servietten herbei.

„*Sorry*", brüllten die Transatlantischen ständig, um
dann erneut sich die dicken Bäuche vor Lachen zu
halten. Ihr Lachen war ansteckend. Der Barmann
und zwei weitere Gäste stimmten jetzt mit ein.
Nun konnten auch Felix und Pia nicht mehr an
sich halten.

Mit einem überwältigenden Trinkgeld in Höhe eines Luxuswagens konnten sie dann auch Türken-
Jupp ein wenig besänftigen. Dass mit der Frohna-
tur muss Jupp noch üben, fand Pia, während sie
das Café verließen.

Zum Glück hatte Felix eine lange Jacke an, um die
Befleckung weitestgehend zu verdecken, so konnten sie zumindest ihre Besichtigungstour fortset-
zen.

Gemächlich, ab und an durch herzhaftes Lachen
unterbrochen, marschierten sie eine Straße hoch,
die von weißen Holzhäusern gesäumt wurde. Als

sie um die nächste Ecke bogen, eröffnete sich ein großer Platz - und die Hagia Sophia trat zum Vorschein. Noch bevor sie ihrem Staunen Ausdruck geben konnten, wurden die beiden wiederum von Schuhputzern umworben. Felix fragte, ob sie auch Hemd- und Hosen-reinigungsmittel im Angebot hätten. Er öffnete kurz die Jacke, um sein Problem offen zu legen.

Einhelliges, grinsendes Kopfschütteln.

Am Ende der Reihe meldete sich dann doch noch jemand. Ein alter Vollbärtiger mit weißem Strickkäppi sagte im gebrochenen Deutsch, dass sein Bruder eine Reinigung auf dem asiatischen Teil Istanbuls betreibe. „Handwäsche! Frisch auf den Tisch! Morgen fertig!"

Asien? Morgen? Felix lächelte verdattert, ließ sich jedoch höflicherweise die Adresse geben - und erwarb zwei Paar braune Schnürsenkel; weiße, die zu seinen Turnschuhen besser gepasst hätten, waren nicht im Angebot.

Die berühmte Sophia

„Das ist sie also!"
Staunend, fast andächtig verharrte sie vor dem monumentalen Kuppelbau aus dem 6. Jahrhundert, einst mächtigste Kirche des frühen Christentums und dann knapp 500 Jahre Bollwerk des Islams.

Pia ließ den Blick wandern. „Viel größer, als ich gedacht habe. Wirklich grandios."

„Da muss ich der Dame zustimmen."

„Hallo." Sehr leise, kaum hörbar. Erneut: „Hallo." Die beiden drehten sich verwundert um.

Es lächelte sie ein kleiner, schlohweißer Mann an. Sein glattrasiertes Gesicht war wettergegerbt und braun wie sein nicht mehr ganz neuer Mantel, der mindestens eine Nummer zu groß war, aber gepflegt. Die runde Nickelbrille sowie die schwarze Baskenmütze ließen auf einen Intellektuellen schließen. Er hielt einen abgegriffenen Leitz-Ordner unter dem Arm. „Sonderführung gefällig, die Herrschaften?" Sein Deutsch war fast akzentfrei.

Unschlüssig sahen die beiden sich an, der Preis, den er verlangte, war nicht ohne. Felix bot die Hälfte an.

Der Sonderführer lächelte milde. „Wir sind nicht auf dem Basar. Das hier ist ein Museum, junger

Mann. Nicht irgendeins, sondern eins von Weltgeltung."

Ah ja! Bei Weltgeltung wird anscheinend nicht gehandelt. Klar! Felix fragte, ob das Museum auch einfach so zu besichtigen sei.

Davon riet er dringendst ab. „Selbst ich habe Jahre gebraucht, um all die Kunstwerke zu entdecken, die der Riesenbau bietet."

„Also gut", sagte Pia, „dann lassen Sie uns an ihrem jahrelang erworbenen Wissen teilhaben."

Er stellte sich als Doktor Halin, Kunsthistoriker im Ruhestand, vor - mit deutschen Vorfahren mütterlicherseits, daher das gute Deutsch. An der Kasse im Vorraum erfuhren sie, dass der Eintrittspreis bei Weltgeltung natürlich noch obendrauf kam: 20.000 Türkische Lira pro Person. Natürlich!

Pia flüsterte Felix ins Ohr: „Auf die paar Zehntausender kommt es jetzt auch nicht mehr an."

„Wie du meinst, Pia Rockerfeller."

Also zahlte Felix schnell, um nicht den Anschluss zu verpassen.

Im angrenzenden Gang wartete der Kunsthistoriker auf sie. „Schön, dass Sie sich zu der Sonderführung entschlossen haben."

Pia und Felix lächelten ihn an. Noch ahnten sie nicht, dass die Begegnung mit Dr. Halin ihrem Urlaub eine ganz neue Wendung geben würde.

„Vielleicht erst einmal einige Fakten, wenn Sie gestatten?"

Kegelmanns gestatteten.

„Fein, fein." Er hüstelte kurz. „Also: Alles begann mit der *Mailänder Vereinbarung,* die im Jahr 313 nach Christi zwischen den römischen Kaisern Konstantin dem Ersten, dem Kaiser des Westens, und Licinius, dem Ost-Kaiser, getroffen wurde. Sie gewährte, ich zitiere:

„Sowohl den Christen als auch überhaupt allen Menschen freie Vollmacht, der Religion anzuhängen, die ein jeder für sich wählt."

Grundlage für die Konstantinische Wende. Als 324 n.Chr. Konstantin sich im Gesamtreich durchgesetzt hatte, verlegte er seine Residenz in den Osten des Reiches, in die nach ihm benannte Stadt, Konstantinopel.

Schon um 325 n.Chr. begann er mit dem Bau der ersten christlich-orthodoxen Kirche-"

Ein kalter Wind zog durch den Gang, was das konzentrierte Zuhören auf eine harte Probe stellte, fand Pia und trampelte von einem Fuß auf den anderen. Komisch, dass Dr. Halin in seinem dünnen Mantel nichts zu spüren schien.

„Im Juni 404 n.Chr. brannte die Kirche nach einem Aufstand das erste Mal ab, während des Nika-Ausstandes, über 100 Jahre später, ein zweites Mal. Die heutige Größe erhielt die Hagia Sophia erst in der ersten Hälfte des 6. Jahrhunderts. Die

Baumeister waren der berühmte Architekt Anthemios aus Tralles und der Mathematiker Isidoros aus Milet. In gerade einmal fünf Jahren entstand hier eine Riesenkuppelbasilika, eine Synthese aus Zentral- und Kuppelbau."

„In nur fünf Jahren?", staunte Pia. „Kaum zu glauben."

„Sie sagen es, junge Frau." Halin lächelte leicht überheblich. „Kein Vergleich zum Kölner Dom mit seinen rund 600 Jahren Bauzeit."

Felix warf ein, dass es einen jahrhundertelangen Baustopp gegeben hatte.

„Am 27. Dezember 537", fuhr Halin ohne Kommentar fort, „weihte der römische Kaiser Justinian der Erste sie ein." Er zog eine stark vergilbte Grundrisszeichnung aus seinem Ordner. „Sie hat, wie Sie sehen, einen fast quadratischen Grundriss von rund siebzig mal achtzig Meter."

„Gar nicht so schlecht für diese Zeit", sagte Felix so dahin.

„Nicht schlecht ist gut, junger Mann." Halin atmete tief durch, um seine Entrüstung zu unterdrücken. „Sie war für viele Jahrhunderte die größte Kirche der Welt." Der Kunsthistoriker verstaute die Zeichnung wieder und setzte sich in Bewegung. Im Gehen sagte er: „Die Hagia Sophia, was so viel wie Heilige Weisheit bedeutet, ist das letzte große Bauwerk der Spätantike. Sie war die Hauptkirche des Byzantinischen Reiches und religiöser

Mittelpunkt der Orthodoxie. Nur während der Besetzung Konstantinopels durch die Kreuzfahrer in den Jahren 1204 bis 1261 diente sie für kurze Zeit den venezianischen Geistlichen als Römisch-Katholische Kirche." Er blieb abrupt stehen, wandte sich um. „Dann das Jahr 1453: Die Osmanen übernehmen die Macht, und die Hagia Sophia wird islamisch und erhält ihre vier Minarette. Bis auf die christlichen Symbole an den Wänden, die überputzt wurden, wird architektonisch nichts verändert. Sie wird Vorbild für alle anderen Moscheen." Er setzte sich erneut in Bewegung. „Nach knapp fünfhundert Jahren ist auch diese Ära Geschichte, denn 1934 wandelt Attatürk sie zu einem Museum um, was sie bis zum heutigen Tag ist."

Sie hatten nun den Eingang zum Hauptraum erreicht.

Kegelmanns hielten den Atem an, als sie dann den riesigen, von Unmengen an Fenstern erhellten Raum betraten. Dr. Halin ließ ihnen nur einen kurzen Moment des Staunens, schon fuhr er mit Superlativen fort: „Die Grundfläche hat die Größe eines Fußballfeldes." Er blickte nach oben. „Der Kuppeldurchmesser beträgt rund 32 Meter, und die Höhe misst vom Fußboden bis zum Scheitelpunkt sagenhafte 55 Meter. Höher als das Mittelschiff des Kölner Doms mit seinen 43 Metern", fügte er an.

„Glaubt man gar nicht."

„Das kommt durch die Größe des Raumes, dass man die Höhe nicht so stark empfindet, im Gegensatz zu einem relativ schmalen Raum." Als keine Reaktion kam, das nächste Superlativ: „Die Kuppel ruht gerademal auf vier Pfeilern." Er ließ es sacken, dann wiederholte er eindringlicher: „*Vier*, verstehen Sie?"

Felix nickte. „Vier, verstehe."

Pia gab die richtige Antwort. „Das ist ja unglaublich."

„Das will ich wohl meinen. Dadurch entsteht nämlich der Eindruck, als würde die Kuppel schweben."

„Felix, mach ein Foto, das Schweben muss unbedingt festgehalten werden!"

Felix sah fragend zum Führer, der nickte, daraufhin klickte die Pentax mehrmals.

Ungeduldig wartete der alte Kunsthistoriker die letzte Aufnahme ab, um nicht den Faden zu verlieren. „Als Justinian bei der Eröffnung die Kaisertür durchschritt, manche berichten von einem Triumphwagen mit Pferden, soll er Gott gedankt haben und in Anspielung auf den zerstörten Tempel in Jerusalem laut gerufen haben:

Preis und Ehre sei Gott, dem Allerheiligsten, der mich für würdig hielt, ein solches Werk zu vollenden. Salomo, ich habe dich übertroffen!

Ähnliche Legenden gibt es allerdings für viele Kirchenweihen, so dass die Glaubwürdigkeit nicht gesichert ist."

Des Führers Gesicht verfinsterte sich unmerklich. „Und dann, dann kam das Jahr 558, es war am 7. Mai." Fünf Sekunden hielt er inne, dann mit lauter Stimme: „Rumms!"

Die beiden zuckten zusammen.

Im dramatischen Ton sagte er: „Ein Erdbeben. Einsturz der für die damalige Baukunst sensationell flachen Kuppel. Eine Katastrophe!"

„Neiin!" Pia fühlte mit Halin.

Der atmete tief durch. „Ja, eine Katastrophe." Als sich seine gut gespielte Bestürzung gelegt hatte, fuhr er im sachlichen Tonfall fort: „Justinian I., der es schmerzlich miterleben musste, beauftragte daraufhin den Neffen des Isodores mit dem Wiederaufbau. Dieser verkleinerte den Durchmesser der Kuppel und baute sie um 6,25 m höher als die vorherige, damit verringerte er den enormen Kuppelschub nach außen, somit drückte das Gewicht mehr nach unten. Sechs Jahre später, am 24. Dezember 563, weihte der greise Justinian sie zum zweiten Mal ein."

„Schön, dass er das noch miterleben durfte", sagte Pia. Ihr Mitgefühl war echt.

Ein flüchtiges Lächeln. „Da haben Sie Recht, junge Frau."

Auch Felix konnte sich ein Schmunzeln nicht verkneifen und bannte Pias leidiges Gesicht auf Zelluloid.

„In der Folgezeit wurde die Kirche mehrfach restauriert: Es wurden, nachdem die Kuppel in den Jahren 989 und 1346 erneut teilweise zerbrach, Mauerverstärkungen angebracht. 1573 fügten Sinan, der wohl berühmteste Architekt, und seine Schüler Strebepfeiler und Widerlager hinzu-"

„Strebepfeiler sind doch gotische Elemente", unterbrach Felix.

„Richtig. Sinan ist viel gereist. Von daher kannte er natürlich die Bauwerke anderer Kulturen."

„Sinan, nie gehört"

„Diese Lücke werde ich jetzt schließen, wenn Sie erlauben."

Felix erlaubte. „Bitte."

„Sinan, bekannt unter dem Kurznamen Mimar Sinan (Architekt Sinan), war einer der bedeutendsten Architekten der klassischen osmanischen Baukunst. Er gilt als einer der größten Architekten aller Zeiten. Für mich der Größte. Es gibt fünf Biographien beziehungsweise Werkverzeichnisse, in denen die Bauwerke Sinans aufgeführt werden: 471 bis 477 Bauten, 319 davon allein in Istanbul. Moscheen, Brücken, Schulen, Klöster, Paläste, Krankenhäuser, Pavillons, öffentliche Bäder, Aquädukte, Karawansereien und so weiter und so weiter. Auch zwei Minarette der Hagia Sophia stammen von ihm. Er war sogar verantwortlich für die Renovierung des Felsendoms in Jerusalem."

„Ach!"

„Seine Tätigkeiten erstreckten sich bis nach Mekka und bis in die Ukraine. Man nannte ihn „Michelangelo der Osmanen" oder „Euklid seiner Epoche". Einige seiner Moscheen werden in ihrer Kongruenz (Zahlentheorie) und Harmonie von Innen- und Außenwirkung unter Kunsthistorikern als die vollkommenste der vorindustriellen Zeit angesehen."

Felix war es fast peinlich, noch nie etwas von dem genialen Baumeister gehört zu haben. Seine Frau beruhigte ihn. „Darum reisen wir doch, Schatz, um andere Kulturen, ihre Bauten und ihre Baumeister kennenzulernen."

„Danke Mäusepieps für deine weisen Worte."

Halin lächelte milde, putze seine Brille und nahm nun seinen abgenutzten Ordner zur Hilfe. Mit einer ausladenden Handbewegung setzte er die Führung fort. „Auf den Emporen, die bei den Byzantinern wie bei den Türken den Frauen vorbehalten waren, sind noch Reste der alten Mosaikverzierung erhalten. Im Zuge der Umgestaltung in ein Museum wurden sie freigelegt. Dort Kaiser Alexander (912–913), Kaiserin Zoe und ihr Gemahl Konstantin IX., dort drüben Kaiser Johannes II., Komnenos mit Kaiserin Irene und ihrem Sohn Alexios, die der Gottesmutter samt Kind Gaben reichen.

Und über uns das prachtvollste Mosaik, das *Deesis-Mosaik* aus dem 14. Jahrhundert, das Jesus mit Maria und Johannes dem Täufer zeigt. Der untere Teil mit den ehemals vorhandenen Stifterfiguren ist zerstört, die Gesichter blieben zum Glück erhalten-"

Es war absolut eindrucksvoll, aber Kegelmanns schwirrte langsam aber sicher der Kopf. Dazu kam die Kälte, die sich nicht großartig von der Außentemperatur unterschied.

Pia wärmte ihre Hände immer wieder mit ihrem Atem. Auch ihr Mann hatte den Kragen hochgeschlagen, er zitterte still vor sich hin. Nur Halin schien die Kälte weiterhin nichts anhaben zu können. Er schlug vor, auf die Empore zu steigen, vielleicht ist es dort etwas wärmer.

War es nicht.

Er kam jetzt auf die an den Hauptpfeilern angebrachten Rundschilder mit einem Durchmesser von 7,5 Metern zu sprechen. „Auf ihnen stehen in arabischer Kalligraphie die Namen Allahs, des Propheten Mohammeds und der ersten vier „rechtgeleiteten" Kalifen. Sie sind eine Zutat aus neuerer Zeit, zwischen 1847 und 1849. Die überdimensionalen Schilde ersetzten damals acht rechteckige Tafeln und sind wohl auf besonderen Wunsch des regierenden Sultans Abdülmecid I. zurückzuführen. Doch nach dem Umbau der Hagia Sophia zum Museum wurden viele unhistorische Zutaten, darunter die Schilde, entfernt. Aufgrund von Protesten seitens der Imame wurden sie aber wieder angebracht."

Mit zitternden Händen stellte Felix die Kamera auf die Brüstung, um zumindest ein wackelfreies Foto vom Innenraum zu schießen.

Dr. Halin schloss den Ordner, fragte: „Wollen wir erst zu den Gebetsnischen und dann zur „Schwitzenden Säule"-?"

Pia unterbrach. „Schwitzende Säule?" Das hatte doch bestimmt etwas mit Wärme zu tun. „Ja, da sollten wir als Erstes hin!" Fragender Blick in Richtung ihres Mannes.

„Unbedingt!"

Halin nickte. „Wie Sie wünschen."

Auf dem Weg in die nordwestliche Ecke des Hauptportals erklärte der Wissenschaftler, was es damit auf sich hat. „Die Säule ist porös und zieht Wasser aus der darunter liegenden Zisterne nach oben. Dadurch fühlt sie sich stets ein wenig feucht an."

„Warmes Wasser?", fragte Pia bibbernd nach.

„Nein, leider nicht. Sie zu berühren soll aber heilende Wirkung haben. Und man kann sich etwas wünschen."

„Warme Hände."

„Hier ist sie", sagte Halin rund hundert Schritte später. „Sehen Sie den Riss? Das ist die Wunschspalte. Um sie ranken sich etliche Legenden.

Demnach soll Kaiser Justinian sein Haupt gegen die Spalte gelehnt haben und war daraufhin seine starken Kopfschmerzen los. Eine andere Legende besagt, dass die Feuchtigkeit Marias Tränen sind."

„Und, was hat die Platte mit dem Loch für eine Bewandtnis?", fragte Felix.

„Die Bronzeplatte mit dem Loch wurde zu späterer Zeit angebracht. Und man sagt, dass nur derjenige seinen Finger wieder aus dem Loch herausziehen kann, der ein reines Gewissen hat, also keine Mörder und keine Ehebrecher oder so ähnlich, ansonsten bleibt er für immer stecken."

Pia lächelte. „Felix, dein Auftritt."

„Du meinst-?

„Genau."

Er zögerte, sah zu dem Wissenschaftler. Der nickte. Also schob er vorsichtig den rechten Zeigefinger bis Anschlag hinein. Dann machte er ein entsetztes Gesicht. „Hilfe, er steckt fest."

„Hab ich`s doch gewusst. Mord oder Ehebruch?", flaxte Pia.

„Lüge", entgegnete er lachend und zog den Finger heraus.

Auch Halin lächelte freundlich, obwohl er solche albernen Scherze wohl täglich zu hören bekam. „Die Muslime sagen, dass Gabriel seinen Finger in den Spalt gelegt hätte, um das ganze Gebäude anzuheben, um es dann in Gebetsrichtung zu drehen."

„Auch nicht übel! Und warum ist so ein blank ge-
putzter Kreis um das Loch?"

„Höchstwahrscheinlich haben die Touristenfüh-
rer den Aberglauben verbreitet, dass man den
Daumen reinsteckt und mit der Hand eine Drei-
hundertsechziggraddrehung vollführt und sich
dann was wünschen kann." Er zuckte mit den
Schultern. „Na ja, wem es Spaß macht."

Schon war Pias Daumen im Loch verschwunden.

„Und?", fragte Felix.

„Ich habe mir auf der Stelle einen heißen Tee ge-
wünscht, besser zwei."

„Wird erfüllt, Mäusepieps."

Halin schaute verwirrt. „Aber-"

Ganz diplomatisch versuchte Felix zu erklären,
dass es nicht gegen seine Spezialführung gerichtet
sei, ganz im Gegenteil, aber die Kälte setze Grenzen - und die wäre nun erreicht beziehungsweise
schon überschritten.

Dr. Halin war sprachlos.

Felix reichte ihm zitternd das Geld.

Zögerlich nahm der Wissenschaftler im Ruhestand das Geld entgegen. Bevor er den Lohn jedoch einsteckte, verharrte er kurz, zog einige
Scheine aus dem Geldbündel heraus und übergab
sie Felix schweigend. Felix` erhobene Hände igno-
rierte er, er stopfte die Scheine einfach in seine Jackentasche. Sodann klemmte sich der Kunsthistoriker den Aktenordner unter den Arm und

verschwand schnellen Schrittes; dabei fiel ihm etwas aus dem Ordner.

Die beiden sahen ihm ungläubig nach. „Das nennt man wohl Stolz", merkte Pia an.

Felix hob das gefaltete Papier auf. Er sah sich um. „Und, wo ist er abgeblieben?"

Da Dr. Halin nirgends mehr zu entdecken war, steckte er das Papier in seine Manteltasche. „Vielleicht treffen wir ihn am Ausgang."

Trafen sie nicht. Der Kunsthistoriker schien das Gebäude schon verlassen zu haben. Also machten auch sie sich gegenseitig wärmend auf den Weg. In einiger Entfernung ein letzter Blick auf das großartige Bauwerk, auch als 8. Weltwunder betitelt.

Alte Welt mit neuem Kreuz

In einer nahegelegenen Teestube kehrten sie ein. Es war ein altes zweistöckiges Holzhaus, vielleicht aus dem vorherigen Jahrhundert. Der Raum war ganz mit Holz ausgestattet, die rußgeschwärzte Balkendecke hatte vielleicht eine Höhe von knapp zwei Meter. Alle Tische waren belegt. Der Kellner, der vorbeieilte, deutete mit dem Kopf Richtung Treppe. Also stiegen sie die knarrenden, ausgetretenen Stufen hoch, wo es einen zweiten Gastraum gab. Hier betrug die Deckenhöhe gerade mal noch 1,80 m, Tische und Stühle waren auf Kindermaß gefertigt. Und es war gut geheizt, wie Pia zufrieden feststellte.

„Gemütlich", sagte Felix. „In der Mitte ist noch Platz."

Leicht gebückt gingen sie in den verräucherten Raum und nahmen auf den grob gezimmerten Dreieckhockern Platz. Mühevoll zwängten sie ihre Beine unter den Tisch. Schon tauchte der Kellner auf, ein kleiner, weißhaariger Orientale mit rotem Fes auf den Kopf.

„Türkischen Mokka?", fragte er auf Deutsch.

Sah man ihnen den Deutschen an? Felix fragte nicht, sondern verneinte die Frage. „Und, was haben Sie noch so im Angebot?"

„Tee."

„Was für Tee, wenn ich fragen darf?"

„Sie dürfen. Ich empfehle Apfeltee. Lecker, lecker."

„Pia nickte. „Dann zwei Apfeltee."

„*Simit?*"

Kegelmanns sahen ihn fragend an.

„*Simit* ist ein Sesamring, ein Hefegebäck mit Sesamkörner. Ganz frisch. Türkische Spezialität."

„Ja, kennen wir", sagte Pia und orderte zwei.

„Ich danke." Weg war er.

Kennen wir? Felix sah Pia fragend an.

„Das Mütterchen, dem wir unser Leben zu verdanken haben. Erinnerst du dich?"

„Jetzt dämmert`s. Die uns über die lebensgefähr-
liche Straße geführt hat. Richtig?"

„Richtig."

Felix drehte sich eine Zigarette, steckte sie an und
sah sich um. Die alte Holzdecke bog sich leicht
durch, die niedrigen Fenster waren zum Teil farbig
bemalt; auch die Wände bestanden aus rohen
Holzbrettern.

Pia folgte seinem Blick. „Bis ins 19. Jahrhundert
waren Holzbauten in Istanbul vorherrschend,
trotz der damit verbundenen Brandgefahr. Holz
war damals ein billiger Baustoff. Am Schwarzen
Meer gab es große Wälder, habe ich gelesen."

Felix nickte, machte einen letzten tiefen Zug,
dann drückte er die halbe Zigarette im überquellenden Aschenbecher aus. Sicher ist sicher.
Duft nach Apfel kündigte den Früchtetee an.

Eilig servierte der Kellner die bestellten Sachen.
„*Bon Appétit.*"

„*Merci beaucoup.*"Pia lächelte. „International."

Breit grinsend huschte er zum Nachbartisch.

„Lecker, lecker", zitierte Felix den Kellner, als er
vom Kringel abbiss und einen Schluck Apfeltee
dazu schlürfte.

Auch Pia schmeckte der Tee. Aber, was ihr nicht
schmeckte, war, dass Felix das Fundstück zurück-
hielt, obwohl er wusste, dass Neugier eine Schwä-
che von ihr ist. Anscheinend kostete er es aus, sie
zu quälen. „Nun zeig schon", drängelte Pia, als sie

den letzten Bissen verdrückt hatte. „Oder soll das Papier vergilben?"

„Moment. Ich esse doch noch."

„Kannst ja weiter essen." Unvermittelt fasste sie in seine Jackentasche und zerrte das gefaltete Papier heraus, legte es ausgebreitet auf den Tisch und strich es glatt.

Beide beugten sich darüber. Kurze Stille

Felix fielen Sesamkrümel auf die Karte „Eine Seekarte mit Breiten- und Längengraden, würde ich sagen. Sieht aus wie der Atlantik. Rechts Afrika-"

„Genau. Der kleine Elefant deutet darauf hin. Siehst du ihn?"

„Ja. Und darüber Europa, zumindest ein geringer Teil davon. Spanien kann man gut erkennen-"

„Und links Amerika." Sie setzte die Lesebrille auf. „Hübsch die kleinen Zeichnungen von Schiffen, Tieren und Menschen. Wird damals Erstaunen bei den Seeleuten hervorgerufen haben."

„Mit Sicherheit."

„Von wann mag die sein?"

„Relativ neu. Das Vorbild vielleicht aus dem 16. oder 17. Jahrhundert. Eine sehr gute Kopie, finde ich."

„Ja, da hat sich jemand richtig Mühe gegeben."

Während sie die Karte wieder zusammenfalteten, fiel ihnen noch eine andere Zeichnung auf der Rückseite auf. Sie war viel mehr eine lockere Skizze, klein, aber noch erkennbar.

Pia beugte sich noch weiter vor. „Könnte eine Insel sein. In der Mitte ein Kreuzchen. Und darunter steht was geschrieben."

Felix hielt sich die Karte dicht unter die Nase. „Vielleicht Türkisch?"

„Wenn das der Doktor notiert hat, klar?" Sie zog die Karte wieder zu sich. „Kryptisch würde ich sagen. Kein Wort zu identifizieren."

„Vermutlich Notizen zu einem noch nicht gehobenen Schatz."

„Du sagst es. Das ist eine Schatzkarte. Das Kreuz zeigt die Stelle, wo er vergraben ist. Jetzt müssen wir bloß noch rauskriegen, wo das ist und den Text entziffern."

„Das christliche Kreuz neben dem kleinen Andreaskreuz dürfte eine Kirche sein."

„Hmm. Vielleicht ein geheimer Friedhof."

Pia legte die Zeichnung wieder auf den Tisch und nippte am Apfeltee. „Na ja, das kann überall sein."

„Nee", widersprach Felix, „der markante Umriss ist schon ziemlich eindeutig. Guck mal, sieht doch aus wie ein ägyptischer Kopf im Profil, mit spitzer Nase. Ein Einheimischer kann damit bestimmt was anfangen, würde ich denken. Vorausgesetzt es ist aus dieser Gegend."

„Man könnte sich mal im Hotel umhören, ob jemand damit was anfangen kann. Was meinst du?" Ungläubig sah er sie an. „In unserem Agentenhotel?"

„Stimmt auch wieder. Vielleicht keine so gute Idee."

„Allerdings."

Pia überlegte eine Weile. „Und, was ist mit deinem Freund aus dem Flugzeug?"

„Mit Ibrahim?"

„Nee, mit dem Piloten."

„Piloten?"

Pia verdrehte die Augen.

Derweil hellte sich Felix` Gesicht auf. „Gute Idee. Das ist es!"

„So können wir zwei Fliegen mit einmal schlagen."

Er wollte ihr einen Kuss auf die gerötete Wange geben, aber kurz vor dem Kontakt hielt er inne, als ihm einfiel, dass sie im Orient sind.

„Vergiss es!", sagte Pia plötzlich.

„Häh?"

„Wir sollten als Erstes probieren, Dr. Halin zu finden. Schließlich ist es sein Schatz."

„Psst." Felix faltete die Karte zusammen. „Hast recht. Schon komisch, wie schnell einen doch die Gier übermannt."

„Und dabei sind wir schon Millionäre", lachte Pia ihren Mann an.

„Hast nochmal recht."

Gut durchwärmt kehrten sie zur Hagia Sophia zurück. Auf Nachfrage meinte ein Fremdenführer,

dass der Doktor nicht da sei, er mache überall in
der Stadt Führungen.

Blaue Fliesen und literweise Blut

Keine 200 Meter entfernt, nur durch einen weit-
räumigen Platz getrennt, erwartete sie das nächste
Highlight: Die Sultan-Ahmed-Moschee.

„Auch nicht schlecht", untertrieb Felix und
schraubte sein Weitwinkel auf die Kamera, um
auch alle sechs Minarette einfangen zu können.

„Nein, ist die schön. Wie ästhetisch, trotz der
Größe. Die gefällt mir noch besser als die Hagia
Sophia - rein äußerlich gesehen natürlich",
schwärmte Pia.

„Diese Moschee ist auch über 1000 Jahre jünger
als die alte Sophia."

Pia zückte ihren Reiseführer. „Stimmt. Die Sultan-Ahmed-Moschee wurde 1616 eröffnet. Auf-
traggeber war Sultan Ahmed I. Von Mehmet Aga,
einem Sinan-Schüler, erbaut. Heute Istanbuls
Hauptmoschee und ein Hauptwerk der osmanischen Architektur. Wegen ihres Reichtums an
blau-weißen Fliesen, die die Kuppel und den oberen Teil der Mauern zieren, wird sie auch Blaue
Moschee genannt. Die Fliesen stammen aus der
Blütezeit der *Iznik-Fayencen* und zeigen traditionelle
Pflanzenmotive, bei denen Grün- und Blautöne

dominieren. Die Ausmalung des Innenraumes wurde auf rosa geändert."

„Rosa?"

Pia zuckte mit den Schultern. Weiter wusste der Reiseführer zu berichten, dass nur die Propheten-moschee in Medina mit zehn und die Hauptmo-schee in Mekka mit neun mehr Minarette aufwie-sen als die Blaue Moschee. Gemäß Hofchronisten hatte der Sultan bei der Auftragsvergabe vom Ar-chitekten verlangt, die Minarette zu vergolden. Man vermutet jedoch, dass ein Hörfehler - gewollt oder ungewollt, denn das Budget war begrenzt - dazu geführt hatte, sechs Minarette zu errichten. Denn das türkische Wort für Gold ist *altin* und das für die Zahl sechs *alti*.

„Auch ohne Gold sehr beeindruckend", befand Felix und drückte erneut auf den Auslöser, diesmal mit lesender Dame im Vordergrund.

Vor dem Eingangsportal gab man ihnen zu ver-stehen, dass geschlossen sei. Warum blieb unklar. Also schlenderten Kegelmanns bei herrlichstem Sonnenschein in Richtung Hippodrom, das sich fußläufig westlich der Blauen Moschee erstreckte. Es wurde vom römischen Kaiser Septimius Seve-rus im Jahre 203 n.Chr. angelegt und von Konstan-tin dem Großen beträchtlich erweitert.

„Was sich hier alles so auf engstem Raum befin-det, ist wirklich erstaunlich", merkte Felix an.

Pia nickte bloß. „In byzantinischer Zeit war das Hippodrom Mittelpunkt des öffentlichen Lebens. Hier fanden nicht nur Wagenrennen, Zirkusspiele und Gladiatorenkämpfe statt, sondern es war auch der Platz, wo man die Feste zu Ehren der Kaiser feierte. Zweimal war es aber auch Schauplatz großer blutiger Kämpfe und Aufstände. Der erste fand im Jahr 532 n.Chr. zu Zeiten Justinian I. zwischen den *Grünen* und den *Blauen* statt, wobei der Feldherr Justinians, Belisar, 40.000 Menschen im Hippodrom töten ließ-"

„Wer sind denn die Grünen und Blauen?"

Pia überflog den Text. „Auch Zirkusparteien genannt. Sie entstanden bereits in der römischen Kaiserzeit. Es waren gleichberechtigte Rennställe, die nicht nur Spiele, Theater und Wagenrennen organisierten, sondern auch zunehmend politischen Einfluss auf das Volk ausübten." Sie blätterte zurück. „Und das zweite Massaker, das hier stattfand, spielte sich im 19. Jahrhundert ab, als Sultan Mahmud II. 30.000 aufständische Janitscharen umbrachte-"

„Das war doch seine eigene Eliteeinheit."

„Nicht für Mahmud. Der wollte die unberechenbaren Janitscharen, die schon so manchen Sultan gestürzt hatten, auflösen und eine neue, ihm loyale Armee unter der Bezeichnung „Siegreiche Armee Mohammeds" bilden. Daraufhin rebellierten die Janitscharen am 14./15. Juni 1826. Zwei Jahre später ließ Mahmud II. den verbliebenen Besitz der Janitscharen beschlagnahmen und bezeichnete dies als wohltätiges Ereignis."

„Wohltätiges Ereignis, nicht zu fassen. Wie hoch mag hier das Blut wohl gestanden haben?"

Pia schüttelte sich innerlich. „Das will ich lieber nicht wissen."

„Bei 30.000 Leuten. Ein durchschnittlich schwerer, gesunder, erwachsener Mensch hat ungefähr ein Blutvolumen von acht Prozent seines Körpergewichts. Ein zirka 70 Kilogramm schwerer Mensch hat also etwa fünf bis sechs Liter Blut. Das macht: dann 180.000 Liter-"

„Ist gut, Felix!"

„Das muss ein rotes Meer gewesen sein. Und überall schwammen Gliedmaßen herum-"

Sie schluckte, fuhr dann, bevor seine Fantasie weiter aufblühen konnte, schnell im Text fort: „Diese etwa 400 Meter lange und 120 Meter breite Arena bot ungefähr für 40.000 Zuschauern Platz-" Sie deutete mit dem Kopf Richtung Süden. „Am oberen Ende der Rundung des Hippodroms bildete eine Säulenreihe mit vier antiken, vergoldeten Bronzepferden in Lebensgröße, welche Konstantin der Große aus Rom mitgebracht hatte, den Abschluss." Sie wandte sich um. „Jetzt rate mal, wo die Pferde heute sind, Felix?"

„In Venedig."

„Und, wer verschleppte sie - und wann?"

„Lass mich nachdenken. Ah ja! Es war der Doge Enrico Dandolo. Es war im Jahr 1204 n. Chr. - als Kriegsbeute."

„Spielverderber. Du hast es schon gelesen."

„Nee!"

„Lügner."

„Ich gucke dir bloß über die Schulter."

Sie klappte das Heft erschreckt zu, als wäre es verboten, mitreinzusehen.

Er lachte. „Wie in der Schule."

Sie klappte das Heft an der gleichen Stelle wieder auf, dann sagte sie kleinlaut: „Den Lügner musst du aus dem Protokoll streichen." Abrupt drehte sie sich um und drückte ihm einen Kuss auf den Mund. „Okay?"

Seine Augen suchten die Gegend nach möglichen Zeugen ab, die den verachtenswerten Vorfall beobachtet haben könnten, aber kein Mensch weit und breit. „Okay". Er gab ihr noch einen etwas längeren Kuss.

Pia atmete tief durch. „Dort", fuhr sie dann fort, „thronten sie lange Zeit über dem Haupttor der Markuskirche; heute stehen Kopien oben, die Originale befinden sich im Museo Marciano."

„Ach! Kopien?"

Sie nickte und zeigte auf die Mitte des langgezogenen Platzes. „Und dort verlief eine starke lange Mauer, die sogenannte Spina, sie war mit Obelisken und Säulen geschmückt, von denen nur noch einige, wie man sieht, erhalten sind. Zum Beispiel der ägyptische Obelisk, er wurde im 15. Jahrhundert v. Chr. vom ägyptischen König Tutmosis III. vor dem Tempel in Karnak aufgestellt. Nach etwa zweitausend Jahren ließ Kaiser Theodosius I., der letzte Alleinherrscher im Römischen Reich, im Jahre 390 n.Chr. diesen knapp 20 Meter hohen (ursprünglich 32 Meter, er zerbrach noch vor dem Aufrichten) und aus rosafarbenem Granit gefertigten Monolith nach Konstantinopel bringen und feierlich auf der Spina aufstellen."

Die Hieroglyphen waren im Gegenlicht schwer zu erkennen, dafür umso besser der sechs Meter hohe Marmorsockel mit seinen Reliefs, auf dem der 3500 Jahre alte Granitobelisk ruhte. Die Reliefs zeigten unter anderem Theodosius mit seinen Söhnen in seiner Loge, seine Leibwache, Zuschauer, Tänze-rinnen und Musikanten. Auf der Nordseite im unteren Teil die Aufrichtung des Obelisken. Auf der Westseite empfing der Kaiser mit seiner Familie die Huldigung der besiegten Feinde. Weiter unten zwei Gesandte, die ihre Geschenke darbrachten.

„So lebensnah", staunte Felix. „Wenn man bedenkt, wie alt die sind." Er lichtete sie von allen Seiten ab. „Hier sieht man sogar die Rennbahn des Hippodroms."

„Wirklich schön." Sie wandte sich ab und deutete nach vorne. „Was du da vor uns siehst, ist die berühmte Schlangensäule aus Delphi, das älteste griechische Denkmal Istanbuls-"

„Ägyptisch, römisch, griechisch. Alles so nah beieinander. Wirklich beeindruckend."

„Sie ist aus Bronze und über fünf Meter hoch. Die Säule, drei sich umwindende Schlangen, die einst einen Dreifuß mit goldener Schale trug, die im Vierten Kreuzzug geraubt wurden, war eine Weihgabe der Griechen, die sie nach ihren Siegen über die persischen Invasoren 479 v.Chr. in der Schlacht von Plataiai und 480 v.Chr. in der Schlacht von Samis dem Gott Apollon gewidmet hatten. Konstantin der Große ließ sie hier 331 n.Chr. aufstellen. Im 17. Jahrhundert wurden die Schlangenköpfe abgeschlagen oder sind abgefallen, das ist nicht bekannt. Doch ein Schlangenkopf von ihnen wurde Mitte des 19. Jahrhunderts an der Stelle des Janitscharen-Zeughauses gefunden. Der Ober-kiefer, um genau zu sein, befindet sich heute im Archäologischen Museum von Istanbul."

„Das merken wir uns. Den müssen wir uns ansehen."

Wie spannend, dachte Pia, einen Oberkiefer einer Schlange. Sie sammelte die letzte Spucke, um ihrem Mann auch noch den am südlichen Ende befindlichen tausendjährigen gemauerten Obelisken aus Kalkstein näher zu bringen. Immerhin war er mal mit goldenen Platten verkleidet, die ebenfalls im Vierten Kreuzzug Opfer eines Raubes wurden.

„Sag mal, lag der Platz mal tiefer?"

„Ja, der heutige Sultan-Ahmet-Platz liegt etwa zwei Meter höher als die einstige Rennbahn."

„Deshalb steht die Säule da vorne so tief."

„Genau."

Dann ging es zurück zum nördlichen Ende des Platzes, zum Deutschen Brunnen, der auch Kaiser-Wilhelm-Brunnen genannt wird. Der achteckige, überdachte, im Stile der Neurenaissance angelegte Brunnen wurde zum Andenken an den zweiten Besuch Kaiser Wilhelms II. von der deutschen Regierung im Jahre 1901 zu Kaisers Geburtstag eingeweiht.

„Sozusagen ein Neubau."

„Kann man sagen." Pia klappte das Buch zu. „Ich brauche jetzt was zu Trinken."

„Der Brunnen ist leer."

„Dann fülle Er ihn mit Rosenwasser."

Felix schnippte drei Mal mit den Fingern, sah hinein. „Oh, Aladins Zauber funktioniert heute nicht. Er bittet um Verzeihung."

„Abgelehnt." Pia ging auf die Knie, den Blick zum Himmel. „Wasser, Herr!", japste sie theatralisch.

„Aqua?" Das war eine fremde junge Stimme, die da antwortete. Verdutzt drehte sie sich um. Vor ihr standen drei Jungs, alle mit rotem Fes (*Tarbusch*) mit schwarzer Quaste auf dem Kopf, dazu knöchellange, beige Kaftane.

Pia stand auf. „Ja, habt ihr Aqua?"

Sie schüttelten die Köpfe. Einer deutete mit dem Finger auf ein zehn Meter entferntes Standbecken mit Wasserhahn, der tropfte.

„Meine Rettung." Sie bedankte sich und eilte hinüber.

Derweil zog der Älteste Ansichtskarten in Form eins Leporellos aus der Tasche, dazu alte vergilbte Einzelstücke, und hielt sie in Richtung Felix. „Beste Ware, mein Herr!"

Felix trat grinsend näher. Die Vergilbten waren nicht uninteressant, sie waren wahrscheinlich aus den Fünfzigern; nicht alle zeigten Istanbul. Egal. Mit ein wenig Handeln - Ordnung muss sein - erwarb er das Dutzend alter Ansichtskarten.

„Deutsch-Autos süper, Deutsch-Fußball süper, Deutsch-Mann süper-"

Felix lachte und kaufte auch noch das Leporello.

Als Pia zurück war, bestand der Nachwuchsverkäufer darauf, dass sie sein Tarbusch aufsetzt, damit ihr Mann von ihnen allen ein Erinnerungsfoto schießen kann, was Felix auch freudig tat.

Lange winkten ihnen die drei Junghändler noch nach.

„Nette Jungs", sagte Pia.

„Vor allem haben sie jetzt Feierabend, schließlich habe ich ihre gesamte Ware gekauft."

„Guter Mann."

Einmal Frauenschenkel, bitte

Gemächlichen Schrittes gelangten sie in den Bezirk Fatih. Hier befanden sich der Große Basar und die Universität mit über 100.000 Studenten und über 1.300 Professoren, eine der größten Universitäten in der Türkei, gegründet 1453 n.Chr., gleich nach der Eroberung Konstantinopels. Auch der Basar war aus dem 15. Jahrhundert.

Beides ließen sie jedoch links liegen, denn der Magen knurrte. An der verkehrsreichen Atatürk Bulvari kehrten sie in eine hektische Imbissbude mit Außenbereich ein.

Pia suchte eiligst die Toilette auf. Fünf Sekunden später war sie zurück. „Was heißt eigentlich Frau auf Türkisch?"

Felix schaute eilig im Kleinen Sprachführer nach, fand aber nur unter F Worte wie Fleisch = *et*, Fruchtsaft = *meyvesuyu*, aber keine Frau. „Was wirklich wichtig ist fehlt immer!"

„Egal!"

Ein kurzer Fluch verriet Felix dann, dass Pia die falsche Tür erwischt hatte.

„*Baylou* heißt Frau", klärte sie ihn fünf Minuten später auf.

„Und Mann?"

„*Bay*."

Kegelmanns ergatterten die letzten beiden freien Stühle in dem Verschlag. Kaum Platz genommen, tauchte auch schon die Bedienung auf. Das junge Mädchen, vielleicht dreizehn, wirkte durch ihr rosa Kopftuch und ihr buntes bodenlanges Kleid älter, eher wie eine kleine Erwachsene. Ihre großen, schwarzen Augen erwarteten die Bestellung.

„*Cay*, bitte", sagte Pia.

Ihr fragender Blick blieb.

„*Çay*", half der Nachbar aus. „Ç spricht sich tsch."

Das Kellnerkind wiederholte nickend: „*Çay.*"

„Darf ich was empfehlen", fragte der Nachbar"?

„Gerne."

„Zum Beispiel *Imambayidi*, was so viel heißt wie Der-Imam-fiel-vor-Begeisterung-in-Ohnmacht.

„Das sind Auberginen mit Zwiebeln und Tomaten mit Olivenöl zubereitet."

Pia lachte. „Das nehme ich."

Felix entschied sich auf weiteres Anraten des Nachbarn für Frauenschenkel, *Kadin budu köfte*. Panierte Fleischklößchen mit Reis.

Der freundliche Berater bestellte dann ebenfalls *Kadin budu köfte*. Anschließend verriet er, dass er ein geborener Berliner sei. „Berlin-Kreuzberg, um genau zu sein. Ich besuche Familie und Verwandte."

„Nein, was für ein Zufall! Da kommen wir auch her."

„Nein!? Berliner sind überall." Er lachte.

Daraufhin entwickelte sich bis zum Essen eine muntere Unterhaltung über die neuen Verhältnisse im vereinten Berlin: neue Stadtmitte, steigende Mieten, Ausverkauf des Ostens.

„*Çay? Kadin budu köfte. Kadin budu köfte?*" Das Kellnerkind verteilte die Getränke und Speisen.

Es war äußerst schmackhaft.

Als er den letzten Frauenschenkel vertilgt hatte, fragte der Kreuzberger: „Wussten Sie, dass die türkische Küche in einer Weltrangliste der Gastronomie nach der französischen und chinesischen auf Platz drei liegt?"

„Ach!? Nein, das war mir nicht bekannt."

„Sie ist so vielfältig durch die lange wechselhafte Geschichte geprägt-"

Weiter kam er nicht, denn jemand rief: „*Amca*!"

Sahin, so des Kreuzbergers Name, sagte mit feuchten Augen: „Mein Neffe. Tut mir leid, dass ich euch meine Familie nicht vorstellen kann, aber wir müssen los. Der Bus nach Bursa fährt in fünf Minuten. Tschüss." Er legte einen Geldschein auf den Tisch und drängelte sich zu seiner sechsköpfigen Familie durch. Ein kurzes Winken, weg waren sie. Gerne hätte Felix ihn noch über Istanbul ausgefragt - und ihm die ominöse Karte gezeigt.

Gut gesättigt verließen Kegelmanns den wuseligen Imbiss. Ihr Weg führte sie nun unter einem 26 Meter hohen Aquädukt aus dem 4. Jahrhundert hindurch und vorbei an einem staubigen Neubauviertel mit Fußball spielenden Kindern. Gleich darauf die Atatürk-Brücke. Erneut überquerten sie das Goldene Horn. Die Dehnungsfugen klafften weit auseinander, zudem schwankte die Brücke nicht unerheblich. Drüben angekommen, war dann Bergsteigen angesagt. Die Gehwege schmal, steil und ständig mussten sie hupenden Taxen und rußenden Bussen ausweichen. Am Pera Palace Hotel verschnauften sie kurz, dann waren es nur noch wenige Meter zu ihrem „Agentenhotel".

Raki, mehr Raki

Das Zimmer war jetzt lauwarm. Pia, halbwegs zufrieden, verschwand im Bad, und Felix legte sich mit Schuhen aufs Bett und faltete die Karte auseinander. Wenn es etwas Geheimnisvolles wäre, was keiner sehen durfte, hätte es Dr. Halin bestimmt nicht in seinem Ordner aufbewahrt. Aber irgendetwas musste das kleine Kreuz bedeuten. Was, wenn sie Dr. Halin nicht finden würden? Sollten sie dann wirklich versuchen, herauszufinden, um welches Areal es sich handelt? Ein leichtes Kribbeln durchströmte ihn. Felix ließ die Weltkarte auf seine Brust sinken, schloss die Augen und sank in einen unruhigen Traum.

Er sah Pia und sich, bewaffnet mit einer Schaufel und einer Taschenlampe, bei Vollmond an Land gehen. Die Insel schien unbewohnt. Mühsam erklommen sie einen Hügel. Hier, neben der alten

Kirche war ein aus Kieselsteinen ausgelegtes Kreuz. Das war eindeutig. Schnell begannen sie, eine Grube auszuheben. Plötzlich tauchte ein Licht in der Ferne auf, welches sich direkt auf sie zu bewegte. Hatte sie jemand im Hotel belauscht? Jetzt war Eile geboten. Ohne Licht, nur der silbrige Mondschein beleuchtete noch die Stelle, buddelte er weiter. Schweiß lief ihm aus allen Poren. Auf einmal ein metallenes Geräusch. Kurz darauf kam eine Blechkiste zum Vorschein. Das Licht kam immer näher. Gerade als er den Deckel öffnen wollte, stieß ihn jemand an.

„Felix, aufwachen, es ist schon dunkel."

Felix schreckte hoch. Die Karte war weg. „Wo-?"

„Sie liegt auf dem Tisch", beruhigte sie ihn. „Du bist ja richtig durchgeschwitzt. Hast du schlecht geträumt?"

Felix ließ die Frage unbeantwortet, schwang sich aus dem Bett, ging ins Bad, entkleidete sich und drehte die Dusche auf. Das handwarme Tröpfeln aus dem Duschkopf reichte gerade so aus, um sich halbwegs den Schweiß abzuwaschen. Bevor sie das Hotelzimmer verließen, versteckte er die Karte unter seiner Matratze. Sicher ist sicher. War das wirklich sicher? Er sah sich um. Der Spiegel. Besser. Er klemmte das Stück Papier dahinter.

Der Taksim-Platz mit seinem Rondell in der Mitte ist ein Verkehrsknotenpunkt im Stadtteil Beyoğlu. Im Zentrum das Denkmal der Republik, welches an die Gründung der Republik Türkei im Jahre 1923 erinnern soll. Ringsum überwiegend moderne Bauten aus den Sechzigern und Siebzigern.

Pia fand ihn zu groß, zu öde, nicht gerade zum Verweilen einladend. Daher kehrten sie in die Fußgängerzone İstiklâl Caddesi zurück. Sie hakte sich ein. „Irgendwie werde ich das Gefühl nicht los, dass wir verfolgt werden."

Ihr Mann drehte sich um. „Ach was! Wer soll uns schon verfolgen?"

„Nur so ein Gefühl." Fast flüsternd sagte sie: „Du weißt schon, die komische Karte."

Er beruhigte sie. „Außer uns weiß es doch niemand, oder?"

„Vielleicht Dr. Halin?" Sie überlegte kurz. „Und wenn uns jemand beobachtet hat, wie wir die Karte eingesteckt haben?"

„Ach was! Wer denn? Ich habe niemanden gesehen. Zudem müsste derjenige ja wissen, was es ist."

Sie zog ihren Jackenkragen bis unters Kinn. „Trotzdem ist mir kalt."

Er drückte sie enger an sich. Nachdem sie etliche Schaufenster besichtigt hatten, darunter so manchen Goldschmuckladen, kamen sie an einer hellbeleuchteten Passage vorbei. Mehrere Aufsteller priesen türkische Speisen an.

„Komm, lass uns hier einkehren", sagte Pia, „ich habe einen Bärenhunger. Und vorweg einen Raki, zum Aufwärmen."

Die Galerie bestand überwiegend aus Restaurants. Qual der Wahl.

Aus irgendeinem unerfindlichen Grund drehte sich Felix noch einmal um, und just in diesem Moment bog ein Mann in einem halblangen, schwarzen Mantel mit hochgeschlagenem Kragen in die Passage ein. Sein Gesicht blieb im Schatten. Bevor sich Felix weitere Gedanken machen konnte, sprach sie ein Türsteher an.

„Deutsch?" Ohne eine Antwort abzuwarten, sagte er in gebrochenem Deutsch: „Bester Grill von ganz Istanbul. Gute Preise. Noch Plätze frei." Schon eine Minute später saßen sie an einem Zweiertisch am Fenster.

Auch der schwarzgekleidete Mann kehrte ein. Geflissentlich sein Gesicht mit dem Mantelkragen verdeckend, so schien es zumindest, bezog er einen Schattenplatz in der Nähe der Bar.

Hatte ihn Pia mit ihrer Angst angesteckt? Er wischte den Gedanken beiseite. Sei nicht albern!

Kaum hatten sie ihre Jacken und Schals über die Stuhllehne gehängt, hielt ihnen ein sehr junger, sehr dünner Kellner mit knallroten Wangen schon die Speisekarte unter die Nase.

Pia sagte: „Kühl hier. Erst mal zwei Raki vorweg, bitte", und nahm die Karten entgegen.

Der sehr junge Kellner, dessen schwarzer Anzug ihm am Körper schlackerte, sah sie fragend an.

„*Two Raki, please*", wiederholte Pia.

Ein älterer Kollege mischte sich ein. „Verzeihen Sie, mein junger Kollege, mein Neffe vom Land, spricht nur Türkisch."

„In der Türkei nicht unnormal", lächelte Felix.

Ein freundliches Nicken. „Also zwei Raki, ja?"

Pia nickte freundlich zurück.

So unauffällig wie möglich beobachtete Felix über den Rand der Speisekarte den Mann in Schwarz. Eigentlich benahm sich der Unbekannte ganz normal, auch er hatte eine Speisekarte vorm Gesicht.

Keine Minute später servierte der sehr junge, sehr dünne Kellner zwei halbvolle Wassergläser mit einer milchigen Flüssigkeit.

„*Teşekkür ederim*." Pia erhob das Glas. „*Şerefe!*" Sie stieß mit ihrem Mann an. In einem Zug leerte sie das Glas. Gleichdarauf schüttelte sie sich. „Tut gut."

Der sehr junge, sehr dünne Kellner lächelte abschätzig. Vermutlich mochte er keine Alkohol trinkenden Frauen.

„Haben Sie schon gewählt?", fragte der ältere Kollege im Hintergrund.

Felix schüttelte den Kopf.

Beide Kellner verzogen sich.

„Jetzt ist mir richtig warm, mein Schatz", freute sich Felix` Frau und schlug die Karte auf. Die Speisekarte war zum Glück zweisprachig; türkisch und englisch.

In diesem Augenblick strömten rund zwanzig Personen in das kleine Lokal. Freunde, wie es schien, denn sie wurden von allen Kellnern mit Wangenküssen begrüßt. Dann folgte Stühle- und Tischerücken, was auf dem bunten Fliesenboden mit viel Geräusch vonstattenging. Auch Kegelmanns waren von der Umbauaktion betroffen, kurzerhand wurden sie umgesetzt. Ihnen wurde jetzt ein Tisch neben der Toilettentür zugewiesen. Pias zaghafter Protest blieb ungehört.

Nach zwei weiteren geräuschvollen Minuten hatten dann alle einen Platz gefunden. Lautstark folgte auch gleich die Bestellung der Gruppe. Obwohl sie alle durcheinander sprachen, schien der alte Kellner genau zu wissen, was jeder haben wollte. Er notierte ohne große Nachfrage.

Felix riskierte einen Blick nach rechts, doch die Sicht auf den vermeintlichen Verfolger war verstellt, er konnte nur noch ein Stück seines Ärmels sehen. Spätestens, wenn er auf die Toilette muss, würde er ihn ja zu Gesicht kriegen.

„Ich glaube, der Kellner hat uns vergessen", mutmaßte Pia nach zehn Minuten, gefühlt das Dreifache. Ihr Vorwurf klang schon leicht genervt.

Die Ober scherzten derweil munter mit den Neuankömmlingen. Fehlte bloß noch, dass sie sich dazusetzten.

Trotz Winkens und Fingerschnippens wurden Kegelmanns ignoriert, also entschied Felix, an die

Bar zu gehen, um dort ihre Bestellung an den Mann zu bringen. Doch der Barmann sagte, dass gleich jemand an den Tisch kommen würde.

„*Realy?*"

„*Sure. Sit down and wait. Please.*" Der Barmann wandte sich ab und unterhielt sich mit seinem Kollegen weiter.

Wiederum verging eine Ewigkeit, bis endlich der alte Kellner auftauchte. „Schon gewählt?", fragte er mit gehetztem Blick.

Eilig bestellten sie Salat und zwei Mixgrillteller.

„Und noch zwei Raki", schob Pia nach.

Kurzes Nicken.

Blecherne Bauchtanzmusik erscholl nun aus den Lautsprechern, allerdings ohne Tänzerin. Sofort sang und klatschte der Zwanziger-Tisch mit. Damit stieg der Lautstärkepegel auf einen Dezibelwert, durchaus vergleichbar mit dem Start eines Jumbojets. Pia und Felix klatschten dennoch anstandshalber mit.

Weg? Der schwarze Ärmel des Verfolgers war verschwunden. Oder hatte man ihn auch umgesetzt? Felix stand auf, um sich einen besseren Überblick zu verschaffen. Nichts. Wie ist er nach Draußen gelangt? Er hätte doch an ihnen mehr oder weniger vorbeikommen müssen.

Seine Frau fragte: „Wonach suchst du?"

„Ach, nichts." Mit einem Erleichterungsseufzer setzte er sich wieder hin.

„Das kannst du deiner Großmutter erzählen.“

„Die ist tot.“

Der sehr junge Kellner knallte ihnen die Rakis auf den Tisch.

„Was hat der denn?“, wunderte sich Pia.

„Ich glaube, der mag keine saufenden Frauen.“ Er lächelte.

„Du machst Witze, oder? Ich saufe doch nicht! Ich wärme mich bloß von Innen auf.“

„Ich weiß. Ich auch. Aber du vergisst, dass wir in einem muslimischen Land sind. Andere Länder, andere Sitten.“

„Wir sind hier im europäischen Teil, schon vergessen?“

„Mir brauchst du das nicht zu sagen-“

Drei Lieder später kam das Essen.

Pia sagte: „Wenn es hier nicht so kalt wäre, bräuchte ich keinen Raki trinken.“

Ohne eine Miene zu verziehen und ohne auf Pia einzugehen, platzierte der ältere Kellner die Teller auf dem Tisch.

Lammgeruch umwehte ihre Nasen.

„Lauwarm“, stellte Pia fest. Sie hob den Arm. Aber es erfolgte keine Reaktion seitens des Personals.

„Bester Grill Istanbuls, dass ich nicht lache.“

Schweigend verzehrten sie den Mixgrillteller mit Pommes, der, wie sie fanden, ausschließlich aus Lammfleisch bestand.

„Hier gehen wir nicht mehr hin." Pia legte nach der Hälfte das Besteck beiseite. „Saftladen!"

Felix widersprach nicht.

Zur Strafe bestellte Pia noch zwei Raki.

Die Rechnung war üppig, das Trinkgeld nicht.

Beschwingt bahnten sich Kegelmanns einen Weg durch die jetzt ausgelassen Tanzenden. Als sie aus der Tür traten, blieb Felix abrupt stehen. Lehnte da nicht der schwarze Kerl an einem Pfeiler und rauchte? Er stand mit dem Rücken zu ihnen. Wartete er auf sie? Felix sah sich nach einem anderen Ausgang aus der Passage um, konnte aber keinen entdecken. Also straffte er sich, nahm Pias Hand und eilte schnellen Schrittes an dem Raucher vorbei. Ein verstohlener Seitenblick ließ Felix entspannen. Mit großer Wahrscheinlichkeit war es nicht der Typ vom Lokal, denn er war relativ alt, und er hatte einen roten Schal um den Hals geschlungen.

Die İstiklâl Caddesi war zum Glück noch gut belebt. Trotzdem überfiel Felix ein kalter Schauer, als er an die dunkle Seitengasse zu ihrem Hotel denken musste.

Ein Barthaar und mehr

Die Stimme des Muezzins empfand Felix fast wie Musik, als er am nächsten Morgen blinzelnd die Augen aufschlug. Blendendes Sonnenlicht durchflutete das Möbellager. Allerdings zuckte ein stechender Kopfschmerz durch seine Schläfen. Na ja, kein Wunder bei dem Alkoholkonsum. Als sie am Abend angespannt die düstere Gasse passiert und unbehelligt ihr Hotel erreicht hatten, hatten sie noch im „Salon", wie Selin ihn nannte, Platz genommen und einen Schlummertrunk in Form eines mehrstöckigen Rakis bestellt. Der Salon war mit Neo-Rokoko-Stühlen und -Tischen und einem großen Gründerzeitbuffet überladen, aber die Tischleuchter verströmten ein angenehmes Licht. Da hatte es auch nicht gestört, dass die drei Japaner lautstark fernsahen. Felix war nur froh, dass sie heil nach Hause gekommen waren. Mit zwei zusätzlich organisierten Wolldecken waren sie dann wie tot ins Bett gefallen.

„Bist du schon wach?", kam die müde Frage seiner Frau aus dem Badezimmer. „Zehn nach neun. Wir haben noch genau fünfzig Minuten für das Frühstück."

Die drei Japaner sahen schon wieder fern - oder immer noch? Das Frühstück fiel recht kurz aus.

Diesmal nahmen Kegelmanns die Tünel-Bahn, um zur Galatabrücke zu gelangen. Auf der gegenüberliegenden Seite, an der belebten Schiffsanlegestelle *Eminönü* erfuhren sie, dass sie für eine Bosporus-Tour zu spät dran waren.

„*Daily 10.35.*"

„Schade. Und nun?"

„Dann ziehen wir eben den Topkapi-Palast vor", entschied Pia.

Mit einer Fläche von ungefähr 700.000 Quadratmetern - halb so groß wie Monaco - ist der Topkapi-Palast der ausgedehnteste türkische Profanbau. Er besteht nicht aus einem einzelnen, sondern getreu der türkischen Tradition aus mehreren Gebäuden und Höfen, dazu ein ausgedehnter Garten. Mit bis zu 5.000 Bewohnern war der Palast eine eigene Stadt. Im 18. Jahrhundert erhielt er den Namen Topkapi Sarayi, der sich von der palasteigenen Kanonengießerei ableitet.

„Harem kostet extra", wies die Kassiererin sie hin. „Und nur mit Führung."

„Topkapi ohne Harem geht ja gar nicht", meinte Felix.

Pia lächelte. „Schon klar, mein Pascha."

„Zweimal Harem."

Beeindruckt durchschritten Kegelmanns dann das erste Tor mit dem Namen „Tor des Friedensgrußes". Über dem Torbogen eine Kaligraphie und das Datum 1478. Unweit erläuterte ein

Fremdenführer in deutscher Sprache, dass das Tor in der Zeit von Mehmed II. erstanden sei.

„Links sehen Sie die Irenenkirche, eine dreischiffige Emporenbasilika aus dem 4.Jahrhundert, eine der ältesten Kirchen Istanbuls. Vor dem Bau der Hagia Sophia war sie die Hauptkathedrale der Stadt. Nach der osmanischen Eroberung im Jahr 1453 wurde die Kirche nicht in eine Moschee umgewandelt, sogar das Kreuz ließ man unangetastet. Heute wird sie für Konzerte und Ausstellungen genutzt-"

Der Film war voll. Ohne Hektik wechselte Felix die 36er-100-Asa-Kodak-Patrone aus. Beim Einfädeln des herausstehenden Zelluloidstreifens musste er bloß Acht geben, dass die Perforierung auch wirklich auf den Zahnrädchen auflag, ansonsten gab es Probleme mit dem Einzug. Es klappte, und er konnte Tor und Irenenkirche ablichten, ohne Pia, sie fand es blöd, sich später auf fast allen Fotos im Fotoalbum zu sehen. Fand Felix nicht.

„Weiter", drängelte sie, um vor den drei Gruppen den zweiten Hof zu erreichen.

Laut des neugekauften Topkapi-Führers war der zweite Hof das politische Zentrum und beherbergte Staats- und Verwaltungsräume sowie Unterkünfte der Leibgarde des Sultans.

Besonders fasziniert war Pia von den vielen Kuppeln und Schornsteinen der Palastküche, die sich über die gesamte Länge der Ostseite zogen. Bis zu

6.000 Mahlzeiten täglich, las sie, und sie musste bei dem Gedanken schmunzeln, dass sie zu Hause schon Probleme mit zwei Essen bekam.

Bei Festmahlen arbeiteten bis zu 1000 Menschen in den zehn Räumen. Der Jahresfleischverbrauch dieser Riesenküche betrug 30.000 Hühner, 23.000 Schafe, 14.000 Kälber und tonnenweise Obst und Gemüse.

„Heute bergen die Küchenräume eine reichhaltige Sammlung chinesischer und japanischer Porzellane. Nach den Sammlungen in Peking und Dresden gilt sie mit 10.700 seltenen und wertvollen Stücken als drittgrößte Sammlung der Welt.“

„Kiek an“, kommentierte Felix.

„Die Seladon-Serie (10.-14.Jh.) gehört zu den ältesten und wertvollsten Stücken der ganzen Sammlung. *Seladon* ist hauptsächlich eine Mischung aus Jade und Kaolin. Es wird noch heute von seiner Eigenschaft erzählt, dass die Gegenstände aus Seladon ihren Farbton ändern und die Glasur zersplittert, sobald man giftgemischte Nahrungsmittel hineingießt-“

„Genial“, sagte Felix. „Sollten wir uns unbedingt zulegen.“

Pia blitzte ihn an. „Was soll das denn heißen?“

„Nichts. Nur so.“ Felix wandte sich den weißen und gelben Porzellanen aus der Mingzeit (15.-17.Jh.) zu.

„Eine Vase auf dem Kopf zu zerschlagen, würde viel schneller gehen!", rief sie ihm nach.

Bei dem Wort „Zerschlagen" zuckte die Aufseherin auf ihrem Stuhl merklich zusammen. Sie schwor sich, diese Besucherin im Auge zu behalten.

„Oder seinen Liebsten kochen ginge natürlich auch", hörte er Pia nun lachend einen Raum weiter.

Kurz darauf konnte Felix in der ehemaligen Hofküche die Riesenkessel - ausreichend, um eine dreiköpfige Familie Unterschlupf zu bieten - in Augenschein nehmen. Solche großen Kupfergefäße hatte er noch nie gesehen.

Der kleine Kuppelbau am Nordende der Küche war Zubereitungsstätte für Seife und feinste Öle. Darauf folgten auf zwei Etagen verteilt europäische Porzellane aus Limoges, Vincennes, Sevres, Augaerten, Petersburg und Meissen, und Silberwaren, vorwiegend Geschenke an den Sultan.

Wieder an der frischen Luft, steckte sich Felix eine Zigarette an. „Hättest du gedacht, hier so eine riesige Porzellansammlung anzutreffen? Edle Metalle, Perlen, erlesene Stoffe, Teppiche, Edelsteine, ja, aber Meissnerporzellan-"

„Bestimmt Geschenke von August", sagte Pia beiläufig und blätterte in ihrem Führer.

„August?"

„Der Starke."

„Der aus Sachsen?"

Pia bejahte und sah von ihrem Reiseführer auf: „Gleich durchschreiten wir das „Tor der Glückseligkeit". Dahinter, im dritten Hof, der damals nur mit ausdrücklicher Erlaubnis betreten werden durfte, erwartet uns dann der Audienzsaal des Sultans. Im Thronsaal wurden die höchsten Staatsbediensteten, die Wesire und ausländische Gäste empfangen. Der Thron des Sultans ist mit Gold, Edelsteinen und Perlen geschmückt. Während der Audienz floss aus dem am Eingang gebauten Brunnen Wasser, damit die geheimen Gespräche des Sultans von draußen nicht mitgehört werden konnten." Pia ließ das Heft sinken. „Jetzt weißt du Bescheid."

Felix drückte seine Zigarette aus. „Bescheid. Dann lass uns schreiten."

Unter dem Glückseligen-Tor aus dem 16. Jahrhundert blieben sie einen Moment stehen.

„Spürst du was?", fragte Felix.

Pia lächelte verklärt. „Und ob. Einen kalten Hauch von Glück." Sie schmiegte sich an ihren Mann. „Wenn es wärmer wäre, wäre es bestimmt nicht auszuhalten."

Er rubbelte sie mit seinen Händen warm. „Besser so?"

Mit einem Kuss auf die Wange löste sie sich aus seiner Umarmung. „Bis zum Thronsaal wird`s reichen."

Er war geschlossen.

Unter dem von Säulen und Spitzbögen mit maurischen Rotweiß-Muster gestützten ausladenden Dach des Palastes lehnte sich Pia auf die Balustrade und las: „Beiderseits des Tores war die Palastschule, wo der Nachwuchs für die Staats- und Verwaltungsberufe ausgebildet wurde. Um Korruption zu verhindern, gab es für junge Männer, die aus dem Osmanischen Reich - teilweise auch als Sklaven - zur Ausbildung aufgenommen wurden, drei unabdingbare Voraussetzungen: Erstens, sie durften keine Türken sein. Zweitens, sie mussten Waisen sein. Und drittens, es durfte kein Verwandter im Palast arbeiten."

„Waisen? Verwandte?"

Pia zuckte mit den Schultern. „So steht`s hier", sie verstaute das Heft in der Tasche. „Schatz, auf zur Schatzkammer!"

Die legendäre Schatzkammer lag rechter Hand. Das weiße Gebäude mit Kuppel soll unter Mehmet II. als Sommerpalast gebaut und unter Selim I. im 16. Jahrhundert als Schatzkammer eingerichtet worden sein. Heute sind hier in vier Räumen unermesslich wertvolle, einzigartige Kostbarkeiten osmanischer Sultane zu besichtigen. Teils Geschenke, teils Tribute, teils selbst erworben.

Gleich der erste Saal empfing die Besucher mit Gold- und juwelengeschmückten Kriegsgegenständen, Wasserpfeifen aus Kristall mit brillantverzierten Bernsteinmundstücken. Besonders zwei Statuetten fielen ins Auge: ein auf einem Thron sitzender Scheich sowie ein schwarzer Sklave. Der Körper des Scheichs und die Beine des Sklaven waren aus je einer großen Perle gearbeitet.

„Wow! Vielleicht sein Lieblingssklave?"

Pia sah ihn missbilligend an. „Sklave ist Sklave, egal ob seine Beine aus einer Perle geschnitzt sind."

Immer mal wieder kam die Kämpferin gegen Ungleichbehandlung in ihr durch. Er liebte das an ihr. Trotzdem merkte er noch an: „Aber feinstes Kunst-handwerk."

„Hmm."

Sie wandten sich nun den Vitrinen zu, in denen sich unter anderem die prunkvolle Rüstung Mustafas III. und der Thron Murats IV. befanden; der Thron war mit Elfenbein- und Perlmutteinlagen verziert. Dazu Wasserkaraffen, Kannen und goldene Kerzenständer.

„Schau mal, ein Geschenk Wilhelm II. an Sultan Abdülhamit dem Zweiten."

„Ein Spazierstock?"

„Immerhin ist der Griff mit Brillanten geschmückt."

„Klar."

In derselben Vitrine befanden sich noch ein goldenes Modell eines chinesischen Palastes und ein goldener Musikkasten aus Indien, gekrönt von einem goldenen Elefanten.

„Da kommt Wilhelms Krückstock aber nicht mit", fand Felix. „Der alte sparsame Preuße. Nur beim Militär hat er nicht gespart."

Auf die kommenden Räume waren Kegelmanns besonders gespannt. Und nicht nur sie. In Saal Zwei befand sich eine deutsche Reisegruppe. Ein Herankommen an *die* Vitrine war im Augenblick nicht möglich.

„-und hier, liebe Besucher, sehen Sie den weltberühmten Goldenen Dolch aus dem Film *Topkapi*", krähte die Führerin.

„Bei der keine Ohrenschmerzen zu kriegen, ist eigentlich nicht möglich", flüsterte Felix Pia ins Ohr.

Sie flüsterte zurück: „Gut, dass wir keine Führung bei ihr gebucht haben."

„-im Griff sind drei große Smaragde eingearbeitet … er ist, wie Sie sich vielleicht vorstellen können, von unschätzbarem Wert-"

Schon drängten sich die Besucher noch näher an die Glasvitrine, um den überaus prunkvoll verzierten Krummdolch in Augenschein zu nehmen.

„-und beachten Sie auch die zwei Smaragde daneben. Einer wiegt 1,310 kg und der andere sogar sagenhafte 3,260 kg, somit ist er der größte Smaragd der Welt."

Ein Raunen ging durch die Gruppe.

Pia und Felix hörten, trotz Krähtons, mit halbem Ohr hin, während sie Ahmets I. aus Nussbaumholz und Perlmutt- und Schildpatteinlagen gefertigten Thron besichtigten. Daneben ein juwelengeschmückter Turban, dessen Federbüschel mit Diamanten und Rubinen besetzt waren.

„Is det echtes Jold?", fragte ein etwa achtjähriger Junge aus der Gruppe.

Krähe verzog missbilligend das Gesicht. „Selbstverständlich! Was denkst du denn? Meinst du, der Dolch ist aus Schokolade?"

Der Junge bekam einen roten Kopf. Der Vater ebenfalls, er sagte: „Sie müssen ihn nicht so anblaffen, det war doch bloß `ne Frage eines Kindes, jute Frau."

Sie murmelte etwas Unverständliches, dann fuhr sie in ihrem Programm fort: „Der Topkapi-Dolch misst mit Scheide zirka 35 cm und ist vielfach mit Juwelen bestückt. Im Kopf des Dolches befindet sich sogar eine eingebaute Uhr in einer Fassung aus Smaragd-"

Jetzt drückten sich viele die Nasen an der dicken Glasscheibe platt, keine Chance einen kleinen Blick auf den berühmten Dolch (*Hançer*) zu werfen.

„Der *Hançar* war ursprünglich von Mahmut I. als Geschenk für Nadir Schah in Auftrag gegeben worden. Die Osmanen hatten ihn 1746/47 n.Chr. mit zahlreichen anderen Geschenken, unter anderem mit 90 turkmenischen Pferden, an den „Eroberer Indiens" gesandt, um Schwierigkeiten an der Ostgrenze zu vermeiden. Da aber Nadir Schah fast gleichzeitig mit dem Eintreffen der Gesandtschaft ermordet wurde, kam es nicht zur Geschenkübergabe, und die Gesandten kehrten unverrichteter Dinge um." Die Reiseführerin schaute auf ihre Armbanduhr. „Noch Fragen? Nein. Dann weiter."

„Äh …" Weiter kam ein älterer Herr am Stock nicht, denn Krähe stürmte schon in den nächsten Raum.

Die deutsche Reisgruppe zog ab. Sie wurde augenblicklich von einer englischen abgelöst, die schnurstracks auf die Vitrine mit dem Dolch zustrebten. Kegelmanns blieb nur ein kurzer Moment, um sich das Meisterwerk etwas genauer anzusehen. Zwangsläufig folgten sie den Deutschen, um nicht erdrückt zu werden.

„-86 Karat", krähte es aus dem Nachbarraum, „in Silber gefasst und von 49 Brillanten umrahmt, meine Damen und Herren. Der sogenannte *Löffelmacher-Diamant*; der siebtgrößte weltweit."

„Ahh!"

„Im 18.Jahrhundert kaufte ein französischer Offizier namens Pigot diesen Diamanten von einem Maharadscha und brachte ihn nach Frankreich. Dort wurde er bei einer öffentlichen Versteigerung von Napoleons Mutter erworben. Als aber ihr

Sohn ins Exil musste, musste sie ihn, zusammen mit anderen Juwelen, verkaufen, um ihn finanziell zu unterstützen.

Er ging an den Großwesir Tepedelenli Ali Pasa. Im 19. Jahrhundert beschlagnahmte Sultan Mahmut II. den Stein plus sein gesamtes Vermögen, weil der Großwesir an einem Aufstand gegen den Sultan teilgenommen hatte. So gelangte der Diamant in den Palast. Sein Name soll auf seiner Form beruhen, die einem Löffel ähnelt."

Sie holte tief Luft. „Eine andere Geschichte besagt, dass im Jahre 1669 ein armer Mann den Stein in *Egrikapi* in Istanbul in einem Abfallhaufen gefunden haben soll. Obwohl der Stein sehr schön war, wusste der Mann nichts mit ihm anzufangen, er brachte ihn zu einem Löffelmacher. Der gab ihm für den Fund drei Löffel. Der Löffelmacher wiederum tauschte den Stein bei einem Juwelier für zehn Silbermünzen ein. Auch der Juwelier konnte den genauen Wert nicht abschätzen, er bat einen Kollegen um Rat. Diesem wurde sehr schnell bewusst, welchen Wert dieses Stück besitzt. Beide gerieten in Streit. Erst als ein Dritter den beiden einen Sack Gold bot, war der Disput schnell beigelegt.

Die Tatsache, dass es einen wertvollen Stein in der Stadt geben sollte, blieb dem Wesir Köruluzade Ahmet Pascha und dem Sultan Mehmed IV. nicht verborgen. So wurde der Juwelier mit seinem

Edelstein in den Palast geladen. Der Sultan nahm ihn in Besitz, ließ ihn schleifen und dann an seinen Turban nähen … Nachfolgende Sultane benutzten den *Kasikci Elmasi*, den Löffelmacher-Diamanten, als Zeichen ihrer Herrschaft-"

Wieder mussten Kegelmanns auf eine Lücke warten, um ihn für wenige Sekunden betrachten zu können.

Er war farblos und von 49 kleinen Brillanten umgeben. „Er hat schon das gewisse Feuer", fand Pia. „Nein!"

„Nicht?" Pia sah ihn fragend an.

„Ach, nichts." Er starrte an ihr vorbei. Durch das Vitrinenglas hindurch sah er eine schwarz gekleidete Person. Der Mann stand etwa fünf Meter entfernt an einer Wandvitrine, scheinbar vertieft ins Betrachten der Rosenwassersprüher und der Weihrauchgefäße.

„*And now: The Spoonmaker`s Diamond-*" Die Engländer drängten Kegelmanns beiseite.

War das wirklich der Kerl von gestern? Die Größe kam hin. Sollte er ihm nachgehen?

„Was ist?", fragte Pia. „Nach deinem Gesichtsausdruck zu urteilen, hast du gerade den Leibhaftigen gesehen."

Er schüttelte den Kopf. „Nein, nein, ich dachte bloß, ich hätte jemand Bekanntes entdeckt."

„Aber bestimmt keinen Freund."

„Schon gut."

„Da bin ich mir nicht sicher." Pia ging weiter.

„-bitte beachten Sie auch dort drüben die zwei goldenen Leuchter. Jeder Leuchter wiegt achtundvierzig Kilogramm und ist mit 6.666 Brillanten bestückt. Jeder Brillant entspricht einem Koran-Vers."

„Kommst du?"

Eine Vitrine weiter sagte Pia: „Vom vielen Gold wird einem ja ganz schwindlig. Zweihundertfünfzig Kilo soll der Festtagsthron hier wiegen."

Als er nicht reagierte, wiederholte sie: „Zweihundertfünfzig Kilo Gold."

Litt er schon unter Verfolgungswahn? Er lugte um die Ecke.

„Gold!"

„Häh? Was für Gold?"

„Ach, nix."

Ein mehrfaches „Ahhh" der deutschen Gruppe machte neugierig. Kegelmanns folgten. Der Grund für die Begeisterungsrufe war eine Terrasse zwischen dem dritten und vierten Saal.

Der Blick über das blaue, von der Sonne glitzernde Marmarameer bis hin zur asiatischen Seite Istanbuls war wirklich atemberaubend. Das mehrfache Klicken der Fotoapparate ein Muss.

Nachdem auch Felix seine Bilder geschossen hatte, huschten sie vor den deutschen Touristen in den letzten Saal.

Wieder dieses kurze Erstarren. Felix glaubte, ein Stück Rücken des Unbekannten in der Ausgangstür zu sehen. Ihm fiel es anschließend noch schwerer, sich auf die weiteren einmaligen Artefakte zu konzentrieren.

Und die waren nicht ohne.

Immerhin handelte es sich dabei um die in Gold eingefassten Hand- und Armknochen Johannes des Täufers.

„*Der* Johannes der Täufer?", fragte Felix ungläubig.

„So steht`s hier. Die Reliquie wurde von Mehmet II. bei der Eroberung Istanbuls, 1453, erbeutet."

„Und, wo ist der Kopf?"

Diese Frage wurde zwei Minuten später von der Krähe beantwortet.

„-gleich mehrere Orte beanspruchen den Besitz der Heiligen Reliquie. Zum Beispiel die Kirche San Silvestro di Capite in Rom, daneben auch die Kathedrale von Amiens und die Omajaden-Moschee in Damaskus, einst Johanneskathedrale und die dem heiligen Johannes geweihte Kirche im jordanischen Madaba. Suchen Sie sich einen Ort aus."

„Hat Johannes denn wirklich gelebt?", fragte der ältere Mann mit Stock und schwäbischem Akzent.

„Ja. Verbürgt durch den jüdischen Geschichtsschreiber Flavius Josephus. Wir kennen auch seinen Geburtstag: Es ist der 24. Juni, der Johannistag, der in fast allen christlichen Kirchen begangen wird … das Geburtsdatum leitet sich daher ab, dass Johannes nach dem Lukasevangelium sechs Monate älter als Jesus war."

Der Schwabe wollte nachhaken, wurde aber von Krähe abgewürgt. „Wir müssen weiter, die nächste Gruppe wartet schon."

„*And now-*"

Kegelmanns eilten voraus. In der Porträt- und Miniaturengalerie, die unter anderem eine Porträtsammlung der Sultane zeigte, war von dem Fremden keine Spur mehr.

Ist ja lächerlich, schollt sich Felix, bloß weil jemand was Schwarzes anhat, eine Bedrohung zu sehen. Außerdem müsste ein Verfolger, wie das Wort schon sagt, einen verfolgen und nicht voraus gehen. Genau!

Sie durchschritten nun die Uhrensammlung mit türkischen, englischen und französischen Uhren aus dem 16. - 20. Jahrhundert. Darunter ein astronomisches Gerät aus Frankreich, das zugleich eine Uhr war und zwei Käfige mit Zeitmessern besaß.

Pia verfiel auf einmal ins Flüstern, während sie in einen kuppelüberwölbten Raum mit herrlichen Iznik-Fayencen eintraten. „Jetzt, mein lieber Mann, befinden wir uns in der verehrungsvollsten Stätte des ganzen Palastes. Hier nämlich lagern die Heiligtümer des Islams - und die des Propheten Mohammeds, die der Sultan, Selim I., von seinem ägyptischen Feldzug 1517 nach Istanbul mitgebracht hat."

„Ich bin gespannt."

„Das sind die Schwerter der ersten vier Kalifen. Und das da", Pia deutete mit dem Kinn nach vorne, „ist ein Teil des Kaaba-Tores in Mekka, daneben die goldenen Schlüssel. Und hier zwei vergoldete Regenrinnen der Kaaba und ein Modell aus Perlmutt. Sie stammen von der Omar Moschee in Jerusalem-"

Goldene Wasserhähne hatte man schon gehört, aber Regenrinnen. „Regenrinnen?", fragte er nach.

„Ja, Das nennt man wohl puren Luxus."

Dann der zweite Raum, er barg die Reliquien des Propheten Mohammeds: sein Fußabdruck, sein Siegel aus Bernstein, sein erster Brief, geschrieben auf Gazellenleder, und ein Kästchen, in denen sein Barthaar und die Erde seines Heiligen Grabmals aufbewahrt wurden.

„Ein Ort größter Bedeutung", flüsterte Pia.

Stumme Zustimmung.

„Abū l-Qāsim Muhammad b. ʿAbdallāh b. ʿAbd al-Muttalib b. Hāschim b. ʿAbd Manāf al-Quraschī", flüsterte der Aufseher aus dem Hintergrund. „Der vollständige Name Mohammeds."

Sie dankten beeindruckt und schritten in den dritten Raum, den man nur hinter einem dünnen Gitter sehen konnte, dort stand der silberne Thron

des Propheten, dazu einige Reliquienschreine sowie der Bogen und das goldene Schwert.

„Nur einmal im Jahr", referierte Pia leise, „am 15.
Tag des Ramadan-Monats, besuchte der Sultan mit
seinen Würdenträgern dieses Heiligtum-"

„Sehr schön." Felix sah auf seine Armbanduhr.
„Ich brauche noch einen Kaffee, bevor die Ha-
rems-führung beginnt."

„Und was ist mit der Kalligraphie-Sammlung, der
Neuen Bibliothek, der ehemaligen Pagenmoschee
und der Bibliothek des Sultans Ahmet III.?"

Er zuckte mit den Schultern. „In dreißig Minuten
startet die Führung."

„Kannst es wohl kaum erwarten, mein Pascha."

Der Prächtige

Nachdem sie sich am Trinkbrunnen erfrischt hatten - das Cafè war hoffnungslos überlaufen -, nahmen sie in der Sonne auf einer Bank im Park Platz.
Felix steckte sich eine Zigarette an, und Pia blätterte in ihrem schon leicht zerfledderten Reiseführer.

„Suleiman I. hat Topkapi erst zur Residenz ausge-
baut", sagte Pia. „So wie wir den Palast heute sehen."

„Der Prächtige?"

„Genau der. Und weißt du, wer sein Hof-Architekt war?"

„Bestimmt Sinan."

„Das stimmt. Mimar Sinan." Sie lächelte ihn schelmisch an. „Jetzt sind es nur noch achtundneunzig Fragen bis zum Kaffeeservice."

Er dampfte Ringe in die Luft. „Schieß los!"

„Erst einmal eine leichte Frage: Wann wurde er geboren?"

„Im 15. Jahrhundert?"

„Knapp, aber richtig: 1494 oder 1495. In Trabzon. Und gestorben ist er bei Szigetvár, 1566."

„Szigetvár genau."

„Das wusstest du, ja? Und wo liegt Szigetvár? "

Er drückte die Zigarette aus. „Balkan?"

„Süd-Ungarn."

„Fast Balkan. Ich denke, der Punkt ist meiner."

„Halber Punkt. Höchstens."

„Wie kann man nur so pingelig sein. Weiter."

„Wer waren seine Eltern? Na?"

Er sah in den wolkenlosen Himmel. „Otto und Elsa aus dem Harem? Ich bin mir aber nicht sicher."

„Sag mal, was rauchst du? Schwarzen Afghanen oder Roten Libanesen?"

„Halbschwarzen Berliner." Er grinste sie an.

„Suleimans Eltern waren Selim I., der Sultan, der einige Reliquien Mohameds, wie gesehen, nach Istanbul geholt hat und der den Topkapi Palast hat

bauen lassen. Und seine Frau hieß Hafsa Sultan,"
schob sie nach. „Sultan, komischer Nachname."

„Für einen Doppelnamen perfekt. Sultan-Kegel-
mann zum Beispiel."

„Wäre aber ein teures Vergnügen geworden: Gold,
Edelsteine, Seide. Mich hast du quasi umsonst ge-
kriegt."

„Du bist auch unbezahlbar."

„Guter Mann. Richtige Antwort." Sie tätschelte
ihm den Arm. „Nächste Frage?"

„Bitte."

„Wie lange, Herr Kandidat, regierte Suleiman I.?"
Er überlegte eine Weile. „Lange?"

„Richtig. Genau 46 Jahre, von 1520 – 1566. Damit war er der am längsten regierende Sultan im
osmanischen Reich. Nach dem Tod seines Vaters
im Jahr 1520 erbte Suleiman die Sultanswürde, obwohl es noch drei Brüder gab, oder besser: Gegeben hat. In weiser Voraussicht hatte sein Vater sie
sechs Jahre zuvor ermorden lassen, so dass Suleiman der Alleinerbe war."

„Sehr vorausschauend. Was für Zeiten."

Sie nickte ohne aufzusehen. „Nächste Frage. Jeder
Herrscher musste ein Handwerk erlernen, so die
Tradition im Hause Osman. Welchen Beruf hatte
Suleiman?"

„Tja, welche Berufe sind eines Sultans würdig? Ich
sage mal Goldschmied oder Edelsteinschleifer."

„Entscheide dich."

„Edelsteinschleifer."

„Dummerchen. Goldschmied natürlich."

„Mist!"

Sie schlug die Beine übereinander, schob den Pferdeschwanz nach hinten, blätterte eine Seite weiter.

„Wie hieß denn seine Frau, die er 1520 heiratete?"

„Ra, Ri, Ro ... Roxana?"

„Nicht schlecht. Allerdings war Roxana die Frau Alexander des Großen, Suleimans Frau hieß Roxelane, sie war die vierte Konkubine und sie hatten zusammen sechs Kinder, darunter Selim II. Noch eine?"

„Unbedingt."

„Na gut. Zum Beispiel die: Suleiman war der wievielte osmanische Sultan?"

„Tja ... kommt drauf an-"

„Auf was?" Ihr Blick auf die Armbanduhr besagte, dass ihnen nur noch zehn Minuten blieben bis zur Haremsführung, also gab sie die Antwort: „Der zehnte Sultan."

„Wollte ich gerade sagen."

„Klar. Vorbei der Traum vom Kaffeeservice."

„Ich trinke auch lieber Bier."

Sie drückte den Rücken durch und dann aufs Tempo, denn Suleiman hatte eine bewegte Geschichte. Suleimans historischer Ruhm gründet sich vor allem darauf, dass er das Osmanische Reich vergrößerte. Er führte immerhin dreizehn große Feldzüge und mehrere Seekriege im Mittelmeer. Gleich ein Jahr nach seiner Thronbesteigung führte er einen Feldzug gegen Ungarn, weil sie ihm bei seinem Herrschaftswechsel den üblichen Tribut verweigerten. Im darauffolgenden Jahr griff er die Insel Rhodos an. Den Rittern des Johanniterordens gewährte er freien Abzug. Die siedelten sich dann auf Malta an, wo sie drei Jahre später einer erneuten Belagerung Suleimans widerstanden."

Pia holte tief Luft und fasste jetzt mehr zusammen. „Im nächsten Jahr war mal wieder Ungarn an der Reihe. Nach dem Sieg öffneten Buda und Pest ihm seine Tore. Der größere Teil wurde Osmanisch, der kleinere Teil ging an die Habsburger, was zur österreichisch-ungarischen Monarchie führte. Es folgte 1529 die erste Wiener Türkenbelagerung. Nach hohen Verlusten zog er ab. Nun wandte sich Suleiman gegen Persien-"

„Ein kriegerischer Herrscher, der Prächtige." warf Felix ein.

„Kann man wohl sagen. Es gab auch Auseinandersetzungen mit Karl V. um Tunis, die er aber verlor. Immer wieder Seeschlachten, immer wieder Kriege gegen Ungarn. 1547 wurde ein fünfjähriger Waffen-stillstand mit den Habsburgern beziehungsweise mit dem Heiligen Römischen Reich geschlossen, nach welchem Suleiman ein jährlicher Tribut von 50.000 Dukaten gezahlt wurde. Hierauf unternahm er einen zweijährigen Krieg gegen Persien und erneuerte 1551 den Krieg in Ungarn, wo erst 1562 ein Friedens-abkommen zustande kam. Schon über 70 Jahre alt, brach Suleiman 1566 zu einem abermaligen Heereszug gegen Ungarn auf, starb aber während der Belagerung von Szigetvár am 5.September 1566-"

„Einmal Ungarn zu viel, würde ich sagen."

Sie lächelte nur. „Mit ihm ging die Blütezeit der osmanischen Herrschaft zu Ende. Er gilt als der bedeutendste Sultan der Osmanen: einerseits als Feldherr - das Reich erstreckte sich von Magreb bis an die Grenzen Irans und von der Donau bis an den Nil -, anderseits aber auch als weiser Gesetzgeber und Staatsmann, und er ließ viele *prächtige* Bauwerke errichten.

„Also daher rührt sein Beiname."

„Zudem verfasste Suleiman unter Pseudonym sogar selbst Gedichte auf Persisch und in osmanischem Türkisch."

Sie klappte den Reiseführer geräuschvoll zu.

Labyrinth der Glückseligkeit

„Nein! Ausgerechnet die Krähe", stöhnte Felix, als sie auf die deutsche Gruppe für die Haremsführung trafen.

„*Haram* ist arabisch", krächzte sie los, „und bedeutet so viel wie verboten oder tabu. Die Türken hingegen gebrauchten das Wort *Darüssaade*, Haus der Glück-seligkeit."

„Eine treffende Bezeichnung", fand ein schwergewichtiger Rotwangiger aus der Mitte der Gruppe.

Vereinzelte Zustimmung.

Krähe fand es nicht kommentierwürdig. „In den Privatgemächern des Sultans lebten sage und schreibe bis zu zweitausend Frauen unter der Leitung der Sultansmutter."

Bei der Zahl Zweitausend ging ein Raunen durch die Gruppe.

„Fast zu viel Glückseligkeit", lächelte Felix.

„Finden Sie?", fragte der Dicke, ebenfalls grinsend.

„Bei dreihundertfünfundsechzig Tagen im Jahr-"

Pias missbilligender Blick ließ Felix verstummen.

„-Polygamie erscheint in der Geschichte zum ersten Mal bei den Assyrern, später übernahm der

Islam diese Mehrfrauentradition. Somit durfte man jetzt vier Frauen gleichzeitig haben-"

„Und die anderen drei Tage?"

„Angeber", zischte die Frau des Dicken.

„Pssst."

Krähe, leicht genervt von den Zwischenrufen, nahm den Faden wieder auf: „Bei den türkischen Völkern in ihrer vorislamischen Zeit galt die Einehe. Durch die Anerkennung des Islams im 10. Jahrhundert übernahmen die Türken von den Arabern die Haremstradition, bis Atatürk sie 1926 wieder ab-schaffte."

„Damit hat er sich bestimmt keine Freunde gemacht." Wieder der Dicke.

„Paul, bitte!" Seine Frau rammte ihm den Ellbogen in die Seite.

Paul stöhnte leise auf. „Ist doch wahr."

„Pssst."

„Danke. Der Harem war bis zur Regierung Sultan Sülemans I. im 16. Jahrhundert nicht sehr groß. Warum? Viele Feldzüge, kaum Privatleben. Der Islam, wie schon erwähnt, gestattete dem Mann, so auch dem Sultan, vier Frauen zu heiraten. Denn die vielen Kriege hatten zur Folge, dass es viele Kriegerwitwen gab, die versorgt werden mussten, und man brauchte Nachwuchs für die Armee … Die Haremsdamen wohnten bis zum Ende des 16. Jahrhunderts im alten Palast, dem Fayencenschlösschen, etwas außerhalb des Palastes.

Topkapi Serail wurde damals nur für Staatsangelegenheiten genutzt. Aber durch den Einfluss Roxelanes, der russischen Frau Sülemans des Prächtigen, gestattete der Sultan ihr und ihren Odalisken (weiße Harems-sklavinnen) mit einigen Eunuchen zusammen, im neuen Palast, dem heutigen Topkapi, zu wohnen. Im Laufe der Zeit wuchs der Komplex auf vierhundert Räume an."

Wieder eine Zahl die erstaunte.

Vierhundert. Pia erblasste. Wie lange sollte die Führung dauern?

„Heute ist allerdings nur ein kleiner Teil des Harems für Besucher zugänglich."

Pia atmete vernehmbar auf.

Die deutsche Führerin hob jetzt ihr schwarz-rotgoldenes Fähnchen. „Bitte folgen sie mir."

Dichtgedrängt passierten sie das „Tor der Kutscher" und gelangten in den mit Fliesen geschmückten Wachraum der „Schwarzen Eunuchen".

„Hier wurden die Haremsdamen von Kutschen abgeholt, wenn sie in die Stadt wollten-"

Weiter ging es durch eine kleine bis zur Decke ausgeflieste Moschee. Dann ein weiteres Tor. Der dahinter liegende, langgestreckte Innenhof beherbergte auf drei Etagen - jedes Stockwerk mit zehn bis zwölf Räumen - die Wohnräume der „Schwarzen Eunuchen". Am Ende ein offener Kamin, wo die älteren Eunuchen sich abends trafen, um zu tratschen.

„Tratschen. Nein, wie niedlich. Ich dachte, das machen nur Frauen", kommentierte eine ältere Frau mit Kaffeeklatschhut belustigt. „Stimmt`s, Egon?"

Egon nickte brav. „Hast recht, Hilde."

„Pssst!"

„Hier links", die Führungskraft deutete mit ihrem Fähnchen auf zwei Geschosse, „hier residierte der Kizlar Agasi, der Schwarze Obereunuch, der mächtigste Mann des Harems. Er war verantwortlich für die Disziplin, und er hatte enge Beziehungen zum Sultan, dem Großwesir und der Mutter des Sultans. Somit hatte er leichtes Spiel, sich an den ständigen Intrigen des Palastes zu beteiligen. Diese Gemächer können wir leider nicht besichtigen-"

Die Engländer drängten mit Macht auf den Hof. Eilig verzogen sich die Deutschen durch ein erneutes Tor, dem Haupttor (Cümle Kapisi) zum eigentlichen Harem.

Wieder ein Wachraum, dann ein langer, schmaler Gang voll mit Nischen. „Hier wurde das Essen warmgestellt, das aus der Küche kam." Ohne weitere Erklärung eilte Krähe weiter. Nicht nur die Zeit, sondern vor allem die nachfolgenden Gruppen drängten.

„In diesem Hof waren die Odalisken untergebracht. Die *Odalisken* waren hellhäutige Sklavinnen, ausschließlich für den Sultansdienst gekauft, manche auch ein Geschenk-"

„Herrliche Zeiten! Warum wurde ich nicht früher geboren?" Wiederum der dicke Paul. Diesmal fing er sich einen bösen Blick der Krähe ein - und die Frage: „Wollen Sie jetzt die Führung übernehmen?"

Pauls Kopf verfärbte sich zu einem knallroten Luftballon, den er eilig verneinend schüttelte.

„Na also!", zischte sie.

Pia konnte sich ein Schmunzeln nicht verkneifen. Ihr fiel ihre alte Deutschlehrerin ein, ein jungfräulicher Drache vom Feinsten, die zum Lachen in den Keller ging. „Wie Frau Dr. Stutenhoff", flüsterte sie Felix ins Ohr. Felix kannte so einige Geschichten von ihr.

Krähe zupfte ihre graue Kostümjacke zurecht, räusperte sich. „Wo war ich stehen geblieben?"

„Geschenke, Sultansdienst."

„Ach ja. Also: Diejenigen unter ihnen, die dem Herrscher gut gefielen, wurden Konkubinen, die man *Ikbal* (Favoriten) nannte. Jede Konkubine hatte ihre eigene Wohnung, Sklavinnen und Eunuchen. Diejenigen, die er offiziell heiratete hießen dann Kadin Efendi (Sultans Gemahlin), und die, die dem Sultan gar einen Sohn schenkten, stiegen zur Hauptfrau auf. Wenn der Sultan jedoch eine

126

seiner Hauptfrauen besonders liebte, wurden sie Haseki (Geliebte Favoritin). Einige solcher Hasekis sind in der osmanischen Geschichte bekannt, die als Frausultane das Land regierten, obwohl die Thronfolge vom Sultan zum ältesten Sohn der ersten Hauptfrau ging - in der Regel."

„Ach! Gönnen Se Namen nennen?", unterbrach eine rundliche Frau mit sächsischem Zungenschlag.

„Ja. Zum Beispiel Roxelane. Sie war die Lieblingsgemahlin des osmanischen Sultans Süley-man I. - zwischen 1500 und 1506. Sie war die erste Sklavinnenkonkubine, die freigelassen und geheiratet wurde. Roxelane brach mit der Tradition, nur einen Sultanssohn zur Welt zu bringen und mit der Praxis, dem möglichen Thronfolger bei dessen Amtsantritt als Bey eines Sandschacks in die Provinz zu folgen.

Sie sorgte im Einvernehmen mit dem Sultan dafür, dass ihre Tochter Mihrimah in eine Position kam, die es dieser ermöglichte, nach Roxelanes Tod deren Funktion zu übernehmen. Dazu gehörte Mihrimahs Verheiratung mit dem späteren Großwesir Rüstem Pascha."

Die Italiener hatten die Engländer überholt und versuchten sich jetzt auch an der deutschen Gruppe vorbeizuschieben.

„Weiter!" Die Krähe schnitt den Italienern einfach den Weg ab. „Hier entlang krächzte sie." Den gestenreichen, lautstarken Protest der Südländer ignorierte sie einfach. Mit ausgebreiteten Armen, wie ein Schupo auf der Kreuzung, lotste sie ihre Gruppe in Richtung Festsaal. Vorbei am Kaminraum, vorbei an der Wohnstätte der Sultansmutter (40 Räume) bis hin zu den Bädern des Sultans.

Der erste Raum war das Bad der Mutter des Herrschers. Und die weiteren Räume, aufgeteilt in einen Ruhe- und Massageraum und einen Umkleideraum und dem mit feinstem, weißem Marmor ausgestatteten Bad, dienten ausschließlich dem Sultan. „Das Gitter davor sollte ihn vor Attentaten schützen."

„Aber doch nicht vor Giftpfeilen aus einem Blasrohr", warf jemand ein.

„Wir reden hier vom 18. Jahrhundert", gab sie schnippisch zurück.

Gab es zu dieser Zeit noch keine Blasrohre, mit denen man tödliche Pfeile abschießen konnte? Statt einer Antwort, verwies Krähe auf das Schlafzimmer Abdülhamits I. gegenüber. „Bemerkenswert sind hier die Barock- und Rokokomalereien und der Brunnen. Er ist mit Wiener Fliesen verkleidet."

Weiter dem Gang folgend - hier hatten die Italiener keine Chance zu überholen - gelangte die deutsche Gruppe dann in den Thronsaal des Harems.

„Aufrücken!", hallte es durch den Saal. Als alle Schäflein wieder beisammen waren, erklärte sie, dass das der größte und imposanteste Bereich des

Palastes sei. „Er stammt aus dem späten 16. Jahrhundert, ist aber, wie Sie sehen können, von Sultan Osman III. im Rokoko-Stil umgestaltet worden. Hier empfing der Sultan vertraute und befreundete Gäste. Zutritt hatten dabei nur die Sultansmutter, die erste Frau, die Favoritinnen und die Kinder-"

Nicht nur die Größe und Höhe des Raumes, sondern vielmehr die Farbigkeit und das glänzende Gold in den Kuppelgewölben und die unterschiedlichen Marmorarten an den Wänden beeindruckten. Umlaufend ein blaues Band mit weißen Kaligraphien, dazu der Kontrast der roten Bordüren und der rote Baldachin über dem Thron. Auf den bunten Steinfliesen breitete sich ein riesiger persischer Teppich aus.

„Was für eine Pracht!", hauchte Pauls Frau.

Dem konnte Krähe mal zur Abwechslung zustimmen. „Ich mache diese Führung schon mehrere Jahre, trotz allem bin ich immer wieder von der Prächtigkeit überwältigt."

Nach einer kurzen Atempause fuhr sie fort: „Die blauweißen Fayencen an den Wänden sind aus Delft, sie wurden im 19. Jahrhundert hier angebracht ... Und die Spiegel stammen aus Venedig."

„Ach, Venedig", hauchte Pia, und ihre Gedanken flogen in die Lagunenstadt, wo es jetzt bestimmt schon Frühlingstemperaturen hat.

„Diese vergoldeten Sessel vor uns sind ein Geschenk ihres Kaisers, Wilhelm Zwei. So sagen sie doch?"

„Kann man so durchgehen lassen", bestätigte ein älterer, schlohweißer Herr großzügig. „Und die Standuhr?"

„Die ist von Königin Victoria."

„Die ist viel schöner als die Sessel."

Krähes Antwort übertönte der italienische Führer, der in diesem Moment mit seiner Gruppe in den Saal strömte.

Auch der Hinweis auf die Geheimtür im Spiegelschrank ging im Geräuschpegel unter, zudem jetzt auch noch die Engländer beitrugen. Erst im sogenannten Schlafzimmer Murats III., dem ältesten Raum des Harems, konnten sich die Ohren wieder erholen. „Der aus dem 16. Jahrhundert stammende Saal wird dem berühmten Architekten Sinan zugeschrieben-"

Innenarchitekt war Sinan also auch, dachte Felix und besah sich den kuppelüberwölbten Raum genauer, der mit blauen und korallenroten Iznik-Fayencen ausgeschmückt war. Schön, schön, das musste man ihm lassen.

In einer Nische ein Brunnen aus mehrfarbigem Marmor. „Auch hier diente das Plätschern des Wassers dazu, das Belauschen von Gesprächen zu erschweren, aber auch, um eine angenehme Atmosphäre zu schaffen."

Pia legte die Hand an den kunstvoll gestalteten Kamin. Kalt.

„Sie da!", hallte es durch den Raum. „Ja, Sie da mit dem Pferdeschwanz." Alle Augen richteten sich auf Pia. „Nehmen Sie gefälligst die Hände von den Kunstwerken!"

Pia lief rot an und entschuldigte sich sogleich, aber wies auch auf die Kälte in den Räumen hin. „Man sollte die vielen Kamine befeuern, dann könnte man die Pracht noch viel besser genießen."

Breite Zustimmung.

Aufruhr? Das konnte Krähe nun gar nicht ab. „Kunstwerke beheizen, hat man so etwas schon mal gehört?" Krähes Augen verengten sich. „Wenn es Ihnen nicht passt, sollten Sie das Gebäude verlassen!"

„Nun machen Sie mal keinen Elefanten aus einer Mücke", warf Felix ein.

„Elefanten?", kreischte die Führerin.

Pia war bis auf die Knochen durchgefroren. Sie straffte sich. „Komm, Felix! Wir gehen."

„Dort ist der Ausgang!", krächzte Krähe ein letztes Mal und piekste mit ihrem knöchrigen Zeigefinger Richtung Tür.

Die anschließende kurze Auseinandersetzung mit der Gruppe, die sich darauf um ein Drittel verringerte, bekamen Kegelmanns nicht mehr mit.

Felix machte ein letztes Foto. Vertreibung aus dem Harem betitelte Felix die Aufnahme. Vor der

Tür fragte er: „Sag mal, Mäusepieps, verpassen wir viel?“

„Alte Krähe!“ Pia atmete tief durch, kramte dann das Topkapi-Heft aus der Tasche. „Zum Beispiel die Bibliothek Ahmets I. und den Obstraum (Y-emis Odasi) mit Früchtemotiv-Fliesen. Die Wohn-zimmer der Hasekis und den Hof der Favoritin-nen. Und hier, vielleicht nicht uninteressant: Der „Goldene Weg“, der Altin Yol, mit seinen sechs-undvierzig Metern. Dort ließen die Sultane an Festtagen Goldmünzen verstreuen-“

„Obstraum, Goldmünzengang. Muss man nicht unbedingt gesehen haben“, sagte Felix und nahm seine Frau in den Arm, die wahrscheinlich nicht seine Meinung teilte.

„Alte Krähe!“

Der dicke Paul mit seiner nicht minder fülligen Hilde stimmte zu, während sie Kegelmanns am Ausgang passierten. „Recht haben Sie! Was einem alles so zugemutet wird. Nächstes Mal, Hildemops, fahren wir wieder nach Neuschwanstein-“

Amüsiert sahen Kegelmanns den beiden nach. Dann machten sie sich erneut auf den Weg zur Ha-gia Sofia. Dort fragten sie nach Dr. Halin, aller-dings vergeblich. Die meisten türkischen Frem-denführer zuckten nur mit den Schultern, erst der fünfte oder sechste meinte, dass er heute auf Büyük Ada weile. Er vertraute Kegelmanns noch an, als er erfuhr, dass sie Berliner seien, dass er bis vor Kurzem im „Haus Düsseldorf" gewohnt habe, in der Potsdamer Straße.

„Potsdamer Straße. Klar, kennen wir. Schöne Ecke", lächelte Felix.

Der Fremdenführer lächelte verschmitzt zurück.

„Nicht nur schöne Ecke", meinte er augenzwinkernd.

Labyrinth der Versuchungen

Sultan Mehmet II. ließ den ersten Basar 1461 aus Holz erbauen. Nach mehreren Bränden, der letzte im Jahre 1954, wurde er immer wieder aufgebaut.

Heute erstreckt sich der überwölbte Große Basar auf einer Fläche von 200.000 qm, rund 25 Fußballfelder. Etwa 5000 Läden verteilen sich über ein riesiges Labyrinth von kleinen Straßen und Gassen, die meist nach Fachgebieten geordnet sind wie zum Beispiel Teppiche, Gewürze, Gold- und Silberschmuck, Glas, Kupfergefäße, Gewänder - und Lederwaren.

Ein etwas zu langer Blick reichte aus, schon war der vollbärtige Verkäufer des Lederwarenstands an Pias Seite.

„Material wunderbar, Qualität wunderbar, Preis wunderbar." Er hielt ihr eine rote Geldbörse entgegen. „Wir viel Tradition. Wunderbar!".

Pia legte das total überdimensionierte Portmonee zurück auf den Geldbörsenstapel und zeigte nach oben. „Der da rechts, ja, der schwarzglänzende Lederrucksack, könnte ich den mal sehen?"

Der Händler war begeistert. „Wunderbar. Lady hat guten Geschmack." Umgehend angelte er den Rucksack vom Haken.

Pia befühlte das Leder eingehend, und sie testete ihn auch auf Sitzkomfort. „Doch, der gefällt mir recht gut", sagte sie nach einer Weile.

Der Händler lächelte zufrieden. „Beste Qualität, hält ganzes Leben."

„Und, was soll der kosten?"

Der Händler machte eine wegwerfende Handbewegung. „Nicht Rede wert."

Pia wollte aber reden. „Wie viel?"

„Geschenkt."

Irritiert starrten die beiden ihn an.

Der Händler strich nachdenklich über seinen Bart, dann kritzelte er die „Geschenkzahl" auf einen Schmierzettel und reichte das Stück Papier rüber.

Kegelmanns zählten die Nullen. „Was, eine halbe Million?" Pia schluckte.

Nachdem der erste Schreck überwunden war, setzte Felix die Zahl 50.000 darunter.

Das entsetzte Gesicht des Händlers war filmreif.

Er ging auf 450.000 herunter.

„Achtzig", bot Felix an.

So ging das Spielchen eine ganze Weile, bis der Zettel fast vollgeschrieben war.

„Nur über Leiche", stöhnte der Händler nach zehn Minuten, als Felix die Summe 150.000 abermals auf das Papier setzte. „350.000. Letztes Wort!" Er unterstrich die Zahl doppelt.

Nun warf Felix in den Ring, dass sie eigentlich gar keinen Rucksack bräuchten. „Hundertachtzig", erhöhte er. „Keine Lira mehr."

Ja, das war ihr alter Trödler-Felix, der mit seiner Hartnäckigkeit schon so manches Schnäppchen an Land gezogen hatte. Aber hier schien er auf Granit zu beißen, denn die Antwort war Kopfschütteln.

Der Durchbruch gelang erst, als Pia zum Nachbarstand herüberspähte und beiläufig sagte, dass sie den tigerfarbenen Rucksack auch ganz schön findet.

„Zweihundertfünfzig", knurrte der Händler eilig und streckte seine Hand aus.

Felix schlug ein.

Da der Kaufpreis so günstig war, riet der Verkäufer zu einem Zweitrucksack. „Man weiß ja nie!"

Felix erinnerte ihn daran, dass er dem Stück eine lebenslange Haltbarkeit bescheinigt hatte.

Ein gequältes Lächeln. Schon zehn Sekunden später entspannten sich jedoch die Gesichtszüge des Händlers. Er hatte die Lösung: „Zwei Leute, zwei Rucksäcke!"

Kegelmanns mussten zwangsläufig schmunzeln. Solche Geschäftstüchtigkeit traf man wohl nur im Orient an.

Bevor sie dankend ablehnen konnten, hielt er ihnen den „Ferrari" unter den Rucksäcken, wie er betonte, unter die Nase. Liebevoll strich er über das feine, helle Wildleder, wies auf die doppelten Nähte hin und auf die vielen Fächer. „Wunder-wunderbar!" Dazu ein passendes Portmonee und eine Schlüsseltasche gleicher Güte. Der Erwerb wäre dann mit Sicherheit der Höhepunkt ihres Aufenthalts in dieser wunderbaren Stadt, versicherte er euphorisch.

Und der finanzielle Untergang, dachte Felix amüsiert. Er schüttelte energisch seine dunkelblonde Mähne.

Der Händler wandte sich an Pia und bat sie inständig, nur ein einziges Mal das weiche Material zu befühlen.

Stimmt, es war ein tolles Material, keine Frage.

„Ein wunderbarer Rucksack reicht uns. Danke." Schnell zog Felix sie vom Stand weg.

Der Händler erstarrte kurz in Fassungslosigkeit. Solch feine Ware nicht haben zu wollen, überstieg seinen Horizont. Nachdem er sich gefangen hatte, rief er ihnen Angebote hinterher, die nicht unerschwinglich waren, dann folgten vermutlich Flüche.

Kegelmanns bogen eilig in die geruchsgeschwängerte Gewürzabteilung ein. Säcke voll mit Koriander, Safran, Schwarz- und Kreuzkümmel, Rosmarin, zig Paprikasorten, Thymian, Pfefferkörner in allen Farben, Kurkuma, Saflorblüten, Pinienkerne, Lorbeer, Muskat, Knoblauch, ein schier unfassbares Angebot. Die exotischen Düfte waren atemberaubend.

„Was ist denn Kurkuma?", fragte Pia.

„Köstlich. Ganz mild. Ähnlich dem Safran. Ein Ingwergewächs. Auch Gelbwurz oder Safranwurz genannt. Passt gut zu Currygerichten. Macht alles schön gelb, wie Safran eben, bloß viel billiger. Kommt aus Südasien."

„Okay." Also wanderte eine Tüte Kurkuma in den neuen Rucksack.

Der Gewürzhändler war allerdings der Meinung, dass in den Rucksack noch viel mehr reinpasse als eine einzige poplige Tüte, und er wolle ihnen fix eine bunte Mischung zusammenstellen.

Pia winkte ab, aber anscheinend nicht energisch genug, was bedeutete, dass sich doch noch drei Tüten mit unterschiedlichen Pfeffersorten zu dem Kurkuma gesellten.

Den enttäuschten Gewürzhändler hinter sich lassend, wanderten sie weiter. In der nächsten Gasse, die Gasse der Keramik, erwarb Pia zwei bunte Kaligraphie-Fliesen, die, wie sie nach dem Kauf erfuhr, Allah in den höchsten Tönen lobten.

„Das wird unserem HERRN nicht gefallen", flüsterte Felix ihr ins Ohr.

Der Fliesenmensch verfügte anscheinend über ein phänomenales Gehör, denn er bot ihnen nun Waren ohne Schrift an. „Schöne Muster, Frau."

„Schon. Aber zu groß, zu schwer."

Fand der Händler nicht. Erst mit dem Kauf eines kleinen Keramikaschenbechers und dem Versprechen des Wiederkommens entließ er sie.

Immer tiefer gerieten sie in das Labyrinth des Handels. Überall wurde gestenreich gefeilscht. Überall liefen Jungs mit Henkeltabletts voll mit Teegläsern durch die Gänge. Hier fühlte man sich wie im Orient, fanden beide.

In der Messinggasse wechselte eine kleine Pfeffermühle den Besitzer und ums Eck herum verlockten Stände mit echten Schwämmen, Wasserpfeifen und Glücksamuletten zum Kauf. Bis auf die Shisha wurde das Angebot genutzt. Felix stöhnte leise. „Wollten wir nicht bloß mal durchwandern, Mäusepieps?"

„Der Reiseführer hat recht", lächelte Pia schuldbewusst, „wenn er behauptet, dass es bei der Fülle an verlockenden Angeboten unmöglich sei, nichts zu kaufen."

Felix sah sich um. „Wo ist bloß der Ausgang?"

„Auch das ist gewollt. Je länger du dich in diesem Labyrinth aufhältst, je mehr kaufst du auch."

Dass das stimmte, bewiesen die Einkäufe, die sie noch tätigten: ein Goldkettchen, ein aus Messingblech getriebener Kupferteller mit der Hagia Sophia, eine Wollmütze sowie ein kleiner, bunter Spielzeugtriesel - für wen auch immer.

Stunden später: „Da! Ist das nicht der Rucksackladen?"

Ja, es war ihr Stand mit den Lederwaren. Auch der Händler erkannte sie beziehungsweise seinen verkauften Rucksack sofort wieder. Er winkte wild und hielt den Wildlederbeutel in die Höhe.

Lächelnd winkten Pia und Felix aus sicherer Entfernung zurück. Ohne anzuhalten strebten sie im Eilschritt der Freiheit entgegen.

Wieder am Ausgangspunkt angekommen, mussten sie durch eine Gasse von Händlern, die alle das gleiche Produkt feilboten: Farbige Triesel, anscheinend der Renner der Saison 1993. Zum Glück konnten Kegelmanns ihren Erworbenen vorweisen, so dass sie relativ ungehindert passieren konnten. Jetzt wussten sie zumindest, wofür sie den Triesel gekauft hatten.

„Taxi!"

Völlig erledigt ließen sich beide auf die durchgesessene, mit einer bunten Häkeldecke abdeckte Rückbank fallen. Wieder hatten sie einen Helldriver erwischt, diesmal einen jungen. Trotz Rushhour schaffte er es - ohne groß anzuhalten, und das Erstaunlichste: ohne Unfall -, sie innerhalb von fünfzehn Minuten an ihrem „Agentenhotel" abzusetzen. Die Bedeutung von roten Ampeln schien er nicht zu kennen, auch Bürgersteige hielt er durchaus für befahrbar. Dass die Fahrgäste die Augen zukniffen, um nicht panisch zu werden, störte ihn nicht.

Dass er einen Expresszuschlag forderte, akzeptierte Felix nicht. Weil nicht bestellt. Das leuchtete dem Fahrer ein. Nach kurzer Diskussion, einigte man sich dann auf einen Mittelklassewagen.

Saz, Meze und Blumentisch

In der engen Seitengasse, gleich hinter ihrem Hotel, empfing sie Folkloregesang, der sie zwangsläufig in das kleine rauchgeschwängerte Lokal zog. Es war rustikal eingerichtet, und es war rappelvoll.

„Echt schade", sagte Pia, „kein Platz frei, nichts zu machen."

Ein Kellner in giftgrüner, karierter Weste sah das anders, er winkte. „Come in."

Wohin will er uns setzen?, besagte Pias Blick.

Kurzerhand verbannte der Ober zwei Tee trinkende alte Männer an die Theke. Unter leisen Protest räumten sie ihr warmes Plätzchen am Fenster.

Vielfach bedankte sich Pia, dann zwängte sie sich neben den warmen Gasofen. Für Felix blieb ein dreibeiniger, wackliger Hocker. Der Tisch hatte die

Größe eines Blumentischchens, bedeckt mit einer Decke, kariert und giftgrün, genau derselbe Stoff wie des Kellners Weste und die Vorhänge am Fenster, anscheinend alles aus einem Stoffballen geschneidert. Poppig, fand Pia. Es verlieh der Räucherbude eine ganz eigene Note.

Derweil versuchte Felix in der Enge seine Jacke auszuziehen, was ihm nur mit Pias Hilfe gelang. Dann half er Pia aus der Jacke heraus.

Der Kellner, ein wahrer Wirbelwind, reichte ihnen ein speckiges Blatt Papier. Die Speisekarte. Sie war ausschließlich auf Türkisch. Auf Felix` fragenden Blick hin, schlug der Kellner im gebrochenen Englisch, gemischt mit einigen Brocken Deutsch, vor, den Vorspeisenteller zu nehmen. „*Delicious*!"

Pia nickte.

„*Yakut*?" Als keine Antwort erfolgte, klärte er sie auf. „Türkischer *Redwine*, Zentralanatolien!"

„Anatolien?"

„Gut, gut. *Try. Very delicious.* "

Felix nickte.

„*Okay, we will try.* "

Musik ertönte, vermutlich türkische Volksmusik.

Mitsingend entfernte sich ihr Ober. Immer noch mitsingend tauchte er kurze Zeit später wieder auf und stellte eine 1-Liter-Karaffe Rotwein mit zwei Wassergläsern schwungvoll auf das Tischchen, dazu eine Flasche Wasser. „*Şerefe*!"

Damit war der Tisch voll. Wie sollte hier noch das Essen Platz finden?

Felix goss die Gläser voll und prostete seiner Frau zu. „*Şerefe*!"

Das zentralanatolische Getränk war warm, aber durchaus trinkbar.

„Netter Laden", merkte Pia an. „Und so schön warm."

Ja, der Gasofen gab wirklich sein Bestes. Fast schon zu warm, dachte Felix, und er öffnete die obersten zwei Hemdknöpfe und krempelte die Ärmel hoch. Er drehte sich um. Nicht nur der Gasofen gab sein Bestes, auch die Zweimanncombo in der gegenüberliegenden Ecke legte sich jetzt ordentlich ins Zeug. Die Gäste klatschten und sangen begeistert mit. Felix schloss sich an.

Pia schlug derweil ihren geliebten Reisebegleiter auf. Nach einer Minute verkündete sie: „Der links mit der Langhalslaute ist ein Sazspieler, und sein Partner trommelt auf einer Darbuka, einer einfelligen Bechertrommel … der größte Teil der türkischen Volksmusik basiert auf der Saz, auch Baglama genannt, ein Zupfinstrument … traditionell wird die Saz von reisenden Barden, den Asik, gespielt-"

Felix verstand bloß die Hälfte, denn die Gäste wurden immer euphorischer, standen auf und legten stimmlich noch zu. Sodann ein abgehackter Schlag auf der Trommel, dann war Schluss.

Begeisterter Beifall war der Lohn. Nachdem sich alle wieder gesetzt hatten, folgte ein ruhigeres Stück.

Pia sah von ihrem Reiseführer auf, Schweißperlen standen ihr auf der Stirn. Sie nahm einen großen Schluck Wasser, wedelte sich mit dem aufgeschlagenen Buch Luft zu. „Ganz schön heiß hier, findest du nicht?" Sie zog ihre Strickjacke aus.

„Bei den heißen Rhythmen - kein Wunder."

„Das auch." Sie wischte sich den Schweiß von der Stirn.

Gleich würde sie einen Platztausch vorschlagen, aber Felix kam ihr zuvor. „Wie ist es, Mäusepieps, wollen wir die Plätze tauschen?"

„Netter Mann."

Einfacher gesagt als getan. Schlangenmenschähnliche Bewegungen halfen jedoch beim Platzwechsel. Pias rechte Körperseite strahlte solch eine Wärme aus, sie hätte jetzt selber als Ofen fungieren können.

Als Felix sich auf den Stuhl gezwängt hatte, suchte er nach einer Möglichkeit, den Gasofen niedriger zu stellen. Da das Einstellrädchen fehlte, konnte nur eine Kombizange helfen, die er rein zufällig nicht bei sich hatte. Also öffnete er noch einen weiteren Knopf seines Hemdes.

„Hier ist es angenehm", sagte Pia zufrieden und vertiefte sich erneut in die Reiseliteratur.

„Die türkische Küche ist äußerst vielfältig und ist eine Weiterentwicklung der ursprünglichen nomadischen Koch-tradition der Turkvölker. Dazu gesellen sich indische, persische und islamisch-arabische Einflüsse sowie Kochtraditionen der Völker des Mittelmeerraumes und des Kaukasus, also armenische und aramäische Küche. Diese Beeinflussungen prägen die heutige charakteristische türkische Küche. Wie im gesamten islamischen Raum hält auch in der Türkei die Mehrheit der islamischen Bevölkerung die Speisevorschriften des Islam ein; *haram* (verboten) und *halal* (erlaubt).“

„Davon steht nichts in der Karte“, merkte Felix an.

Pia zuckte mit den Schultern, las einfach weiter. „*Meze*-“

„Ja, das steht hier.“

„Das sind die Vorspeisen. Man unterscheidet zwischen warmen und kalten. Zu den kalten *Meze* gehören verschiedene Cremes, vorrangig aus Joghurt hergestellt. Durch das Abtropfen in einem Sieb oder einem Baum-wolltuch wird Wasser entzogen, dadurch wird er fester und cremiger, aber mit einem Fettanteil von 10 Prozent auch reichhaltiger. *Zeytinyağı Meze* nennt man die Gerichte, die mit Olivenöl zubereitet werden-“

Singend erschien ihr Kellner, dabei balancierte er über dem Kopf ein großes, rundes Silbertablett.

„Für uns?“

„Ja. *Meze.*"

Eilig räumte Felix die Karaffe Wein und das Wasser ab, er stellte beides unter das Tischchen. Die Gläser behielten Kegelmanns in der Hand. Zusätzlich zogen Pia und Felix die Bäuche ein, um dem mit Tellerchen und Töpfchen überfüllten Tablett Platz zu schaffen.

„Ahhh!"

Der Kellner bedankte sich mit einem breiten Lächeln. Dann rasselte er die einzelnen Gerichte herunter. „Brot kommt gleich." Er zog zwei Gabeln aus der Brusttasche seines Hemds. „*Afiyet olsun! Bon appetit.*"

Pia bedankte sich. „*Teşekkür ederim!*"

Mit einer leichten Verbeugung und in der Hüfte schwingend entfernte er sich wieder.

„Hast du das bestellt?"

Pia atmete langsam aus, um den eingezogenen Bauch kurz Mal zu entlasten. „Nee. Aber ich schätze mal, das ist hier so üblich, dass man einen Vorspeiseteller bekommt."

„Nicht übel." Felix sog den Duft ein. „Riecht richtig gut. Wenn man jetzt noch wüsste, was das im Einzelnen ist-"

„Das haben wir gleich", lächelte Pia. „hältst du mal meine Gläser?"

Nicht ihr Ernst. Er hatte ja selber zwei Gläser in der Hand, und die Bewegungsfreiheit war gleich Null. Da es Wassergläser waren, konnte man sie ineinander stapeln, also trank er Wein und Wasser aus.

„Netter Mann." Sie tippte auf den Reiseführer. „Ein ganzes Kapitel ist dem Essen gewidmet. Teilweise mit Abbildungen." Sie vertiefte sich kurz in das Kapitel. Dann: „Ich schätze mal, dass das hier vorne die Kichererbsenpaste *Humus* ist." Sie tunkte die Gabel ein und reichte ihm eine Kostprobe.

„Hmm."

„Und das sind Makrelen." Erneut stopfte sie ihm was in den Mund.

„Hmm."

Es folgten Lauch mit Möhren und Reis, dann eine armenische Vorspeise, bestehend aus Kartoffel- und Kichererbsen-Knödel, die mit Zwiebeln, Pinienkernen, Sultaninen, Piment, Zimt und Zucker gewürzt waren.

„Hmm."

Anschließend Püree aus dicken Saubohnen mit Dill, mit Namen Fava.

„Hmm." Felix zuckte zusammen, als der Kellner, diesmal ohne ein Lied auf den Lippen, plötzlich Felix mit entschuldigender Miene den Fladenbrotkorb auf den Schoß schob.

„Alles *okay?*"

Felix nickte mit vollen Backen. Wäre die Enge und die Hitze nicht, wäre es nicht zum Aushalten.

Pia hielt ihm eine gefüllte Weinblattrolle entgegen. „Komm, noch ein Häppchen für Tante Liesel", lachte sie über die absurde Situation.

„Nur, wenn du gleich was für Onkel Kurt isst-"

Sie tauschten die Rollen: jetzt hielt Pia die Gläser und Felix fütterte sie. Schnell waren sie eingespielt. So verputzten sie innerhalb kürzester Zeit die durchweg schmackhaften Gerichte.

Wieder brandete die Musik auf, wieder kam das Lokal in Schwung. Dann die Erlösung, als der singende Kellner das leere Tablett abräumte. Beide atmeten tief durch. Es war wie Ostern und Pfingsten zusammen.

Aber die Bauchfreiheit währte nur kurz. Denn schon fünf Minute später servierte ihr Ober ein weiteres Tablett. „Warme *Meze*."

Ungläubig starrten sie ihn an. „Nicht wahr, oder?" „*Delicious*!" Weg war er.

Ja, es war wirklich delicious: gebratene Leber albanischer Art, Tscherkessen-Huhn in Walnuss-Sauce, Champignons gefüllt mit zwei Sorten Käse, Garnelen mit Tomaten, Knoblauch, Gewürzen und Butter, Gemüsepuffer aus Zucchini und Dill.

Hätten sie bloß nicht so viel Brot zu den kalten Vorspeisen gegessen. Aber der Duft war unwiderstehlich, sodass sie auch diese herrliche Platte in Angriff nahmen. Wieder fütterten sie sich gegenseitig.

Mit vollem Mund, kurz vor Schluss und kurz vorm Platzen, nuschelte Felix: „Wo sind eigentlich die Mädchenschenkel?"

„Haha!" Pia legte die Gabel beiseite. „Ich kann nicht mehr", stöhnte sie nur noch. „Raki!"

„Dazu ein Handtuch - oder besser: ein Badetuch." Stattdessen forderte ihr Kellner, nachdem er abgeräumt hatte, Kegelmanns zum gemeinsamen Tanz.

Islamkunde zum Frühstück

Diesmal waren sie fast die Ersten im Frühstücksraum. Nur die Bildungsfamilie saß schon am Tisch.

Eine Weile aßen sie schweigend, jeder auf seinen Teller starrend. Felix erinnerte diese stille Szene an seine Kindheit, wo es hieß: Am Tisch, still wie ein Fisch. Und: Mit vollem Mund spricht man nicht.

Aber die jüngere der beiden pubertätsbepickelten Töchter scherte aus und fragte kauend: „Papa, was ist eigentlich der Islam?"

„Der Islam?"

Sie nickte.

Nur zu gerne nahm der Vater diese Frage auf - voller Mund hin, voller Mund her. Er tupfte die schmalen Lippen mit der Serviette ab, räusperte sich. „Das ist eine sehr gute, vor allem eine sehr wichtige Frage, Lore."

Lores Mutter hielt beim Teetrinken kurz inne, ihr anschließendes Lächeln wirkte aufgesetzt, fast maskenhaft. Nicht schon zum Frühstück Belehrungen, sagte ihr Blick. Auch Lores Schwester verzog schmerzhaft das Gesicht.

Am liebsten wäre der Vater aufgestanden, um zu referieren, das sah man ihm förmlich an, aber er zügelte sich, er blieb sitzen, schließlich gab es noch andere Gäste im Raum wie beispielsweise Kegelmanns.

„Können wir das nicht später klären, Dante?", stöhnte seine Frau. „Wir frühstücken noch."

„Nein", sagte er mit Bestimmtheit, „die Frage ist so wichtig, die muss gleich beantwortet werden."

Lore lächelte ihrer Mutter ins Gesicht.

Vater Dante nahm noch einen Schluck Tee, dann legte er los: „Als Religion ist der Islam eine Gliederung von Glaubenssätzen und Glaubens-verfahren, die von Mohammed verkündet, im Koran zusammengetragen und durch Überlieferungen von Ansichten und Taten Mohammeds ergänzt wurden. Der Islam erstreckt sich von Marokko im Westen bis Pakistan im Osten. Er steht dem jüdischen Glauben näher als alle anderen Religionen."

„Gibt`s auch Engel?", fragte Lore.

„Diese Frage ist durchaus berechtigt, Lore."

Ihre Schwester verdrehte die Augen. Schleimerin.

„Auch der Islam glaubt an ein Jenseits und an eine Auferstehung. Im Koran, der aus 114 Abschnitten, den sogenannten Suren, die wiederum 6666 Verse enthalten, besteht, werden nur zwei Engel beim Namen genannt: Gabriel, der Mohammed seine Offenbarungen zuteilwerden ließ und Michael, der die Gottesbefehle ausführt.

Hinzu kommen die fünf großen Propheten: Adam, Noah, Abraham, Moses und Jesus."

„Jesus?"

„Ja. Sagte ich doch, dass der Islam dem christlichen Glauben sehr nahesteht. Sakramente wie Taufe und Erstkommunion und anderes kennt der Islam jedoch nicht."

Selin tauchte auf. *„Do you need anything else?"* Der Vater winkte ab. Kegelmanns auch.

Als Selin verschwunden war, fuhr Dante fort: „Der Islam basiert auf fünf Geboten, die meist als die „Fünf Säulen des Islam" bezeichnet werden: Glaube, Gebet, Almosen, Fasten und Pilgerfahrt.

Glaube meint, dass man ohne Zweifel bekennen muss, dass es nur einen einzigen Gott gibt, also Allah, und das Mohammed sein Prophet ist.

Die zweite Säule, das Gebet, schreibt vor, dass man fünfmal am Tage zu festen Zeiten und zu einer vorgeschriebenen Art beten muss. Wo, ist egal. Ein Gebetsausrufer, der Muezzin, ruft die Gläubigen vom Minarett dazu auf."

„Und was ruft der Muezzin?"

„Lore, nun lass Papa mal was essen."

Ihr Mann, rank und schlank, fast dürr, wiegelte ab. „Martha, das ist wichtig für die Kinder. Außerdem habe ich keinen Hunger."

„Dante, du musst doch was essen."

„Später." Er wandte sich erneut Lore zu. „Er ruft: Gott ist der Allergrößte. Ich bezeuge, dass es keinen Gott gibt außer Allah-"

Ein Ohr wurde im Türspalt sichtbar.

„Ein Spion", flüsterte Pia Felix ins Ohr und deutete mit dem Kinn Richtung Tür.

„Selins Ohr, würde ich tippen. Bei diesem Thema. Vielleicht versteht er mehr deutsch, als er zugibt?"

„-ich bezeuge, dass Mohammed der Prophet Allahs ist/ Kommt zum Gebet/ Kommt zur Erlösung/ Es gibt keinen Gott außer Allah."

„Danke, Papa."

Die ältere Schwester, Margot hieß sie, verzog erneut das Gesicht. Zuviel Personenkult.

„Almosengeben bildet die dritte Säule. Heißt: Jeder wohlhabende Moslem muss von seinem Gesamtverdienst im Jahr 2,5% zur Unterstützung für die Armen, Witwen und Waisen geben. Das kann in Bargeld, aber auch in Ware bezahlt werden. Die Almosen sind keine Steuer, sondern ein Darlehen an Allah.

„Bestimmt ohne Rückzahlung", merkte seine Frau an.

Er überhörte diesen unnötigen Einwand. „Säule Nummer Vier ist das Fasten. Zum Fasten sind alle

Moslems verpflichtet, ausgenommen die Kinder, Kranke und Reisende. Der Fastenmonat heißt *Ramadan* und ist der 9. Monat im arabischen Kalender. In dieser Zeit darf man zwischen Sonnenaufgang und Sonnenuntergang nichts essen, nichts trinken, nicht rauchen." Das mit der sexuellen Betätigung ließ er unter den Tisch fallen.

„Damit lehrt das Fasten den Moslem, seinen Körper zu beherrschen und die Leiden der Armen zu verstehen."

Ein ganzer Monat ist eine lange Zeit, fand Lore. Margot fand den Vortrag schon zu lang.

„Aber dafür wartet dann auch ein dreitägiges Fest auf den Gläubigen. Man trägt neue Kleider, es gibt Süßigkeiten, es gibt Delikatessen - und man besucht die Alten und Verstorbenen.

Und die letzte Säule ist die Pilgerfahrt, wo jeder Moslem, der dazu gesundheitlich und finanziell in der Lage ist, einmal in seinem Leben nach Mekka reisen muss. Jeder ist dort gleich gekleidet, um sich daran zu erinnern, dass alle Menschen vor Allah gleich sind."

„Hört sich doch alles klasse an", fand Lore. „Vielleicht werde ich Muslim-"

„Muslima."

Margot lachte auf.

Der Vater warf ein: „Lore, du bist getauft. Du hast schon einen Gott." Etwas sanfter fügte er an: „Auch unser Glaube hat viel Positives-"

„Nun ist es aber gut, Dante", unterbrach seine Frau ungehalten. „Wir müssen gleich los. Das Schiff geht in einer Stunde."

Pia und Felix sahen sich wissend an. Die also auch.

„Eine Frage hätte ich aber noch-"

„Heb sie für später auf, Lore." Sie sah dann ihren Mann an. „Wenn du unterwegs umkippst, weil du verhungert bist, dann bleibt die Frage unbeantwortet."

Also schob sich Dante noch eine schwarze Olive in den Mund. „Zufrieden?"

Selin erschien, im Schlepptau seine beiden Unterkellner. Sie begannen abzuräumen.

„Wann wurde der Islam gegründet?", haute Lore beim Aufstehen schnell noch raus.

„*Early Seven Century*", erwiderte Selin ohne aufzusehen.

Erdteilhopping

Pünktlich um 10.35 Uhr legte das Schiff ab. Pünktlich um 10.36 Uhr kam die Sonne hervor. Allerdings war der Fahrtwind noch recht frisch.

Pia schmiegte sich an ihren Mann.

Stampfend, leicht schwankend und schwarzen Rauch ausstoßend steuerte das in die Jahre gekommene Schiff auf den Mädchenturm zu, der auf einer winzigen Insel thronte. Dieser 30 m hohe Leuchtturm kennzeichnete die Grenze zwischen dem Bosporus und dem Marmarameer.

Felix zückte die Kamera. Wenn die Sonne lacht, wähle Blende acht. Mädchenturm mit und ohne Pia.

„Schon um 500 v.Chr. stand auf diesem Felsen eine Zollstation", las Pia. „Später errichteten hier die Byzantiner eine kleine Festung, von der eine Kette zur europäischen Altstadt führte, mit der man die Zufahrt zum Bosporus sperren konnte. Im heutigen Zustand stammt der Turm aus dem Jahre 1763."

Felix steckte die Schutzkappe aufs Objektiv. „Sag mal, Mäusepieps, warum Mädchenturm?"

„*Kiz Kulesi*, heißt auf Deutsch Mädchenturm.

Der Name hat natürlich seinen Ursprung in einer alten Sage. Ein Sultan hatte eine Tochter, der vorausgesagt worden war, sie werde an einem Schlangenbiss sterben. Um sie vor diesem Schicksal zu bewahren, hielt er sie im Turm verborgen. Es half dennoch nichts, denn eine in einem Früchtekorb versteckte giftige Schlange biss die Sultanstochter und sie starb."

„Traurig, traurig."

„Wart´s ab. Wird noch trauriger."

Felix lächelte. „Na toll!"

„Ein anderer Name ist Leanderturm. Diese europäische Bezeichnung bezieht sich auf die mythologische Sage zwischen der Artemispriesterin Hero und ihrem Geliebten Leander, der ihretwegen allnächtlich die Dardanellen zwischen Sestos und Abydos durchschwamm. Doch eines Nachts war die Fackel, die ihm den Weg wies, erloschen. Er verlor die Orientierung und ertrank. Als Hero ihren toten Geliebten am Ufer fand, warf sie sich ebenfalls in die Fluten."

„Auch nicht schlecht. Aber sind die Dardanellen nicht weiter nördlich?"

„Schon, aber so genau darf man das nicht nehmen, habe ich gelesen.

„Hauptsache eine gute Geschichte, was?"

„Genau."

Das Schiff schwenkte jetzt nach Osten ab, Kurs Bosporus.

„Bosporus heißt übrigens Ochsenfurt", merkte Pia an.

„Ganz schön breite Furt. Selbst die engste Stelle, soviel ich weiß, ist immerhin rund 600 Meter breit und über siebzig Meter tief. Da kann man kaum seine Viecher ans andere Ufer treiben-"

„Geduld. Das klärt sich vermutlich gleich auf."

„Hoffentlich."

Die Sonne gab jetzt ihr Bestes, Pia setzte ihre Sonnenbrille auf. "Also: Io, Tochter des Flussgottes Inachos, war eine der zahlreichen Geliebten des Zeus. Um die Entführung zu vertuschen, verwandelte Zeus Io in eine silberglänzende Kuh. Doch

Hera, seine eifersüchtige Gattin, bemerkte dies, und sie forderte die Kuh als Geschenk. So geschah es. Um sicher zu gehen, ließ Hera die Kuh von dem hundertäugigen Riesen Argos bewachen.

Zeus hingegen entsandte den Himmelsboten Hermes zu Argos, mit dem Auftrag, ihn zu töten. Mit seinem Flötenspiel schläferte Hermes den Riesen ein, dann schlug er ihm den Kopf ab. Io, immer noch in Tiergestalt, konnte fliehen.

Das konnte Hera sich unmöglich bieten lassen. Ergo hetzte sie ihrer Widersacherin eine Rinderdassel (auch Bremse genannt) auf den Hals, die Io nun unablässig folgte. Auf der Flucht überquerte Io auch das Meer, das später nach ihr benannt wurde, und sie überschritt die Furt von Europa nach Asien-"

„Bosporus ist welche Sprache? Griechisch?"

„Genau. Und heißt, wie schon gesagt, Kuh- oder Ochsenfurt."

Felix drehte sich eine Zigarette. Als seine Frau nichts mehr sagte, sah er hoch. „Und, wie ging die Geschichte aus?"

„Hera ließ sich von ihrem Mann besänftigen, und Io, mittlerweile am Nil angelangt, erhielt ihre menschliche Gestalt zurück."

„Was? Happy End?"

„Wenn du den abgeschlagenen Kopf weglässt, ja." Sie lächelte. „Aber das ist, wie gesagt, nur eine Version. Die nach Herodot."

Felix lehnte sich zurück, steckte die Gedrehte an, stieß zwei drei Wölkchen in die klare Luft.

„Möchtest du-?"

„Bitte nicht. Eine Variante reicht, noch dazu, wo sie so relativ positiv ausgegangen ist."

„Dann noch ein paar Fakten gefällig?"

„Gerne."

„Der Bosporus ist 31,7 km lang und verbindet das Marmarameer mit dem Schwarzen Meer. Bei der Festung Rumeli Hisan misst der Meeresdurchbruch 660 Meter." Sie sah ihn von der Seite an. „Und, kennt der Herr auch das Maß der breitesten Stelle?"

„Gibt`s was zu gewinnen?"

Ein verschmitztes Lächeln. „Ja, einen Kuss."

„Hier, in aller Öffentlichkeit?"

„Vielleicht nicht Knutschen, aber ein reiner unbefleckter Kuss auf die Wange wäre schon drin."

„Dagegen kann keiner was haben. Außerdem sind wir noch in Europa." Felix kramte in seinen Gehirngängen nach, fand aber nichts. Also riet er: „Die breiteste Stelle ist genau zweitausendvierhundertsieben Meter. Stimmt`s? Küss mich!"

Sie küsste ihn mit vorgehaltener Jacke auf die Wange. „Kann ich gelten lassen. 4,7 Kilometer. Nördlich von *Büyükdere*."

„Fast doppelt so breit. Das nenne ich großzügig."

„Und tief?"

„Neunundneunzigkommaneun Meter."

Diesmal belohnte sie ihn mit einem verdeckten Kuss auf den Mund. „Richtig. Bis zu 100 m. Bei *Akintiburnu*. Dort ist auch die Strömung am stärksten."

„Hast du noch eine Kussfrage?"

Sie schüttelte bedauernd den Kopf. „Apropos Strömung. Wusstest du, dass es im Bosporus zwei entgegengesetzte Strömungen gibt? Nein? Sie fließen in unterschiedlichen Höhen, eine obere an der Wasseroberfläche und eine in 40 m Tiefe. Das hat was mit dem unterschiedlichen Salzgehalt der einzelnen Meere zu tun; das Schwarze Meer ist weniger salzig als das Marmarameer."

Felix schirmte die Augen mit der Hand ab, blickte Richtung Üskedar auf der asiatischen Seite. „Sind wir gerade in Asien oder in Europa? Wo verläuft die Grenze eigentlich?"

„Gute Frage, nächste Frage. Vielleicht in der Mitte?" Als er nichts entgegnete, fügte sie an: „Steht hier nicht. Ist das wichtig?"

Er überlegte kurz. „Irgendwie schon. Es ist doch ganz schön zu wissen, auf welchem Erdteil man sich momentan befindet."

„Laut Fahrplan legen wir gleich zweimal in Europa an, dann Asien, dann wieder Europa-"

„Wahnsinn! Erdteilhopping."

Pia rieb sich die Hände. „Ein Tee wäre jetzt nicht schlecht."

„Kommt!"

Als Felix mit zwei Gläsern Tee zurückkehrte, tauchte linkerhand die Dolmabahçe-Moschee auf, gleich darauf der Dolmabahçe-Palast.

Mit einem Luftkuss nahm Pia ihr Glas entgegen. Fröstelnd umschloss sie das heiße Glas mit beiden Händen. „Guter Mann."

Er nahm einen vorsichtigen Schluck und starrte ans Ufer. „Neorenaissance, 19. Jahrhundert. Macht ja was her."

Pia nickte wissend. „Der Dolmabahçe-Palast diente bis 1876 als offizielle Residenz der Sultane. Danach war er für kurze Zeit türkisches Parlament. 1923, nach Abschaffung des Sultanats, pflegte Atatürk bei seinen Aufenthalten in Istanbul hier zu wohnen, wo er auch am 10. November 1938 im Alter von gerademal 57 Jahren an Leberzirrhose starb."

„Leberzirrhose?"

„Ja. Den sollten wir uns morgen ansehen."

„Atatürk?"

„Der liegt in Ankara begraben. Nein, den Palast."

„Unbedingt!"

„*Beşiktaş*", krächzte der Lautsprecher über ihnen. Das Schiff drosselte die Geschwindigkeit und legte wenig später an. Nur eine Handvoll Fahrgäste stieg aus, zwei stiegen zu.

„Hier befindet sich das berühmte Marinemuseum", sagte Pia und begab sich zur Reling. Felix folgte. „Das Museum zeigt die Entwicklung der türkischen Seefahrt seit Begründung des Osmanischen Reiches, also Ende des 13. Jahrhunderts."

„Seit wann interessiert dich ein Marinemuseum?"

„Das ist nicht irgendein Marinemuseum. Hier ist die berühmte Seekarte des türkischen Admirals und Kartographen Piri Reis aus dem Jahre 1513 zu sehen, die Erich von Däniken in einem seiner Bücher erwähnte."

„Und? Was ist das Besondere?"

„Zum Beispiel zeigt sie die Antarktis. Und das dreihundert Jahre vor ihrer offiziellen Entdeckung."

„Ach!"

Das Schiff erzitterte, hupend setzte es die Fahrt fort.

„Zu spät zum Aussteigen." Pia ging zum Platz zurück.

Nachdem Felix eine Aufnahme gemacht hatte, nahm er ebenfalls seinen angestammten Sitzplatz wieder ein. Er setzte die Sonnenbrille auf, streckte die Beine aus und blickte in den Himmel. Kondensstreifen von Flugzeugen überzogen den azurblauen Himmel.

Hier, das stand fest, mussten sie noch einmal hinfahren.

Die zweite Station am europäischen Ufer war der Ort Ortaköy, direkt vor der mächtigen Bosporus-Brücke gelegen. Die ebenfalls im Neorenaissancestil erbaute Ortaköy-Moschee wirkte vor den

Pfeilern der Hängebrücke fast zierlich, fast wie ein Faller-Häuschen bei Modelleisenbahnen.

„Mit ihrer freien Spannweite von 1074 Meter und einer Gesamtlänge von 1560 Meter", las Pia und riss ihn aus seinen Gedanken, „gehört sie mit zu den längsten Hängebrücken der Welt. Die Pylone sind 165 Meter hoch und die Durchfahrtshöhe beträgt stolze 64 Meter. Nach dreieinhalb jähriger Bauzeit wurde die Brücke am 29. Oktober 1973 zum 50. Gründungsjahr der türkischen Republik eingeweiht. Sie ist mautpflichtig … täglich wird die Brücke von 200 000 Fahrzeugen überquert-"

„Das lohnt sich ja für den Betreiber."

„Und ob. Die Kosten haben sich in den zwanzig Jahren mehrfach amortisiert."

Felix renkte sich fast den Hals aus, während sie darunter durchfuhren. „Schon gigantisch, keine Frage."

Pia stieß ihren Mann in die Seite. „Guck mal, wer da kommt."

Es waren die dicken Amerikaner vom Orient-Express-Bahnhofscafé. Als sie Kegelmanns erkannten, grüßten sie freundlich und begaben sich, das Lachen nur schwerlich verkneifend, zum Bug, um Aufnahmen von der Brücke zu machen.

„Dass die nicht frieren", wunderte sich Pia, „nur so dünne, bunte Sommersachen."

„Typische Amis im Urlaub. Fehlen bloß noch die kurzen Hosen."

„*Incredible*", tönte die Amerikanerin.

„*Yes, very nice*", schwächte ihr Mann ab.

„*Incredible!*", wiederholte sie.

Daraufhin rief er ihr die Golden Gate Bridge in San Francisco und die New Yorker Verranzano-Narrows-Bridge sowie die Mackinac-Bridge in Michigan ins Gedächtnis, die größere Spannweiten besaßen als die Bosporusbrücke.

„*Still inpressiv!*"

Demonstrativ richtete er den Fotoapparat nicht auf die Brücke, sondern auf die „*lovely towers*" der Moschee.

„Willkommen in Asien", sagte Pia, während der Dampfer in Kurucesme Halt machte.

Nicht sehr einladend, fand Felix; die Kohle-, Sand- und Kiesaufschüttungen verschandelten den Ort doch erheblich. Malerischer wurde es dann erst im nächsten asiatischen Dorf namens Armavutköy, was übersetzt Albanerdorf heißt. Sanft ansteigende grüne Hügel, dazu alte Strandvillen prägten den kleinen Hafen eindrucksvoll. Pia zeigte mit dem Finger auf die Landspitze. „Dort befindet sich die tiefste Stelle des Bosporus."

Da der Stopp sehr kurz ausfiel, schraubte Felix sein 200ter-Teleobjektiv auf die Pentax. So hatte er mehr Zeit für die richtige Motivwahl, die der Ort ja reichlich bot.

Bebek, ein Ort weiter, zählt heute zu den vornehmsten Wohngegenden Istanbuls. Unmittelbar am Ufer die ehemalige ägyptische Botschaft, und auf seinem Nordhügel die Bosporus-Universität.

Es folgte die engste Stelle der Meeresstraße.

„Ahh! Ohh! *Wonderful!*"

Linker Hand tauchte die beeindruckende, in Hanglage erbaute Rumeli Hisari-Festung auf. Eine Burg wie aus dem Bilderbuch, erbaut Mitte des 15. Jahrhunderts. Gleich gegenüber, auf der asiatischen Seite, die kleinere, aber dafür ältere Anadolu Hisari-Festung, errichtet Ende des 14. Jahrhunderts. Der Reiseführer behauptete, es sei die bedeutendste und schönste Stelle des Bosporus.

Fanden Felix und der Großteil der Passagiere auch, sie knipsten was das Zeug hielt.

Nicht so eine Dreiergruppe, die jetzt linker Seite von Felix und Pia auftauchte. Die kleine Gruppe bestand aus zwei älteren Damen und einem türkischen Privatführer um die fünfzig, gut gekleidet und schattenlos rasiert.

„Schon 512 v.Chr.", referierte er in bestem Deutsch, „ließ der Perserkönig Dareius I. der Große hier eine Brücke auf Schiffen errichten, um seine aus 700.000 Mann bestehende Armee gegen die Skythen zu führen."

„700.000. Mehr als Düsseldorf Einwohner hat. Nein!"

Ein leichtes Nicken, sodann erfuhren die Damen, dass 1097 die ersten Kreuzfahrer sowie die Türken, 1452, hier ebenfalls übergesetzt sind. Stolz trat in seine schwarzen Augen. „Die schöne Festung linker Hand haben wir in nur vier Monaten aufgebaut. Sie hat eine Länge von 250 Meter und ist 125 Meter breit."

„Sehr, sehr schön. Das haben Sie wirklich gut hingekriegt, Herr Demil", meinte die Graulilagetönte kichernd.

Er lächelte verlegen. „Na ja, mehr meine Vorfahren." Er deutete mit der Hand auf drei große Türme. „Denen wurden Namen dreier großer Wesire gegeben: Saruca Pascha, Zağanos Pascha und Halil Pascha-"

„Türme mit Namen, nein, wie originell."

„Saruca Pasha war Kommandant, Wesir und Berater Mehmed II., dem Eroberer Konstantinopels. Zağanos Pascha war Millitärkommandant und Großwesir und spielte ebenfalls eine wichtige Rolle bei der Eroberung 1453. Hingegen Halil Pascha im Ersten Weltkrieg Gouverneur und Befehlshaber war. Er war Onkel des Enver Paschas mit dunkler Geschichte, wenn ich das so ausdrücken darf."

Die zweite Dame hatte ihrer Dauerwelle einen mehr ins Rosa schimmernden Ton geben lassen, sie fragte: „Meinen Sie die Ermordung der Armenier?"

Er nickte kaum merklich, wechselte schnell das Thema: „Seit 1953, anlässlich der 500-Jahrfeier der Einnahme der Stadt, ist die Burg Museum-"

Nächster Halt: „*Baltanimani.*"

„Axthafen", übersetzte Herr Demil augenblicklich.

„Axthafen?"

„Der Name leitet sich vom Schiffsbau ab. Denn hier, Ladies, hatte Mehmet II. seine Galeeren bauen lassen, die er dann auf dem Landweg zum Goldenen Horn zog, um Konstantinopel von der Seeseite her anzugreifen-"

„Über Land. Was für ein Aufwand."

Zustimmendes Nicken. „Sie sagen es." Den Ton etwas gedämpft löste er auf: „Überraschungstaktik. So wie Hannibal damals."

„War das Unternehmen wenigstens erfolgreich, Herr Demil?"

„Oh ja, war es."

Pia fand, dass Herr Demil bei den alten Damen - bestimmt wohlhabende Witwen, was ihr Äußeres und der viele Schmuck anbelangte - genau den richtigen, leicht schmeichelnden Ton traf, was ihm beim Trinkgeld mit Sicherheit nicht zum Nachteil gereichen wird.

Herr Demil räusperte sich hinter vorgehaltener Hand. „Mehmet II. nannte man „Vater der Eroberung" und später „Der Eroberer". Er war der siebte Sultan des Osmanischen Reiches und regierte von 1444 bis 1446 sowie von 1451 bis zu seinem Tod im Jahr 1481. Sein Vater war Sultan

Murad II. und seine Mutter eine Sklavin unbekannter Herkunft-"

„Eine Sklavin?"

„Warum nicht."

„Ja, warum nicht?"

„Das war damals nicht so ungewöhnlich, müssen Sie wissen. Ein Harem bestand aus vielen Frauen. Da spielte die Herkunft nicht die größte Rolle." Er zwinkerte.

Leichte Röte huschte über die Gesichter der Damen.

„Mehmets Halbbrüder hatten dagegen nur ein kurzes Leben. Warum auch immer. Sie verstehen, was ich meine?"

Die Damen verstanden. Die Lilagetönte machte mit der flachen Hand die Rübe-ab-Geste.

„Genau." Er lachte. „Sie kennen sich aus, was?"

„Ich war fünf Mal verheiratet. Meine Männer sind aber alle eines natürlichen Todes gestorben."

„Kleiner Scherz."

Sie hob den Zeigefinger. „Sie sind mir einer."

Er machte ein Büßergesicht. „Am 29. Mai 1453 eroberte Mehmet II. dann Konstantinopel und besiegelte damit das Ende des Byzantinischen Reiches-"

Das Schiff tuckerte langsam an schönen Villen und Gärten, an Sommerresidenzen und ehemaligen Botschaften und an kleinen Häfen mit bunten Fischerbooten vorbei.

Es folgten die Orte Emigrad, Istenye, Yeniköy und Tarabya.

„Ihr Kaiser, Wilhelm der Zweite, besaß hier im Ort Tarabya ein Grundstück, welches ihm vom Sultan Abdülhamit II. geschenkt wurde. Und wissen Sie was, Ladies, von hier leitet sich das Wort „Therapia" ab, was Heilung bedeutet."

„Nein, Herr Demil, was Sie alles wissen. Stimmt`s, Wilhelmine?"

Herr Demil musste lächeln. „Wilhelmine, wie passend."

„Tja, mein Vater war halt ein glühender Monarchist."

„Dann sind Sie hier ja richtig." Er wandte sich um, mit der Sonnenbrille in der Hand deutete er auf den Ort. „Unweit, auf dem Soldatenfriedhof, befindet sich das Grab eines weiteren Deutschen: General-feldmarschall Colmar Freiherr von der Goltz. Ebenfalls eine interessante Persönlichkeit. Kennen Sie ihn?"

Die Damen schüttelten die farbigen Köpfe. „Ich kenne nur die Goltzstraße in Berlin. Ob die auf ihn zurückgeht, weiß ich allerdings nicht", entgegnete Wilhelmine.

„Es gibt drei, meine Liebe. Die Goltzstraße in Berlin-Spandau geht auf ihn zurück, glaube ich."

Demil zuckte nur mit den Schultern. „Wie auch immer. Colmar Freiherr von der Goltz war preußischer Generalfeldmarschall, Militärhistoriker und Schriftsteller, und er schrieb unter dem Pseudonym W. von Dünheim. Geboren wurde er 1843 in Ostpreußen, in der Nähe von Königsberg und starb 1916 in Bagdad an Typhus. 1861 Infantrie, 1864 Kriegsakademie Berlin. Dann, nach schwerer Verwundung, mit gerademal 24 Jahren wurde er 1867 Mitglied im preußischen Generalstab. Er diente unter allen drei Kaisern: Wilhelm I., Friedrich III. und Wilhelm II. Im Deutsch-Französischen Krieg, 1870, war er im Stab von Friedrich Karl Nikolaus von Preußen. Zwischen 1878 und 1883 dann Lehrer für Kriegsgeschichte an der preußischen Kriegsakademie in Berlin. Dort veröffentlichte er sein bekanntes Buch *Von Roßbach bis Jena und Auerstedt*, in dem er durch Abhandlung der preußischen Militärgeschichte indirekt Kritik am Kaiserreich übte.“

Wilhelmine sah ihn enttäuscht an.

„Nein, das war nicht das Ende seiner Karriere. Er wurde hierher versetzt, um von 1883 bis 1895 die Osmanische Armee zu reorganisieren.“

Ein „Ach!“ rutschte Wilhelmine raus. „Er diente im Osmanischen Reich?“

„Ja. Er erhielt sogar den Titel des Paschas.“

„Sieh an!“ Wilhelmine rieb sich die Hände. „Mir ist ein wenig frisch.“

„Dass unser Freiherr beinahe Reichskanzler geworden wäre, muss ich Ihnen noch schnell erzählen.“

„Bitte. Aber kurz."

„Am 7. Juli 1909 beriet sich Kaiser Wilhelm II. mit dem damaligen Chef des Zivilkabinetts, ob Theobald von Bethmann Hollweg oder von der Goltz Reichskanzler werden sollte. Der Kaiser war sehr geneigt, den General zu ernennen, jedoch war dessen erneute Anwesenheit in der Türkei ab Mai 1909 zu wichtig, um ihn nach Berlin zu holen, so dass schließlich Bethmann Hollweg Kanzler wurde."

„Interessant." Wilhelmine erhob sich. „Lassen Sie uns jetzt bitte reingehen. Zu viel Sonne und der Wind sind Gift für meine Frisur."

„Selbstverständlich."

Die kleine Gruppe verzog sich ins Innere des Schiffes.

„War ja sehr aufschlussreich", fand Pia. „Der Mann kennt sich aus, das muss man ihm lassen."

Kennt sich aus war das Stichwort. Felix sprang auf und verschwand ebenfalls im Inneren. Drei Minuten später tauchte er wieder auf.

Pia sah ihn fragend an. „Wo warst du?"

„Das ist eine Kopie der Piri-Reis-Karte", entgegnete er.

Sie sah ihn immer noch fragend an.

„Herr Demil hat mir das soeben bestätigt."

„Und?"

„Und nichts. Die Rückseite habe ich ihm natürlich nicht gezeigt."

„Gut."

Es folgte ein längeres Schweigen. Plötzlich streckte Felix den Zeigefinger gen Bug. „Siehst du`s? Das Schwarze Meer!"

Pia blinzelte. „Meinst du den schwarzen Strich da hinten?"

„Ja."

„*Sariyer*!", verkündete der Kapitän über Lautsprecher.

Pia schlug eilig den „Schlaumeier" auf.

„Sariyer ist die größte Ortschaft am Bosporus. Bekannt und sehenswert durch seinen interessanten Fischmarkt und dem 1978 gegründeten Sadberk-Koc-Hanim-Museum. Das Museum, zwei alte gelbe Fachwerkhäuser aus dem 19. Jahrhundert, beherbergt eine reiche Kristall- und Porzellansammlung sowie Gewänder- und auch eine schöne Silbersammlung-"

Felix holte erneut die geheimnisvolle Karte aus seiner Jackentasche. Welche Mühe sich der Kopist gemacht hatte: die ganzen Details wie Segelschiffe und Tiere und das Ganze noch farbig eingetönt. „Wirklich eine seltsame Karte", murmelte Felix in seinen nicht mehr vorhandenen Bart.

„Wie meinen?" Pia sah ihn von der Seite an.

„Die Landkarte."

„Nun lass die Karte mal ruhen, ist ja eh nicht unsere.

Wer weiß, dachte Felix.

Jason, Orpheus und viel Horror

Zwei Kilometer weiter, bei Rumeli Kavagi, wendete das Schiff und steuerte erneut auf die asiatische Seite zu.

„Ich dachte, wir fahren bis zur Mündung des Schwarzen Meeres", sagte Felix verwundert und machte schnell eine Aufnahme vom jetzt etwas dickeren Strich am Horizont.

„Militärisches Sperrgebiet", klärte ihn seine Frau auf. „Und gefährlich dazu, wenn man der Geschichte von Jason und seinen Argonauten Glauben schenken will."

„War das nicht der Typ mit dem Goldenen Vlies?"

„Genau der." Sie deutete mit der Hand erst nach links, dann nach rechts. „Irgendwo hier schlugen die Felsen immer donnernd zusammen, wenn ein Schiff zwischen ihnen hindurch zum Schwarzen Meer fahren wollte-"

„Bereits Homer nimmt Bezug auf den Argonauten-mythos: In der Odyssee erzählt Kirke dem Odysseus, dass die Argo, das sagenhaft schnelle Schiff, mit Heras Hilfe erfolgreich durch die Plankten - zwei im Meer treibende überhängende „Irrfelsen", gegen die eine starke Strömung brandet - gesegelt sei."

Felix und Pia drehten sich verdutzt um.

Es war Herr Demil, in der Hand eine Zigarette und ein Buch. „Entschuldigung, dass ich mich eingemischt habe."

Kegelmanns winkten ab. „Kein Problem."

„Die Argonautika sind griechische Sagen, die von der abenteuerlichen Fahrt des Jason und seinen Begleitern erzählen - und vom Raub des Goldenen Vlieses. Sie sollten die Geschichte unbedingt lesen, es lohnt sich." Ein letzter Zug, dann drückte er die Zigarette auf dem Boden aus. Eine angedeutete Verbeugung. „Sie entschuldigen, meine Damen warten." Kurz vor der Tür blieb er jäh stehen, kam zurück und drückte Felix sein Buch in die Hand. „Schauen Sie mal rein. Ich brauche es im Augenblick nicht. Die Damen wissen Bescheid."

„Danke."

„Es ist auf Deutsch."

„Nochmals Dank. Sie kriegen es rechtzeitig zurück."

Er wendete sich zum Gehen, hob die Hand und verschwand durch die Tür.

Das Exemplar über die griechische Mythologie war noch gut in Schuss, überall ragten Lesezeichen heraus. Pia übernahm es sogleich und schlug es bei der Argonautensage auf. Sie überflog die ersten Seiten.

„Also: Jason war der Sohn Aisons, er erhielt von seinem Onkel Pelias, Herrscher von Iolkos in Thessalien, den Auftrag, das Goldene Vlies des

Widders Chrysomallos, auf dessen Rücken die Zwillinge Phrixos und Helle vor ihrer Stiefmutter Ino geflohen waren, aus dem Hain des Ares in *Kolchis* zu stehlen. *Kolchis*, wenn du fragen solltest, liegt im Kaukasus am Schwarzen Meer."

„Ja, ich hätte gefragt. Danke."

„Bitte." Nach einer kurzen Weile fuhr sie fort: „Die älteste in sich geschlossene Darstellung des Stoffes sind die vier Bücher der *Argonautika* des Apollonios von Rhodos aus dem 3. Jahrhundert vor Christi, und ihren Ausgangspunkt hat die Argonautensage im Machtkampf um das Königreich Thessalien in Griechenland.

Pelias, der König, der sich die Macht in Thessalien von seinem Bruder Aison gesichert hatte, erhält einen Orakelspruch. Er solle sich vor einem Einschuhigen aus der antiken griechischen Stadt Iolkos hüten."

„Einschuhigen?" Felix musste grinsen. „Sehr fantasievoll, das muss man den Griechen schon lassen."

Pia nickte nur beiläufig. „Göttermutter Hera bittet des Königs Neffen, Jason, ihr bei der Überquerung eines Baches zu helfen, wobei dieser einen Schuh verliert. Als Jason vor seinen Onkel tritt, erkennt dieser sofort, wen er vor sich hat.

Der König greift zu einer List. Er verspricht seinem Neffen den Thron, wenn dieser das Goldene Vlies vom Ende der Welt in die Heimat zurückhole. Er denkt, dass dies eine Reise ohne Wiederkehr ist.

Jason willigt ein.

Also lässt Jason sich von Argos ein Boot mit fünfzig Rudern bauen. Es bekommt den Namen Argo. Als das Schiff fertig ist, fordert Jason die berühmtesten Helden Griechenlands auf, sich an dieser Mission zu beteiligen. Sie werden zu Argonauten. Unter ihnen befinden sich Namen wie Herakles, Orpheus, Theseus, Argos - der Bootsbauer -, und Kastor, Nestor und viele mehr.

Auf der abenteuerlichen Fahrt belebt Orpheus den Mut der Mannschaft mit Harfenspiel und Gesang. Viele Orte liegen auf ihrer Reise, viele Schwierigkeiten müssen überwunden werden. Zum Beispiel auf der Insel Lemnos treffen sie auf Frauen, die alle Männer wegen Untreue ermordet haben. Die Argonauten werden jedoch gastlich aufgenommen. Hier bleiben sie eine Weile hängen und genießen das Leben mit den männerlosen Frauen, bis Herakles sie zur Weiterfahrt mahnt-"

„Spielverderber", merkte Felix an.

Pia ersparte sich einen Kommentar. Sie fasste weiter zusammen: „Bei der Durchquerung der Meerenge zum Schwarzen Meer entkommen sie nur knapp einem Felssturz durch ein glückbringendes Amulett des Phineus.

Auf der Fahrt durchs Schwarze Meer kommen sie unter anderem zur Insel Tia, der Aresinsel, wo die stymphalischen Vögel hausen, die ihre ehernen Federn als Pfeile abschießen. Als die Argonauten die Insel betreten wollen, werden sie von den Vögeln angegriffen. Nur durch das Klappern Ihrer Schilde können sie die tödliche Gefahr abwenden.

Danach sehen die Argonauten die Spitzen des Kaukasus emporragen und vernehmen Prometheus' Stöhnen und den Flügelschlag des Adlers, der in dessen Leber gewühlt hatte."

„Klingt ja lecker."

„Ohne einzugreifen fahren sie weiter. In Kolchis, ihrem Ziel, forderte Jason das Goldene Vlies von Aietes, dem König. Dieser versprach ihm das Vlies, wenn er es schaffen würde, die feuerspeienden Stiere mit den ehernen Füßen anzuspannen und Drachenzähne zu säen. Medea, die Tochter des Aietes, verliebte sich in Jason und half ihm, die Aufgabe zu bewältigen. Sie gab ihm ein Zaubermittel, das ihm für einen Tag Schutz gewährte, indem es alle Schwerthiebe und Pfeile ablenken und alle Flammen unschädlich machen sollte. Außerdem verriet sie ihm, dass aus den Zähnen Kämpfer erwachsen würden, die er mit Steinwürfen verwirren und dann niedermachen könnte. Als Jason die Aufgabe bewältigt hatte, weigerte sich Aietes, das Vlies herauszugeben. Deshalb schläferte Medea den wachenden Drachen ein und holte das Goldene Vlies. Jasons Hoffnung als Lohn für das Goldene Vlies den Thron von König Pelias in Iolkos zu besteigen, um dessentwillen er die gefahrvolle Fahrt unternommen hatte, erfüllte sich nicht."

Felix starrte nach oben, eine dunkle Wolke hing über dem Ort, den das Schiff ansteuerte. „Sieht nach Regen aus."

Mit einem „Mmmh" las sie weiter: „Jason erfuhr, dass Pelias seinen Vater Aison in den Selbstmord getrieben hatte, indem er ihm erzählte, die Argo sei untergegangen. Darüber hinaus hatte Pelias Promachos, Jasons jüngeren Bruder, ermordet. Jason flüchtete zum Isthmus (Landenge) von Korinth. Aufgrund dieser Verfehlungen des Pelias sann Medea auf Rache und redete dessen Töchtern ein, sie könnten ihren Vater verjüngen. Alkestis weigerte sich, dem Rat Medeas zu folgen. Die anderen jedoch glaubten Medea, zerschnitten und kochten ihren Vater Pelias."

Felix lachte. „Merkwürdige Methode des Verjüngens."

„Hat auch nicht funktioniert, war doch nur ein Trick, den Mörder um die Ecke zu bringen."

„Schon klar."

„Daraufhin verbannte Akastos, der Sohn des Pelias, Medea und Jason nun aus dem Land … Kreon, der König von Korinth, lud sie zu sich ein. In Korinth warb Jason um Glauke, die Tochter des Königs."

„Der ließ aber auch nichts anbrennen."

„Doch zu welchem Preis. Denn aus Eifersucht tötete Medea sowohl Glauke und Kreon als auch ihre eigenen Söhne, Mermeros und Pheres.“

„Oh Gott.“

„Jason wurde schließlich König von Korinth, doch nahm er sich in seiner Verzweiflung schon bald selbst das Leben.

Laut einer anderen Sage legte sich der alte Jason unter sein Schiff, die Argo, die auf einmal zusammenbrach und ihn so begrub.“ Pia atmete tief durch. „Ende der Saga.“

„Das reicht auch. Der reinste Horrorfilm. Bloß viel schlimmer.“

Am A... der Welt

Abermals die quäkende Stimme des Lautsprechers, die den Ort Anadolu Kavagi ankündigte. Allerdings mit einer Zusatzinformation.

„Hast du das verstanden?“, fragte Pia.

Felix schüttelte den Kopf. „Nee.“

„Drei Stunden Aufenthalt“, übersetzte Herr Demil den Damen hinter ihnen.

Pia drehte sich um und gab ihm das Buch zurück. „Danke, war sehr Aufschlussreich die Sage des Jason. Viele Figuren wussten wir davor nicht richtig einzuordnen. Aber jetzt-“

„Keine Ursache.“

„Drei Stunden? Kann das sein?"

„Ja, das ist hier immer so. Hier wechselt der Kapitän."

Eine Frau mittleren Alters mit bayrischem Zungenschlag meinte: „Seins die narrisch? Am Arsch der Welt."

Pia dankte noch einmal und gesellte sich wieder zu ihrem Mann, der Aufnahmen vom Ort machte. „Schönes Panorama: der kleine Fischerort, darüber die alte Burgruine. Sieht echt interessant aus."

Fanden die Amerikaner auch, sie stürmten mit einem „*How lovely*" von Bord, gefolgt von weiteren rund dreißig Passagieren.

„Drei Stunden?", fragte Pia nochmalig beim Aussteigen nach. Der Schiffsjunge bestätigte.

Ein dröhnender Donner empfing die Fahrgäste an Land, gefolgt von strammen Regen. Alle stürmten zum Dorfplatz, um Schutz zu suchen. Kegelmanns fanden ein trocknes Plätzchen unter dem Vordach eines Fischladens. Beim Betrachten der glibbrigen Auslage drehte sich Felix der Magen um.

Aber schon zehn Minuten später war der Spuk vorbei. Staksend, immer den entgegenkommenden braunen Wasserströmen ausweichend, starteten Kegelmanns ihren Aufstieg zur Burg beziehungsweise was davon übrig war. Die byzantinische Burgruine mit Namen *Yoros* stammte aus dem 14. Jahrhundert und thronte zweihundert Meter über dem Ort.

„In der Antike stand hier eine Tempelanlage zu Ehren des Göttervater Zeus-", hörten Kegelmanns vor sich.

Das war die Familie aus ihrem Hotel.

„-strategisch ein wichtiger Ort, müsst ihr wissen. Schon Germanen hatten im 3. Jahrhundert versucht, den Berg einzunehmen … erst Anhängern Osman I. ist es gelungen, hier Fuß zu fassen-"

Kegelmanns überholten kurz grüßend die Familie am Eingangstor. „Nach dem Zweiten Weltkrieg wurde nördlich des Ortes ein Sperrgebiet mit militärischen Anlagen errichtet, da die türkische Regierung eine sowjetische Invasion befürchtete-", war das Letzte was sie hörten.

Nach dem Umkreisen der stark verfallenen Ruine, stießen Pia und Felix auf ein verrostetes Schild, das auf einen Teegarten hinwies. Der verwilderte Garten ähnelte eher einem verwunschenen Schrottlager: umgekippte verrostete Tische und Stühle, ebenso wie die aus Amiereisen gefertigte Pergola in der Mitte; mit Moos bedeckte Dorische Säulenstümpfe standen im krassen Gegensatz. Am braunen Gitterzaun hingen alte Werbebleche, die Zigaretten, Waschmittel und Rasierschaum anpriesen, übersät mit Rostpickeln. Am Eingang ein abblätterndes, rostiges Schild mit der Aufschrift *Özel*. Pia lachte. „Das heißt geschlossen."

„Nicht doch! Schade eigentlich." Felix schoss ein Foto mit Pia und dem Garten im Vorder- und der

Burgruine im Hintergrund. Er taufte das Bild „Blonde Frau vor ruinösem, rostigem, antiken Anwesen".

„Und, wohin jetzt?"

„Vielleicht noch eine Runde um die Ruine?"

Seine Frau sah ihn ungläubig an, sie zeigte auf ihre dreckverschmierten Schuhe. „Die sind so gut wie versaut."

„Dann ist es doch egal, oder?"

Also drehten sie noch eine Runde um Zeus`s Burg. Auf dem Rückweg trafen sie wieder auf die „Bildungsfamilie", wie Pia sie getauft hatte, dann auf die Amerikaner, denen vor Anstrengung des Aufstieges der Schweiß in Strömen von der Stirn troff, und die auch nicht mehr fähig waren, schadenfroh zu lächeln.

Im Ort selber hielt sich der Rest der Reisenden auf. Sie streiften scheinbar ziellos durch die öden, nassen Gassen. Kegelmanns schlossen sich an. Beim Blick auf ihre Armbanduhr stöhnte Pia leise auf: „Immer noch zwei Stunden bis zur Abfahrt."

Am Hauptplatz, in der Nähe der Anlegestelle, gab es etliche kleine schmucklose Geschäfte: ein Restaurant, das geschlossen war, und ein Café, vor dem ein alter, grauer Esel stand. Sein Kopf war halb in der Eingangstür verschwunden. Vermutlich sah er seinem Herrchen beim Teeschlürfen zu.

Nur mit viel Bitten machte er ein wenig Platz, sodass die beiden sich an ihm vorbeischieben konnten. Im spärlich beleuchteten, plastikbestuhlten Café fanden sie noch zwei freie Stühle neben einem überquellenden Plastikmülleimer. Links von ihnen saßen die drei Japaner aus ihrem „Agentenhotel", zwei Tische weiter unterhielt Herr Demil seine Damen.

Kaum hatten Kegelmanns Platz genommen, stand schon ein kleiner, strubbliger Junge mit fragendem Blick vor ihnen. Erst als er ihnen eine bebilderte Karte reichte, war ihnen klar, dass es sich um den Kellner handelte.

Die großen, schwarzen Augen starrten Pia an. Als sie es bemerkte, versuchte sie ihm klar zu machen, dass sie sich erst was aus der Karte raussuchen müssten. Er starrte weiter.

Das machte Pia ganz wuschig. Felix war mit dem Einlegen eines Films beschäftigt, so dass sie die Bestellung übernehmen musste. Also orderte sie etwas überhastet, sie tippte dabei auf die Bilder. „Heiße Schokolade, Waffeln mit Karamellcreme und Vanilleeis mit viel Sahne, ein Stück Mohnkuchen (er sah zumindest so aus) und einen Milchkaffee. Okay?"

„Okay."

Schon kurze Zeit später tauchte Struwwelpeter wieder auf. Erst stellte er zwei Gläser Tee, dann zwei Stücken Kuchen, vielleicht Sandkuchen, auf den Tisch. „Okay?"

181

„Nicht okay", sagte Pia, nahm die Karte und tippte mit dem Finger auf die bestellten Sachen.

Er schüttelte den Kopf. Tippte auf den Kuchen. „*Ravani, Ravani.*"

„*Ravani* ist Grieskuchen", half Herr Demil aus.

„Sieht doch gut aus", meinte Felix.

„Ich habe mich aber so auf die Heiße Schokolade und die Waffeln gefreut-?"

„Scheint aus zu sein." Als sie nicht widersprach, sagte Felix: „Okay, super." Und fügte mit einem Lächeln an: „Sehr geschäftstüchtig, junger Mann. Aus dir wird bestimmt mal ein guter Kellner."

Obwohl er vermutlich nichts verstanden hatte, lächelte Struwwelpeter zurück.

Beim Bezahlen, was an der Kasse vonstattenging, streifte Pias Blick die Plastikwanduhr über der Eingangstür. Sie dachte erst, die wäre stehen geblieben, aber der Vergleich mit ihrer Armbanduhr zeigte, dass die Uhr einwandfrei funktionierte. Immer noch neunzig Minuten bis zum Ablegen.

Der Esel war verschwunden, dafür boten zwei halbwüchsige Jungs Schnürsenkel und Hosenträger an, ein typisches Mitbringsel aus Anadolu Kavagi, wie sie versicherten.

„Wenn das so ist." Felix lächelte und kaufte ein Paar rote Schnürsenkel, wieder nicht ganz passend zu seinen weißen Turnschuhen. Die Alternative wäre Hellgrün oder Rosa gewesen.

„Lass uns aufs Schiff gehen", drängte Pia. Ihre größte Sorge war, die Abfahrt des Schiffes zu verpassen.

Der Schiffsjunge winkte ab. „Nix Schiff. Schiff Pause." Er verwies auf das Schild, worauf die Abfahrtszeiten standen.

„Ja mei, hält das Schiff Mittagsschlaf?" Die Bayerin schüttelte verständnislos den Kopf.

Byzanz, Konstantinopel, Istanbul

Da es keine Bänke in der Nähe gab, blieb nur das Geländer der Schiffsanlegestelle zum Anlehnen.

Felix gähnte.

Leicht mürrisch, Pia taten die Füße vom steinigen Weg weh, zückte sie ihr Büchlein, um die bewegte Geschichte Istanbuls nachzulesen.

„Der lokale Mythos nennt *Byzas aus Megara* als den Gründer von Byzantion und gibt das Jahr 667 v. Chr. als Gründungsdatum für die Kolonie auf dem Stadthügel an."

„Dagegen ist Berlin ja richtig jung."

„Byzantion", Pia nickte bloß, „war ein wichtiges Handelszentrum, also ein begehrter, strategisch wichtiger Ort. 513 v. Chr. eroberte der Perserkönig Dareios I., der Große, die Stadt. Bis zur Schlacht von Platää, 479 v. Chr., blieb die Stadt unter persischer Herrschaft, dann wurde sie von Sparta besetzt. Danach schloss sich die Stadt, unter Druck Athens, dem Attisch-Delischen Seebund an-"

„Und welcher Darius", unterbrach Felix, „hat gegen Alexander den Großen den Kürzeren gezogen?"

Pia zuckte mit den Schultern. Herr Demil nicht.

„Das war der Dritte", half er aus. „Er lebte von 380 v.Chr. bis 330 v. Chr. Nach der Schlacht von Issos, 333 v.Chr., wurde er auf der Flucht vor dem Makedonenkönig von einer Gruppe Adliger ermordet." Wiederum entschuldigte er sich, dass er sich ungefragt eingemischt hat.

„Sind Sie Fremdenführer oder Historiker?", fragte Pia.

„Beides. Ich bin am Goethe-Institut Istanbul angestellt-"

„Herr Demil! Wo bleiben Sie?"

„Komme!" Er deutete einen Diener an. „Tut mir leid. Die Damen warten." Er schnappte sich die zwei Plastikstühle, die er hinter sich abgestellt hatte, und eilte zu den Damen.

Gern hätte Pia mehr über Herrn Demil und sein Verhältnis zu den Damen in Erfahrung gebracht. Vielleicht bot sich noch eine Gelegenheit auf dem Schiff. „Danke für die Information", rief sie ihm nach.

Herr Demil stellte die Stühle unter einen Weidenbaum, damit seine Damen Platz nehmen konnten.

Felix sagte: „Komischer Typ. Entweder ist er einfach so nett oder, was ich vermute, das ist ein ausgekochtes Schlitzohr."

„Wo war ich? Ach ja! Also, im Jahr 196 v. Chr. wurde die Stadt römischer Bundesgenosse. Diesen Sonderstatus büßte Byzantion erst unter Kaiser Vespasian ein ... knapp vierhundert Jahre später, 196 n. Chr., ließ Septimius Severus die Stadt zerstören, als Strafe für die Unterstützung seines Gegners Pescennius Niger. Auf Bitten seines Sohnes Caracalla soll der Kaiser sie dann jedoch wiederaufgebaut haben. Dabei vergrößerte er die Stadt mit einem neuen Mauerkranz, baute das Hippodrom, das Forum und einige Paläste. Rund sechzig Jahre danach, 258 n. Chr., plünderten dann die Goten die Stadt ... 324 übernahm Kaiser Konstantin I., später der Große, Byzantion und machte sie zur Hauptstadt des gesamten Römischen Reiches, und er taufte sie am 11. Mai 330 n.Chr. auf den Namen Konstantinopel um.

Er wollte aus Konstantinopel eine Nova Roma schaffen, ein neues Rom. Eine größere Mauer, Paläste und Kirchen folgten. Und: Das Christentum wurde die wichtigste Religion im Imperium Romanum. Er starb 337 n. Chr. in Nikomedia (Türkei). Sein Nachfolger, Theodosius I. (eigentlich Flavius Theodosius), ließ alle heidnischen Tempel zerstören und erhob das Christentum zur Staatsreligion. Nach einem Bürgerkrieg verwirklichte Theodosius für kurze Zeit ein letztes Mal die Einheit des Imperiums. Sein Tod, 395 n.Chr., führte dazu, dass das Reich unter seinen beiden Söhnen, Honorius und Arkadius, aufgeteilt, und damit in zwei Hälften zerfiel: in das West- und in das Oströmische Reich."

„Hick!" Felix plagte jetzt ein unangenehmes Aufstoßen, das nicht enden wollte. Pia klopfte ihm den Rücken, was auch nicht half. Mit einem Auge zwinkernd sagte sie: „Wehe du stirbst hier in Kleinasien, nicht in diesem gottverlassenen Ort."
Das Hicksen war augenblicklich verschwunden.
„Geht doch!" Schmunzelnd las sie weiter.

„Das goldene Zeitalter Konstantinopels war das von Kaiser Justinian I. (527-565), dem Erbauer der Hagia Sophia. Als er starb, erstreckten sich die Grenzen des byzantinischen Staates vom Euphrat bis nach Gibraltar. Aber die Blütezeit dauerte nicht sehr lange. Während des 7. und 8. Jahrhunderts belagerten Avaren, Perser und Araber die Stadt. 754 kam es durch den islamischen Einfluss zum Bilderstreit (Ikono-klasmus), bei dem die Verehrung von Heiligenfiguren verboten wurde. Nach Beendigung des Streits erlebte das Reich nochmals eine Blütephase unter den Byzantinischen Kaisern aus der makedonischen Dynastie, 867-1057 „Und, wer waren die? Mir stehen die gerade nicht vorm Auge." Felix hätte auch sagen können, die sagen mir gar nichts.

Pia suchte den Text ab. „Basileios I., der Makedonier, Leo VI., Alexander, Konstantin VII., Romanos I., Romanos II., Nikephoros II., Johannes I., Basileios II., Konstantin VIII., Romanos III., Michael IV., Michael V., Zoë und Theodora III. -"

„Frauen?"

Pia zuckte mit den Schultern. „Scheint so. Soll ich mal Herrn Demil fragen?"

„Das können wir auch zuhause nachlesen."

„Hast du was gegen ihn?"

„Nein. Nichts."

Pia beließ es dabei und neigte sich wieder über den Text. Es folgten noch Konstantin IX. und wiederum Theodora III. „Merkwürdig. Und Michael VI. war dann der letzte Byzantinische Kaiser, wie mir scheint."

„Doch so viele", stöhnte Felix. Plötzlich erhellte sich sein Gesicht. „Sag mal, Mäusepieps, haben wir nicht Zoë in der Hagia Sophia gesehen?"

„Das Mosaik mit Christus und Kaiser Konstantin IX.?"

„Genau."

„Bringt uns das jetzt weiter?"

„Nee."

Also blätterte sie wieder vor zu der Stelle, wo sie stehen geblieben war. „Danach schwächten Seldschuken, Normannen und die Kreuzfahrer das Reich beträchtlich. Anstatt das Heilige Land aus den Händen der Araber zu retten, wurde die reiche

187

Stadt geplündert. Beim Vierten Kreuzzug, 1204 n.Chr., kam es sogar zur Verwüstung und Zerstörung Konstantinopels-"

„Dass man immer die Städte zerstören muss", merkte Felix an, „das soll einer verstehen."

Sie nickte leicht. „1204-1261 n.Chr. war Konstantinopel Hauptstadt des Lateinischen Kaiserreichs. Jetzt wurde Byzanz von Franken (Kreuzfahrern) und Venezianern infolge des Vierten Kreuzzugs regiert. Im Wesentlichen setzte sich das Reich aus den Gebieten um Konstantinopel sowie Teile Thrakiens, Bithyniens und Nordwest-Kleinasiens zusammen. Das als Lehnsverband konstituierte Reich bestand allerdings nur bis 1261 n.Chr.

Es folgte ein neues Byzantinisches Kaiserreich, begründet von Michael VIII. Möglich wurde es durch den Feldherrn Alexios Strategopulos, der die Stadt im Handstreich zurückeroberte.

Dann das Jahr 1453 n.Chr. Die Osmanen nahmen die Stadt ein und Konstantinopel wurde für vierhundertsiebzig Jahre Hauptstadt des Osmanischen Reichs. Man baute Moscheen, Paläste, Bäder, Basare und Brunnen. Diese Blütezeit führte das Reich im 16. Jahrhundert in Macht und Kunst zu seinem Höhe-punkt.

Im 17. und 18. Jahrhundert waren die Sultane weitgehend von den Großwesiren und ihrer Leib-garde abhängig, bis die Janitscharengarde 1826 von

Mahmut II. abgeschafft wurde, wobei 30.000 Janitscharen im Hippodrom umgebracht wurden-" Felix stieß auf. „Dreißigtausend? Wahnsinn!"

„Das hatte ich schon am Hippodrom vorgelesen."

„Bei dieser großen Menge kann man durchaus zweimal entsetzt sein", erwiderte Felix. „Oder nicht?"

„Verzeih, Liebster." Nach kurzem Schweigen ging`s weiter. „Das 19. Jahrhundert war erfüllt mit kriegerischen Auseinandersetzungen einiger europäischer Mächte. Die Russen bedrohten die Stadt, Balkanvölker versuchten ihre Unabhängigkeit zu gewinnen, und Ägypten rückte bis ins Innere Anatoliens vor … 1911-1912 führte das Osmanische Reich die Balkankriege, bei denen sich Griechenland und Bulgarien unabhängig machten. 1914 trat das Osmanische Reich dann an der Seite der Mittelmeermächte in den Ersten Weltkrieg ein. Frankreich besetzte Südostanatolien und die Italiener die Südküste Anatoliens und Griechenland strebte nach einem Großgriechenland. Widerstand war vonnöten. So begann der türkische Befreiungskrieg unter dem Kommando von Mustafa Kemal Pascha, genannt Atatürk. 1922 waren die letzten Griechen aus dem Land vertrieben."

Felix schüttelte den Kopf. „Was für Machtkämpfe."

„Ja. Aber dann war Schluss. Am 29.10.1923 wurde unter Mustafa Kemal Pascha die Türkische

Republik ausgerufen, damit verbunden war die Verlegung der Hauptstadt von Istanbul nach Ankara. Vorausgegangen waren der faktische Zusammenbruch des Osmanischen Reiches im Ersten Weltkrieg, der türkische Befreiungskrieg und die Absetzung Sultan Mehmeds VI., dessen Nachfolger Abdülmecid II. trug nur noch den Titel des Kalifen. Mit seiner Absetzung am 3. März 1924 war die osmanische Dynastie endgültig entmachtet."

„Und wann kam es zur Namensänderung?"

„Eigentlich schon 1876. Da wurde der Name Istanbul in die neue Verfassung aufgenommen. Aber erst am 28. März 1930, in der Frühzeit der Republik, wurde Istanbul zum offiziellen Namen der gesamten Stadt-"

Ein langgezogenes Hupen übertönte den Rest des Satzes.

„Na endlich!"

Bevor sie an Bord gingen, fragte Felix noch: „Und wer regiert jetzt das Land?"

„Ähh-"

Die Antwort lieferte (natürlich) Herr Demil, der sich mit seinen Damen hinter Kegelmanns in die Schlange eingereiht hatte. „Süleyman Demirel. Das ist schon der 49. Ministerpräsident seit 1923. Im Vergleich zu den amerikanischen Präsidenten, die mit Bush erst den 41. Präsidenten in 204 Jahren amerikanischer Geschichte stellen-"

Schlaflose, Süße Wasser und Florence

Drängelnd - wofür Pia diesmal vollstes Verständnis aufbringen konnte - strömten die Passagiere auf den Kahn zurück. Bloß nicht die Abfahrt verpassen war auf ihren Gesichtern abzulesen. Selbst die Amerikaner hatten es eilig, wieder an Bord zu kommen.

An einem windgeschützten Plätzchen auf dem Oberdeck ließen sich Kegelmanns erleichtert nieder. Pias Anspannung fiel erst komplett ab, als der Motor ansprang. Es hätte sie nicht sonderlich verwundert, wenn ausgerechnet in diesem gottverlassenen Nest der Motor aufgrund seines Alters den Dienst versagt hätte.

Sie lehnte sich zurück und schloss die Augen. Nach einer Weile fragte sie: „Weißt du eigentlich wie einschneidend Atatürks Reformen waren?"

Felix überlegte kurz. „Hat er nicht den Fes verboten?"

„Ja, hat er. Zudem hat er die lateinische Schrift, den gregorianischen Kalender und die Einehe eingeführt. Der Sonntag wurde Ruhetag. Es mussten Familiennamen verwendet werden. Und vor allem hat er das Wahlrecht für die Frauen eingeführt."

„Eine Menge Neuerungen, das muss man ihm lassen."

„Um nicht zu sagen, er hat die Türkei zu einem modernen Staat umgebaut."

Die Sonne lugte aus den abziehenden Wolken hervor, kaum dass das Schiff ablegte; auch das Grummeln ließ nach. Also setzten die beiden ihre Sonnenbrillen auf und lauschten dem ruhigen Tuckern des Dieselmotors.

Wie Musik, fand Pia.

Nur der Familienvater aus ihrem Hotel störte die Ruhe ein wenig. Er stand am Bug und dozierte mal wieder: „Hier", er schaute in ein Heft, das wie ein Schulheft aussah, „in Hünkar Iskelesı, wo die Sultane ihre Sommerpaläste hatten, wurde 1833 der Vertrag zwischen der Türkei und Russland über die Sperrung der Dardanellen für fremde Kriegsschiffe unterzeichnet-"

Seine beiden Töchter hörten brav zu, wohingegen seine Frau scheinbar abwesend die Küste an sich vorbeiziehen ließ.

„-in der Bucht von Beykoz", er deutete nach Norden, „lag 1854 die anglo-französische Flotte für den Angriff auf die Krim vor Anker-"

„Und die Ruine da, Papa?", fragte die Jüngste.

„Äh…hmm. Seine Notizen gaben nichts her. „Halt eine Ruine", sagte er leicht irritiert.

Pia lächelte in sich hinein. Auch Doktor Allwissend wies Lücken auf. Sie hatte es gelesen, und sie hätte es ihm verraten können, dass es einmal ein persischer Palast gewesen ist, den Murat III. im 16.

Jahrhundert hatte erbauen lassen, und dass der Ort „Garten des Paschas" hieß, aber sie schwieg. Die armen Mädchen mussten sich schon genug anhören, fand sie. Höchstwahrscheinlich fragte er sie vor dem Schlafengehen ab, was er ihnen im Laufe des Tages eingetrichtert hat.

Çubuklu, der nächste Ort, beherbergte das Kloster der Schlaflosen. Es kam Bewegung auf. Viele Fahrgäste traten an die Reling, zückten ihre Fotoapparate, um diese ungewöhnliche, über tausendfünfhundert Jahre alte Ruine auf Zelluloid zu bannen.

Nicht so Herr Demil. Unweit von Pia und Felix platzierte er seine Damen auf eine Bank, legte ihnen eine Decke über die Beine und sprach im gedämpften Ton: „Die Akoimeten, die Schlaflosen, waren eine byzantische Mönchskongregration, die das Kloster um 425 n.Chr. unter Mönch Alexander gründeten. Die Mönche sangen, in immer aufeinanderfolgenden Gruppen, ununterbrochen das Chorgebet „Gloria in excelsis". Innerhalb von 24 Stunden 490-mal. Dabei wechselten sich die Chöre bestehend aus Syrern, Griechen und Lateinern stündlich ab

Anfangs waren es 300 Mönche. Alexander predigte die wörtliche Bibelauslegung und verwies auf das Evangelium nach Lukas, der im Kapitel 18 geschrieben hatte:

*„Jesus sagte ihnen, durch ein Gleichnis, dass sie allzeit be-
ten und darin nicht nachlassen sollten."*

In der Folgezeit, bis hin zum 6. Jahrhundert, verloren die Akoimeten jedoch immer mehr an Be-
deutung-"

„Und was ist das für ein schöner Palast da oberhalb?", fragte Felix.

Pia riss sich von Demils Ausführungen los,
schaute in ihr Büchlein. „Der Palast, 1904 erbaut,
diente einst dem ägyptischen Vizekönig Abbas
Hilmi Pascha als Sommerresidenz-"

Es folgte der Yoghurt-Ort Kanlice, einer der
grünsten Orte am Bosporus. Berühmt aber auch
für zwei Yalıs (Sommerhäuser), wovon eines das
älteste Holzhaus am Bosporus ist, erbaut um 1698;
sein Vorderteil steht auf zwei Pfeilern über dem
Wasser.

Wieder klickten die Auslöser zuhauf.

„Anadolu Hisari heißt Asiatische Festung", sagte
Herr Demil bei der nächsten Station. „Hier mün-
den die beiden „Süßen Wasser" Asiens in den
Bosporus. Das sind die sogenannten Klein -und
Himmelsgewässer, sie liegen zweihundert Meter
voneinander entfernt. Die Festung aus dem Jahr
1398 bewachte das so wichtige Gebiet-"

Nach Kandilli, Vaniköy, Çengelköy und Bey-
lerbeyi unterquerten sie erneut die riesige
Bosporus-Brücke. Gleich nach Kuzguncuk

tauchte der Leanderturm wieder auf, kurze Zeit später legte das Schiff in Üsküdar an.

„Üsküdar, in der Anike Chrysopolis, später dann Escutari, wovon sich der heutige Name ableitet, ist der bedeutendste Stadtteil Istanbuls am asiatischen Ufer. Von hier starteten die Karawanen nach Kleinasien und die Pilger, die nach Mekka zogen. Dieser Stadtteil war auch Ausgangspunkt der Bagdadbahn, die, wie wir wissen, mit deutscher Hilfe realisiert wurde. Hier hatte Florence Nightingale während des Krimkrieges 1853 bis 1856 ihren Ruf als „Lady mit der Lampe" errungen-"

„Ist das die Begründerin der modernen Krankenpflege?", fragte Lore, die jüngste Tochter, mit geröteten Wangen nach.

Ihr Vater sah sie erstaunt an. „Ich bin beeindruckt, Lore. Hattet ihr das schon im Unterricht?" Lore nickte zögerlich.

Dass Lore heimlich im Heft geschmult hatte, während des Getränkeholens, behielt ihre Schwester für sich, was ihr äußerst schwerfiel, wie man sehen konnte. Sie biss sich auf die Lippen.

„Gleich petzt sie", sagte Pia zu Felix. „Wetten?"

„Der Spitzname rührt daher, dass Nightingale auch nachts die Station betreute, um nach den Patienten zu sehen, und dabei führte sie immer eine Lampe mit sich. Noch Fragen?"

Die Mädchen schüttelten vehement die roten Köpfe. Seine Frau gähnte hinter vorgehaltener Hand.

„Wette verloren.“

Nun wieder Herr Demil mit seinen Damen. „Vor uns sehen wir die Iskele Moschee. Erbaut vom berühmten Architekten Sinan 1547 für die Tochter Sülamans I.“

„Ah, wie ästhetisch“, sagte Wilhelmine.

Pia ging auf Herrn Demil zu. „Entschuldigung, dass ich unterbreche-“

„Kein Problem.“

Sie zeigte ihm einen Zettel. „Wissen Sie, wo das ist?“

Natürlich wusste er, wo das ist.

„Hier! Irgendwo hier.“

Sie bedankte sich und kehrte zu Felix zurück. „Komm, wir steigen aus und besuchen Ibrahim“, schlug Pia unvermittelt vor.

„Hier?“, stutze er. „Woher willst du wissen-?“

„Herr Demil. Ich habe ihn gefragt.“

Er lächelte. „Wer sonst.“ Felix sah auf seine Armbanduhr, nickte. „Gute Idee. Zeit genug haben wir.“

„Zum Aussteigen noch eine Minute!“, rief Herr Demil, der Ohren wie ein Luchs haben musste.

Eilig stürmten sie von Bord. Als das Schiff zehn Sekunden später ablegte, winkten sie Herrn Demil zu, mindestens zwanzig Leute winkten zurück. Ein letztes Hupen. Ein Foto. Weg war das Schiff, ihre einzige Verbindung nach Europa, was Pia auf einmal mehr als bewusst wurde. Allein in Asien. Sie seufzte kurz auf.

Felix sah es pragmatischer, er studierte schon die Abfahrtzeiten auf dem Schild neben der Anlegestelle.

Auch in Asien wäscht eine Hand die andere

Am Platz vor der Anlegestelle standen drei Rostlauben, die ihre besten Tage lange hinter sich hatten: viel Spachtelmasse, aber noch fahrtüchtig, wie es schien.

„Das sind *Dolmuş*, Sammeltaxen", klärte sie ein Losverkäufer nach Erwerb zweier Lose, die sich natürlich als Nieten herausstellten, auf.

Da Kegelmanns keine regulären gelben Taxen entdecken konnten, gingen sie auf den schwarzen Cadillac Deville, der in der Reihe zuvorderst stand, zu und zeigten dem gelangweilten Fahrer Yussufs Adresse.

Der nickte müde, stieg aus, hielt ihnen die verrostete Tür auf. „*Please.*"

Bevor sie einstiegen, fragte Felix nach dem Preis.

Der Fahrer sagte ohne zu überlegen: „20.000."

Felix war über den relativ günstigen Fahrpreis angenehm überrascht. Sollte er da noch handeln?

„*Fixprice*", kam ihm der Fahrer zuvor.

Sie stiegen ein. „Wie in Abrahams Schoß", fand Pia. Höchstwahrschein noch die Originalpolsterung.

Nichts passierte. Der Fahrer lehnte an der Motorhaube und rauchte vor sich hin.

Felix stieg wieder aus und fragte, wann er gedenke loszufahren.

„*Dolmuş*", war die Antwort."

„*Dolmuş* heißt gefüllt", half der Losverkäufer aus. „Erst wenn Taxi voll, dann los. Verstehen?"

„Aha. Danke." Felix ließ die Schultern hängen. „Das kann ja dauern."

Des Fahrers Miene besagte: Kommt Zeit, kommen Kunden. Vielleicht?

Fünf Minuten vergingen, zehn, fünfzehn. Irgendwie schien Nachmittagsruhe zu herrschen, kaum eine Menschenseele, vom Losverkäufer, der ständig gähnte, mal abgesehen. Dann aber tauchte eine alte, mollige Frau auf, beladen mit unzähligen Gemüsetüten, die sie neben Pia auf dem Sitz ablud. Sie lächelte entschuldigend und quetschte sich auch noch auf die Bank.

Der Fahrer schnippte seine dritte Kippe weg, stieg ein. Nachdem Felix neben ihm Platz genommen hatte, startete er den Motor. Beim vierten Versuch sprang die Karre tuckernd an. Mindestens acht Zylinder mutmaßte Felix.

Seine Fahrweise, ganz im Gegensatz zu seinen Kollegen, war ruhig, fast verkehrsbehindernd. Vermutlich hatte er Angst, dass die Kiste bei schnellerer Fahrt auseinanderbrechen könnte. Der Oldie quälte sich einen Berg hoch.

Aufgrund der Schleichfahrt hatten sie genügend Zeit, das glitzernde Marmarameer und die grandiose Aussicht zu genießen. Kurz darauf passierten sie einen Friedhof.

„Das müsste der *Karaca Ahmet* Friedhof sein", meinte Pia. „Der ist sogar im Reiseführer beschrieben." Der Fahrer nickte bestätigend. Kurz danach hielt er vor einer Ruine.

„Hier?"

Ein erneutes Nicken.

Die Ruine sollte es sein? Bevor sie den Fahrer bitten konnten, einen Moment zu warten, tuckerte er schon davon. Kaum war das Motorengeräusch in der Ferne verklungen, herrschte Totenstille. Kegelmanns sahen sich irritiert um. Links die langgezogene Friedhofsmauer, rechts das verfallene Gebäude, ansonsten karge, steinige Landschaft.

Felix deutete mit dem Kopf auf ein in den Angeln hängendes Metalltor, das halb offenstand. Seitlich führte ein Sandweg an der Ruine vorbei, dahinter ein kleines Kiefernwäldchen. Dann tauchte eine verwaiste Baustelle auf. Gegenüber ein kleines, dunkles, schiefes Holzhäuschen. Vor dem Haus spielten Kinder. Kaum hatten sie das Baugelände passiert, stürmte bellend ein nicht ganz kleiner Mischlingshund auf sie zu.

„Aus, Sitz!", befahl Felix mutig, als der Hund kurz vor ihnen stoppte. Keine Reaktion, sein Bellen wurde nur wütender.

Pia suchte Schutz hinter dem Rücken ihres Mannes. „Der versteht doch nur Türkisch."

„Und, was heißt Aus oder Sitz auf Türkisch?"

„*Kes*!" Ein Befehl aus der Ferne brachte den Hund augenblicklich zum Schweigen. „*Kötü köek*!" Es war ganz eindeutig Ibrahims Stimme.

„Ibrahim?"

„Felix?"

„Ja." Er trat zur Seite. „Und Pia!", rief er.

„Das glaube ich nicht!"

„Ich hoffe, wir stören nicht?"

Ibrahim, eine Schubkarre mit Gestrüpp vor sich herschiebend, verneinte empört. Er stellte die Karre ab und begrüßte sie mit offenen Armen, als würden sie sich schon ewig kennen.

„Willkommen in Asien."

„Ganz schön einsam hier", merkte Felix an.

Doch schon wenige Sekunden später strömten große und kleine Menschen auf sie zu, schüttelten herzlich Kegelmanns Hände. Auch der Hund wedelte jetzt wild mit dem struppigen Schwanz.

Untergehakt schob Ibrahim Felix Richtung Haus.

„Vorsicht, Kopf!"! Die Tür hatte vielleicht eine Höhe von eins siebzig. „Kaffee? Tee?"

„Ein Tee wäre ganz prima", sagte Pia, links und rechts ein Kind an der Hand.

Das niedrige, dunkle Wohnzimmer war rund zwanzig Quadratmeter groß, grobe Holzwände, Balkendecke, und es war vollständig mit Teppichen ausgelegt. Dazu viele bunte Sitzkissen, zwei Sofas und zwei Sessel um einen runden Mosaiktisch gruppiert sowie eine Eichenschrankwand, offenbar aus deutscher Produktion.

„Ach, wie gemütlich", sagte Pia.

„Danke." Ibrahim führte sie zu dem Sofa mit den weißen Deckchen.

Als Felix ablehnte, weil er vermutete, dass das gewiss der Platz der Großeltern sei, bestand Ibrahim jedoch darauf, dort Platz zu nehmen. „Heute seid ihr unsere Ehrengäste."

Großmutter, Mutter und Ibrahims Frau quetschten sich auf das Sofa gegenüber, Opa und Vater setzten sich in die Sessel, der Rest nahm auf Kissen Platz.

Alle starrten die Gäste erwartungsvoll an, bis Ibrahim endlich das Wort ergriff. Er stellte die Gäste vor, dann seine Familie: erst die Großeltern, dann die Eltern, seine Frau, die Schwägerin, Onkel Hassan und zum Schluss die Kinder. Nun mischte sich Stolz in die Stimme. „Das sind meine Jungs: Doruk, Dursun und Emre. Und die Mädchen heißen Aydan und Esin, unsere Jüngste."

Ibrahims Frau, sie hieß Gizem, erhob sich, um fünf Minuten später den Tee zu servieren, dazu eine große Schale mit Kardamomplätzchen.

„Das sind *Punschnippel*."

Pia lachte. „Wirklich?"

Ibrahims Wangen verfärbten sich leicht rötlich, er lächelte zurück. „Wirklich."

„Und, was heißt das?"

Ibrahim zuckte mit den Schultern. „Weiß nicht genau. Hat aber bestimmt was mit der Punschglasur zu tun."

Welche Nippel gemeint waren, konnten sich Kegelmanns selber zusammenreimen.

Ziemlich anzügliche Namensgebung für einen überwiegend muslimisch geprägten Staat. Felix dachte an die panierten Fleischklöße mit Reis mit dem Namen Frauenschenkel oder an die Süßspeise Frauennabel.

„Ganz, ganz lecker", lobte Pia und kaute genüsslich. „Aus was sind die?"

Ibrahim übersetzte. „Aus Mehl, Butterflocken, Puderzucker, Eigelb und Kardamom. Wenn ihr wollt, kann Gizem euch das Rezept geben."

„Unbedingt!"

Ibrahim wechselte das Thema. „Und, wie gefällt`s euch in Istanbul?"

Felix hob den Daumen. „Fantastisch! So lebendig, so viel Geschichte, tolle Bauten-"

„Nur ein wenig zu kalt für März", mischte Pia sich entschuldigend lächelnd ein.

„Sollen wir den Ofen anstellen?"

„Nein, nein, so war das nicht gemeint."

Schon wurde ihr eine Decke um die Schultern gelegt.

Felix lenkte das Gespräch auf den Neubau.

„Wie sagt man auf Deutsch? Eigenleistung?"

Felix nickte.

„Onkel Hassan ist Maurer, mein Bruder Elektriker, anderer Bruder Zimmermann, Schwager Fliesenleger, Bruder vom Schwager Dachdecker, Freund vom Bruder vom Schwager Maler und so weiter. Und ich, ich helfe, wo ich kann."

„Wirklich praktisch. So geht`s."

„Das Grundstück haben uns die Eltern von Gizem zur Hochzeit geschenkt-"

„Und, wann zieht ihr ein?"

„Sobald das Dach drauf ist. Und die Fenster und Türen. Allerdings muss Onkel Hassan erst noch welche organisieren."

Onkel Hassan, er hatte ein wettergegerbtes, verschmitztes Gesicht, ließ zwei Goldzähne aufblinken. Dann klärte er die Gäste auf, wie man preiswert an die Bauteile komme. Ibrahim übersetzte. Quintdissenz: Beziehungen, Beziehungen und nochmals Beziehungen. Und: Eine Hand wäscht die andere. Und: Geht nicht, gibt`s nicht. „*Inschallah*!"

Die Familie nickte unisono. Der Hund bellte zustimmend.

„So Gott will", wiederholte Ibrahim auf Deutsch. „Klar."

Ibrahim gab jetzt die Geschichte des Kennenlernens zum Besten, dann folgte eine zweite Runde Tee, erst dann zog Felix die Karte aus der Tasche. Er legte sie auf den Tisch. „Weiß jemand, wo das sein kann?"

Ibrahim nahm die Karte, betrachtete sie kurz. Er reichte sie an Onkel Hassan weiter.

„*Piri-Reis-Karte*", sagte der Onkel. „Karte mit vielen Geheimnissen."

„Und die Rückseite?", ließ Felix übersetzen.

„*Büyük Ada*", kam die Antwort wie aus der Pistole geschossen. Ibrahims Vater, der ebenfalls einen Blick darauf warf, bestätigte.

„Das ist die größte der Prinzeninseln", sagte Ibrahim.

„Prinzeninseln?"

„Die liegen im Marmarameer. Vier größere und fünf kleinere. Aber nur die großen Inseln sind bewohnt."

Der Onkel gab die Karte an seinen Neffen zurück. Der fragte: „Was soll denn das Kreuz bedeuten?"

Felix zuckte mit den Schultern. „Die Karte haben wir gefunden." Pia lief bei der Lüge rot an.

Ibrahim übersetzte. Neugierig rückte die Familie zusammen, jeder wollte einen Blick auf das geheimnisvolle Stück Papier werfen. „Wenn ihr Hacke und Spaten braucht, oder Hilfe, den Schatz zu heben, dann sagt Bescheid."

„Wird wohl nicht nötig sein. Das Kreuz ist viel zu unbestimmt", meinte Felix.

Onkel Hassan nahm erneut die Karte zur Hand. Nach einer Weile vermutete er, dass die gekennzeichnete Stelle wohl das alte St.Georgs-Kloster sei. Jetzt studierte er das Kryptische am unteren Rand. Das eine Wort könnte *Bustum* heißen … den Rest kann ich nicht lesen-

„*Bustum* heißt Grab", sagte Ibrahim. Er zwinkerte Felix zu. „Vielleicht doch ein Schatz?"

Felix winkte ab. „Und wenn schon. Ein Grab ohne Namen. Man müsste ja den gesamten Friedhof umgraben."

„Warum nicht. Wann geht`s los?"

Felix lächelte. „Optimist. Aber nur, wenn am Schluss geteilt wird."

Darauf konnten sich alle einigen.

Eispalast

Felix wälzte sich von rechts nach links. Vielleicht gab es nur ein einziges Grab. Was dann? Sie konnten ja schlecht dort ein Loch graben. Oder doch?

Am nächsten Morgen regnete es Hunde, und Felix fühlte sich wie zerschlagen. Mitschuld war wieder mal der Raki. Aber Ibrahim hatte darauf bestanden, die Flasche - oder waren es zwei? - zu leeren. „So jung kommen wir nicht wieder zusammen." Ganz schön deutsch, fand Pia.

Nach ein paar Gläsern waren die Zungen gelockert, und es gab interessanterweise kaum noch Verständigungsprobleme: Hände, Füße, Pantomime, Türkisch, Deutsch. Es wurde viel gelacht. Ein Grinsen huschte über sein Gesicht, als ihm die Schwägerin einfiel, denn sie hatte zu späterer Stunde versucht, ihnen den Bauchtanz beizubringen. Pia hatte durchaus Talent bewiesen, aber er, ihm hatten die Kinder den Spitznamen *Hisse senedi* verpasst. *Hisse senedi* heißt so viel wie Stock. Nett. Ja, nett war`s.

Auf Pias Frage hin, wie sich Islam und Alkohol vertrage, hatte Ibrahim abgewunken. Das ist für uns kein Problem, hatte er gemeint. Wir sehen unsere Religion mehr als Richtschnur fürs Leben, nicht dogmatisch.

Damit war das Thema vom Tisch.

Fast die komplette Familie hatte sie dann zur Fähre begleitet. Der Sandweg - ein anderer, als beim Hinweg - führte hinter dem Haus entlang durch eine Siedlung von kleinen Häusern. Die Kinder waren mit ihren hellleuchtenden Lampions - ein Mitbringsel aus Deutschland - stolz vorangeschritten. Viele Nachbarskinder hatten Bauklötzer gestaunt, einige von ihnen hatten sich sogar dem Zug angeschlossen. Ein Riesenspaß.

Nach fünfzehn Minuten war die Anlegestelle erreicht, und sie hatten sich gefühlt, als würden sie gute Freunde verlassen.

Felix trank ein Glas Wasser mit einem aufgelösten Aspirin auf ex. Pia kam aus der Dusche und verkündete mal wieder: „Nie wieder Alkohol." Sie drückte ihrem Mann einen Kuss auf die Wange und verlangte ebenfalls eine Kopfschmerztablette.

Am Frühstückstisch, sie waren erneut die letzten Frühstücksgäste, servierte Selin ihnen ein rohes Ei mit Salz, Pfeffer und Essig im Glas. Soll gegen Kater helfen, meinte er. Pia drehte sich der Magen, nur mit Mühe konnte sie eine unfreiwillige Entleerung unterdrücken.

„*Dolmabace-Palace*", schlug Selin bei diesem Sauwetter leise vor und ließ das kaum angetastete Frühstück abräumen. „*Wonderful*"

Wonderfule Kälte schlug ihnen im Empfangssaal entgegen. Pia taufte den Palast gleich mal in

Eispalast um. Aber die Kälte hatte auch sein Gutes, fand Felix, denn das Bibbern drängte den noch leichten Kopfschmerz in den Hintergrund.

„-der nach den Entwürfen des Architekten Balian gebaute Palast besteht aus drei Teilen: dem offiziellen Trakt, dem Thronsaal und dem Harem … 285 Räume und 43 Salons-"

Pia stöhnte leise auf. „Wieder so viele Räume. Und das mit meinem Brummschädel."

Der Vater der Bildungsfamilie, die ebenfalls an der Führung teilnahmen, war da ganz anderer Meinung.

„-die Räume beherbergen 280 Vasen, 156 Uhren, 58 kristallene Kerzenständer und 36 Kronleuchter. Dazu 4.500 qm handgeknüpfte vorwiegend seidene *Hereke*-Teppiche. Für die Innenausstattung und Verzierung der Räume sollen 14 Tonnen Gold sowie 40 Tonnen Silber verwendet worden sein. Die Baukosten des Palastes betrugen 5 Millionen Goldmünzen."

Der etwas füllige Palastführer gab der kleinen Besuchergruppe die Möglichkeit, diese Superlativen zu verarbeiten. Derweil knöpfte er seinen schwarzen Synthetik-Pelzmantel bis zum Kinn zu, stülpte eine rote Pudelmütze aufs lichte Haar und zog sich gelbe Wollhandschuhe an. Anscheinend sollte diese Farbmischung deutlich machen, dass es sich um eine deutschsprachige Führung handelte. Oder ein Deutschland-Fan? Weder die Österreicher noch die Schweizer erhoben Einspruch gegen die farbliche Kleiderwahl, vielmehr beneidete man ihn um seine Winterkleidung.

„Weil ihm der Topkapi-Palast zu altmodisch erschien, ließ Abdülmecit I. von 1843 bis 1856 an dieser Stelle den neuen Palast im türkischen Renaissancestil errichten. Er diente bis 1876 als offizielle Residenz der Sultane. Danach, 1877, eröffnete Sultan Abdülhamit II. hier das erste türkische Parlament, das jedoch zwei Monate später wieder aufgelöst wurde. Viele Staatsgäste, von Kaiser Franz Josef, Kaiser Wilhelm II., Prinz Eduard VIII. bis hin zum persischen Schah, Reza Pahlewi, wurden hier empfangen. Nach Abschaffung des Sultanats 1923 pflegte Atatürk bei seinen Aufenthalten in Istanbul im *Dolmabace* zu wohnen, wo er auch am 10. November 1938 verstarb."

„Und heute?", fragte Pia.

„Heute dient der Palast nur repräsentativen Staatsempfängen."

„Bei der Kälte?"

Der Führer lächelte milde. „Es gibt auch eine Heizung."

„Aber nur für Staatsgäste, was?" Ihr vorwurfsvoller Ton war nicht zu überhören.

Sein Lächeln wurde dünner. „Vermutlich." Er zog seinen Mantel noch enger zusammen. „Tut mir leid."

„Entschuldigung. Ich meinte nicht Sie." Sie massierte sich leicht die Schläfen.

Ohne Kommentar fuhr er fort: „Bitte richten Sie jetzt ihren Blick an die Decke. Der wunderbare Kronleuchter besteht aus französischem *Baccarat*-Kristall und er ist einer von sechsunddreißig." Er hielt inne. Als keine Resonanz kam, wiederholte er: „Sechsunddreißig."

„Nein, so viele", kam dann doch noch das erwünschte Erstaunen über die Menge an Prunk.

„Ja, die Herren wussten eben zu leben."

„Ja, auf Kosten des Volkes."

Felix stieß seine Frau an. „Mäusepieps, bitte."

„Verzeih."

Er verzieh und der Palastführer auch, er deutete mit dem Arm in die Ecken des Empfangsaales. „Über den Kachelöfen aus der *Yildiz*-Manufaktur sehen wir hunderte Kristallstäbe, die bei schönem Wetter die sieben Farben des Regenbogens auf das Parkett werfen."

„Regenbogen? Ich sehe keinen Regenbogen. Alles Schwindel."

„Nur bei Sonne, Oma Gerda", sagte eine junge Frau an ihrer Seite, vermutlich ihre Enkeltochter.

Oma Gerda machte ein nörgliges Gesicht. „Was *die* einem alles so erzählen. Aber darauf falle ich nicht mehr rein."

Die Enkeltochter lief rot an. „Nicht jetzt, Oma!", zischte sie.

Der Palastführer räusperte sich. „Bitte folgen Sie mir in den Treppensaal."

Auch hier hing in der Mitte ein großartiger Kristalllüster. Sogar die Säulen des zu beiden Seiten hochführenden Treppengeländers waren aus venezianischem Glas. Vorbei an einem Elefantenzahn, an dem Öllampen hingen, betraten sie nun den Botschaftssaal. Selbstverständlich mit einem Kristallleuchter aus Frankreich an der Decke. Beeindruckend auch die holzgeschnitzte, goldbemalte Decke, ein Meisterwerk italienischer und französischer Künstler. Neben dem 110 qm großen Seidenteppich aus der Sultans-manufaktur zu Hereke lagen Bärenfelle, Geschenke des russischen Zaren Nikolaus des Zweiten, aus.

„So ein Fell hätte ich jetzt gerne um."

Der Führer sagte augenzwinkernd: „Bitte liegen lassen, alles ist inventarisiert."

Es folgten der Warteraum der Dolmetscher, der Warteraum der Botschafter, dann das Rote Zimmer.

„Im Roten Zimmer empfing der Sultan die Gesandten, um mit ihnen Privat- oder Geheimgespräche zu führen-" Mahagonigetäfelte Wände und rote Seidenstoffe verliehen dem Raum eine angenehme Atmosphäre. „Die vier kleinen, runden Emailtische sind Geschenke Napoleons III. und seiner Gemahlin Eugènie de Montijo.

„War ja nicht seine erste Wahl", ließ Vater Dante seine Familie wissen. „Seine Favoritin war die Prinzessin Adelheid zu Hohenlohe-Langenburg. Aber Königin Victoria, die Tante, wusste diese Heirat zu verhindern. Nicht standesgemäß-"

Der Palastführer räusperte sich etwas lauter als üblich und zog damit wieder die Aufmerksamkeit auf sich.

Dantes Frau sagte peinlich gerötet: „Entschuldigung."

Ohne Kommentar fuhr er fort: „Hier sehen Sie, einer der Tische trägt in der Mitte das Porträt Napoleon Bonapartes, drumherum die Porträts seiner Verwandten und seiner Geliebten-"

Das wird den Sultan nicht sonderlich beeindruckt haben, hätte Felix am liebsten eingeworfen, nicht, wenn einem ein ganzer Harem zur Verfügung stand.

Der angrenzende Panoramasaal war ausstaffiert, wen wundert`s, mit einem kristallenen Lüster, dazu perlmutteingelegte Schränke aus Damaskus und zwei französischen Wanduhren. Hier wurden hauptsächlich religiöse Feste und Hochzeiten abgehalten. „Achten Sie auch auf den wundervollen Parkettboden, er ist der schönste im gesamten Palast-"

Pia konnte die ganze Pracht nicht wirklich genießen, die Kälte war kaum zu ertragen. Im benachbarten Musikzimmer machte sie so unauffällig wie

möglich gymnastische Aufwärm-übungen: Knie-
beugen, Windmühle, Hüpfen.

Aufgrund der Schwingungen beim Hüpfen drehten sich die Leute um, ein Schmunzeln ging durch
die Gruppe. Viele hätten wohl gerne mitgemacht.
Um das zu vermeiden, übersprang der leicht irri-
tierte Führer die schönen Musikinstrumente, er
führte die Gruppe kurzerhand in die Nasszelle des
Sultans.

„Das Marmorbad des Sultans besteht aus drei Teilen: einem Ankleidezimmer, einem Ruheraum und
dem Badezimmer mit einer großen Terrasse davor.
Die Wände sind mit feinem Alabaster aus Ägypten
verkleidet, und die ovalförmige Badewanne sowie
die Wasserbecken sind sogar aus einem einzigen
Block Alabaster gehauen-"

Kurzes Staunen, schon ging es weiter durch die
Bildergalerie, die Porträts und Statuetten von
Herrschen wie Kaiser Wilhelm dem Ersten und
Zweiten, Kaiser Franz Josef, der Königin Victoria
und einigen osmanischen Sultanen zeigte. Dann
ein mit Vasen bestückter Korridor, er führte direkt
zum Harem. „Dieser Gang war ausschließlich den
Haremsdamen vorbehalten. Von hier aus konnten
sie durch die vergitterten Fenster die Feste im
Thronsaal beobachten."

„Was, sie durften nicht mitfeiern?"

Des Führers Mundwinkel senkten sich. Immer
diese westlich- feministischen Fragen.

„Andere Länder, andere Sitten!", entgegnete der Führer nur und wies darauf hin, dass etliche Räume nicht zugänglich seien wie der Empfangsraum und das Schlafzimmer der Sultansmutter, das Haremsbad, der Festsaal (Blauer Saal) und der Versammlungssalon (Gelber Saal) der Haremsfrauen, desgleichen das Arbeits- und Sterbezimmer Atatürks.

„Nicht ihr Ernst?"

Er zuckte die Schultern. „Nicht meine Idee. Tut mir leid."

Dafür entschädigte dann der Thronsaal die Besucher. Nicht nur mit seinem Prunk, sondern vielmehr mit seinen enormen Ausmaßen: 44 x 46 Meter, 56 Säulen und einer reich bemalten Kuppel, die sich 36 Meter hoch erhob. Unter ihr - was sonst - ein Kronleuchter, der mit 4,5 Tonnen und 750 Kerzenlampen zu den größten Kristalllüstern der Welt gehört. „Ein Geschenk der Königin Victoria II. von England."

Stummes Staunen.

„Und hier, vor der großen Tafel, hier wurde Atatürks Leichnam aufgebahrt-"

Vater der Türken

Die mäßig geheizte Teestube unweit des Palastes war Pias Rettung, wie sie betonte, sonst wäre sie erfroren und man hätte sie hier begraben müssen.

Felix schmunzelte amüsiert. „Nicht der allerschlechteste Ort."

„Für die Grabpflege schon."

Erst das zweite Glas Tee färbte Pias bläuliche Lippen wieder rot. Sie bestellte ein drittes. „Was, mein Lieber, wissen wir denn von Herrn Attatürk?"

Felix brauchte nicht lange darüber nachdenken. „Tja…"

„Genau. Diese Bildungslücke sollten wir schleunigst schließen." Sie zog den Dolmabaçe-Führer, den sie am Ausgang noch erworben hatte, aus der Tasche. „Ein ganzes Kapitel widmet sich dem Leben Attatürks."

Felix nippte an seinem süßen Tee. „Na, dann schieß mal los."

„Mustafa Kemal Pascha, genannt Atatürk, wird 1881 in Selanik, im heutigen griechischen Thessaloniki - damals ein Teil des Osmanischen Reiches -, geboren. Das genaue Geburtsdatum ist nicht bekannt. Atatürk wählte später den 19. Mai, den Tag, an dem er 1919 in der anatolischen Küstenstadt Samsun landete, um Kräfte für die Befreiung des

Landes von den Siegermächten und des Sultanats zu sammeln.

Im Alter von sieben Jahren stirbt sein Vater, sodass die Mutter die beiden Kinder - drei sind früh verstorben - alleine durchbringen muss. Sie zieht zu ihrem Bruder aufs Land. An einen geregelten Schulbesuch ist nicht zu denken. Also gibt sie Mustafa in die Obhut seiner Tante in Saloniki, damit er nach zweijähriger Unterbrechung wieder an einem schulischen Unterricht teilnehmen kann. Nebenbei muss er das Vieh seines Onkels hüten.

Nach Züchtigung durch einen Lehrer, bewirbt er sich mit zwölf heimlich an der militärischen Mittelschule in Saloniki, besteht die Aufnahmeprüfung und setzt seinen Willen gegen den Widerstand seiner Mutter durch. 1895 absolviert er als Viertbester die Abschlussprüfung. Laut eigenem Bekunden soll ihm der dortige Mathematiklehrer den Beinamen Kemal, was auf Arabisch Vollendung heißt, gegeben haben.

1896, fernab der Familie, setzt er im westmazedonischen Manastir, heute Bitola, seine Ausbildung an der dortigen sehr westlich orientierten, höheren Kadettenschule fort. Nach wiederum hervorragend bestandener Prüfung gelangt Mustafa Kemal 1899 als Offiziersanwärter an die Militär-akademie in Istanbul. Hier wird er wegen oppositioneller politischer Umtriebe auffällig, profitiert jedoch von der Protektion des liberalen Akademiedirektors.

Bald nach Ende seiner Offiziersausbildung gerät er in die Fänge des Geheimdienstes, muss mehrere Monate im Gefängnis verbringen. Nur durch neuerliche Fürsprache des Akademiedirektors wird er wieder auf freien Fuß gesetzt. Seine Geheimakte verzeichnet nicht nur politische Unbotmäßigkeiten, sondern unter anderem auch den als unehrenhaft geltenden Umgang mit Prostituierten sowie eine Alkoholkrankheit.

Aufgrund von Schlafstörungen spricht er zeitlebens dem hochprozentigen Raki zu, der späterhin sein Leben deutlich verkürzen sollte-"

„Heute Abend trinken wir nur Tee oder Wasser", warf Felix ein. „Was hältst du davon?"

„Nichts! Außer du bestellst wärmeres Wetter." Als kein Einwand kam, las sie weiter:

„1902 schließt er die Kriegsschule ab und wird zur Stabsaus-bildung zugelassen. Zugleich wird er zum Unterleutnant befördert. 1905 dann Hauptmann und eine Anstellung im Kriegsministerium in Istanbul.

1906 wird Mustafa Kemal Mitbegründer der oppositionellen Geheimorganisation „Vaterland und Freiheit" in Damaskus, kurz darauf Mitglied der größten oppositionellen Gruppe, dem „Komitee für Einheit und Fortschritt."

Als Armeestabschef nimmt er 1908/09 an der sogenannten Jungtürkischen Revolution gegen den herrschenden Sultan teil, den er zur Abdankung zwingt.

Er wird Major.

Es folgen der Italienisch-Türkische-Krieg (1911/12) und die Balkankriege (1912/13). Dann zwei Jahre Militärattaché in Sofia.

Während des Ersten Weltkriegs ist die Türkei Bundesgenosse der Mittelmächte, ein Bündnis des Deutschen Reiches und Österreich-Ungarn. Später schließt sich noch Bulgarien an.

Endlich, als Divisionskommandeur, erwirbt sich Atatürk seine militärische Reputation. Durch die Abwehr der britischen Invasion bei den Dardanellen wird er zum „Retter von Istanbul" und erhält den Titel Pascha."

Der Kellner blieb an ihrem Tisch stehen und fragte, ob alles in Ordnung sei. Bevor Pia antworten konnte, sagte Felix: „*Two Raki, please.*"

Pia sah von ihrer Lektüre auf. „Dein Ernst?"

„Wenn *Mann* sagen, dann ernst", erwiderte der Kellner.

Pia lächelte, nahm einen Schluck Tee. Er war lauwarm. „Wenn das so ist."

Der Kellner lächelte nickend zurück.

Als der Macho verschwunden war, ging`s weiter im Text: „Dann Beförderung zum General. Von 1916-1918 ist Atatürk der Oberbefehlshaber an der Kaukasusfront und in Syrien.

Die nach dem Krieg beginnende Demobilisierung der osmanischen Armee und die faktische Auflösung des Osmanischen Reiches durch die Entende-Staaten, das Gegenbündnis, bestehend aus dem Vereinigten Königreich von Großbritannien und Irland, Frankreich und Russland, ruft den türkischen Widerstand in den nicht besetzten Gebieten hervor.

1919 nimmt Atatürk seinen Abschied aus der Armee, er strebt einen unabhängigen türkischen Staat an. Nachdem Einmarsch der griechischen Armee in Izmir und der italienischen Armee in Anatolien, organisiert er den nationalen Widerstand auf zwei Nationalkongressen.

Die nationale Bewegung erklärt im „Nationalpakt" die Unabhängigkeit und das Selbstbestimmungsrecht aller türkischen Gebiete zu ihrem Ziel.

Im April 1920 wird Atatürk auf der Großen National-versammlung in Ankara zum Präsidenten und Premierminister ernannt.

Den diktierten Friedensvertrag von Sévres lehnt er ab. Durch den Vertrag hätte das Osmanische Reich einen Großteil seines Territoriums verloren. Er erhält militärische Hilfe durch die Sowjetunion, ehemals Russland, im griechisch-türkischen Krieg.

Atatürk lässt sich als Oberbefehlshaber mit allen Autoritäten ausstatten, erzielt militärische Erfolge gegen die Entene-Staaten und schafft das Sultanat ab."

„Zwei Raki?“

Felix bejahte.

Pia hob das Glas. „Auf Atatürk.“

„Auf Atatürk.“

Stirnrunzelnd entfernte sich der Kellner.

„Im Friedensvertrag von Lausanne, 1923, wird die Unabhängigkeit und Souveränität der neuen Türkei anerkannt. Gründung der Republikanischen Volks-partei. Mit dem endgültigen Sieg der von Kemal Atatürk geführten Truppen im türkischen Befreiungskrieg wird Ankara wegen seiner Lage in Zentralanatolien und in bewusster Abgrenzung zur osmanischen Hauptstadt Istanbul im Vorfeld der Ausrufung der Republik am 13. Oktober 1923 zur Hauptstadt erklärt.

Am 29. Oktober 1923 proklamiert Atatürk die Republik und wird ihr Staatspräsident.

Heirat mit Latife Hanim. Zwei Jahre später die Scheidung.

1924. In der Verfassung werden die sechs Prinzipien des Kemalismus festgeschrieben: Nationalismus, Säkularismus, Modernismus, Republikanismus, Populismus und als Letztes Etatismus.

Ein Jahr später Niederschlagung eines kurdischen Aufstands im südlichen Anatolien.

1926 Beginn umfangreicher Reformen: Abschaffung des islamischen Rechts, Einführung eines mitteleuropäischen Rechtssystems, das Frauen gleiches Recht zusichert. 1928 Umstellung der arabischen Schrift auf Lateinschrift.

Ebenso wie bei der Anpassung an westliche Kleidernormen wirbt er selbst auf Reisen durch das ganze Land bei der Bevölkerung für sein Vorhaben, die Türkei zu modernisieren. Während er innenpolitisch die Kemalistischen Reformen durchsetzt, bemüht sich Atatürk außenpolitisch um Friedenssicherung.

Dem Ruf nach mehr Demokratisierung Folge leistend, lässt er 1930 eine Oppositionspartei gründen, die er jedoch aus Konkurrenzgründen schon bald wieder zerschlägt.

1934 Einführung von Familiennamen. Die Große National-versammlung verleiht ihm den Familiennamen Atatürk (Vater der Türken).

Am 10. November 1938 stirbt der „Vater der Türken" in Istanbul, einige Jahre später wird er in einem für ihn gebauten Mausoleum in Ankara beigesetzt."

Kegelmanns zuckten zusammen. Wie aus dem Nichts stand der Kellner vor ihnen und streckte ihnen mit stolzer Miene zwei Gläser Raki entgegen, das dritte hielt er in der erhobenen Hand.

„Auf Atatürk."

Süß, süßer, Blakaver

Entlang des Ufers Richtung Galatabrücke kamen sie an alten Lagerhallen vorbei. Pia blieb plötzlich stehen. Der Mund stand ihr offen. „Was ist das denn?" Sie zeigte nach oben.

Über den Dächern erhob sich eine weiße Wand. Erst die kleinen Fenster sowie ein wuchtiger Schornstein ließen auf ein Kreuzfahrtschiff schließen.

Eine Weile starrten beide staunend nach oben. An der Reling standen Passagiere und winkten. Wem, war nicht auszumachen, vielleicht Bewohnern, die an den Fenstern standen.

„Mit solch einem riesigen Schiff möchte ich auch mal fahren", seufzte Pia. „Einfach so durch die Gegend schippern, jeden Tag ein neues Ziel, Meerluft ohne Ende, Liegestuhl, Sonnenuntergänge mit einem Cocktailglas in der Hand-"

„Und bis zu sechs Mahlzeiten am Tag."

„Sechs bloß?" Sie wandte sich um. „Was meinst du, Felix, wo fährt der Pott wohl hin?"

Er überlegte kurz. „Entweder durch den Bosporus zum Schwarzen Meer oder durch das Mamarameer, vorbei an den Dardanellen, in die Ägäis."

„Gebucht!"

„Ich befürchte nur, das übersteigt ein wenig unsere Finanzen."

Ein erneuter Seufzer, dann löste Pia sich vom unwirklichen Anblick. „Tja, selbst schuld. Ich hätte ja auch einen Millionär heiraten können." Sie schmiegte sich an ihn. „Aber nein, mein Herz wollte nur dich. Rudern auf dem Schlachtensee ist ja auch nicht das Schlechteste."

Felix gab ihr ein Kuss auf die Wange. „Gutes Herz."

Als sie wenig später zur Galatabrücke kamen, wurde das Ausmaß des Schiffes erst so richtig deutlich. Denn just in diesem Augenblick schob sich das zehnstöckige Hochhaus an der Altstadt vorbei, Moscheen und Paläste wirkten klein dagegen.

„Wenn wir erst mal den Schatz gehoben haben, buchen wir eine Passage. Wohin du willst. Versprochen. Außenkabine mit einem Kingsizebett."

Sie lächelte traurig. „Also nie."

Felix widersprach nicht.

Lautlos verschwand der Meereskoloss in der Ferne, nur eine schwarze Rußfahne hinter sich lassend.

Nun stiegen sie die Musikergasse hoch. Vor einem kleinen unscheinbaren Schaufenster blieb Pia stehen. In der Auslage wurden Kuchen und Süßwaren angeboten. „Ich brauche jetzt unbedingt was Süßes", sagte sie und drängte ihren Mann in den

Laden. Er war ziemlich schmal, an der linken roh verputzten Wand reihten sich zwei alte Tische und vier wacklige Stühle aneinander.

Kaum hatten sie Platz genommen, erschien eine kleine, alte Frau mit schwarzem Kopftuch, im Gefolge zwei Kleinkinder, die sich krampfhaft an ihrer bunten Schürze festhielten und aus großen schwarzen Augen neugierig die Fremden beäugten.

Pia lächelte. „*Iyi günler.*"

Ein knappes Nicken war die Antwort. Die Kinder versteckten sich hinter der Schürze.

„*Çay* und … und Kuchen?"

„*Çay.*" Sie nickte abermals. Aber mit dem Wort Kuchen konnte sie nichts anfangen.

Pia probierte es erst mit Englisch, dann Französisch, dann mit Zeichensprache.

„*Baklava?*"

Pia bejahte, obwohl sie nicht wusste, was das Wort bedeutete.

Die Frau und die Kinder verschwanden hinter dem Vorhang. Fünf Minuten später tauchte sie wieder auf und servierte Tee und einen Teller mit kleinen quadratischen, goldgelben Blätterteigkissen, die anscheinend mit Honig übergossen waren, denn sie glänzten wie lackiert.

Felix griff als Erster zu. Kaum hatte er sich das vor Honig triefende Teil in den Mund gestopft, entglitten seine Gesichtsmuskeln. Jetzt wusste er, dass Süß nicht gleich süß ist, wie nicht scharf gleich scharf bedeutet. Solch eine Süße war ihm noch nie begegnet. Es zog sich alles zusammen. Dagegen war eine Zitrone harmlos. Zu der Süße gesellte sich noch der ziehende Schmerz seiner Plomben. Gequält lächelnd nickte er der Frau mit erhobenen Daumen zu. Mit einem leichten Kopfnicken zog sie sich hinter den Vorhang zurück.

„Was hast du?", fragte Pia.

Felix konnte nicht sprechen, das Küchlein war nicht nur extrem süß, sondern auch äußerst klebrig. Beim Versuch, mit der Zunge die klebrige Masse vom Gaumen zu lösen, bemerkte er, dass ihn vier große Kinderaugen aus dem Spalt im Vorhang beobachteten; leises Kichern hatte sie verraten.

Auch das noch!

Also versuchte er mit Tee den Kuchen irgendwie herunterzuspülen, was ihm auch ohne zu ersticken nach einer Weile gelang.

Pia sah ihm belustigt zu. „Was machst du da?"

„Probiere mal."

Kaum hatte sie das Honigteilchen im Mund, stockte sie beim Kauen.

Jetzt lächelte Felix.

Pias Augen quollen leicht hervor, sie wurde rot, ihre Mundwinkel zeigten steil nach unten. „Das kann man kaum essen. Das ist Zucker hoch drei", nuschelte sie.

„Psst, nicht so laut." Er deutete mit dem Kopf Richtung Vorhang.

Sie drehte sich um, lächelte verkrampft Richtung bunten Vorhang.

Mit Mühe schluckte sie das Teilchen hinunter. Dann blickte sie Felix fragend an. Und Nu?

Felix flüsterte: „Einpacken." Er schob ihr die ganze Packung Tempos rüber.

So unauffällig wie möglich - Felix versuchte sich derweil in Pantomimekauen - wickelte Pia die restlichen vier Teilchen ein und stopfte sie in ihren Rucksack.

Wie aus dem Nichts stand plötzlich eine etwas jüngere Frau - höchstwahrscheinlich die Tochter des Hauses - vor ihnen, nahm den Teller vom Tisch, zeigte auf die spärliche Auslage und sah Kegelmanns fragend an.

Felix schüttelte den Kopf, rieb sich den Bauch. „Wir sind satt, leider", sagte er auf Deutsch.

„Leider? Das sind Plombenzieher", rutschte Pia heraus.

Die Frau nickte. „Ja, sehr süß. Aber mit Tee gut."

Felix räusperte sich peinlich berührt, Pia stellte ihre Gesichtsfarbe auf Kirschrot um.

„Sie sprechen ja unsere Sprache", sagte Felix.

„Ein wenig. Fünf Jahre Köln. Mit Mann." Sie wischte den Tisch ab, dann fragte sie: „Wollen Tüte?"

Pia lief jetzt lilarot an, nickte bloß.

Nachdem sie den kleinen Laden verlassen hatten, meinte Pia, dass sie ein schlechtes Gewissen hätte, nicht die Backkunst des Hauses richtig gewürdigt zu haben, und vor allem, nicht aufgegessen zu haben. Man müsse sich eben überwinden.

„Stimmt schon." Er zog kalte Luft durch seine schmerzenden Zähne. „Alles hat eben Grenzen, Mäusepieps. Diese orientalische Süße ist beim besten Willen nichts für westliche Gaumen beziehungsweise für plombierte Zähne", beruhigte er ihr schlechtes Gewissen und übergab, eine Ecke weiter, die Tüte mit dem Kuchen und einem Geldschein einem Straßenmusikanten, der dankend nickte.

Ein unterirdischer Palast

Erneut hatte Felix das komische Gefühl, verfolgt zu werden. Diesmal kein schwarzer Mann, sondern ein schwarzer Wagen, der im Schritttempo dreißig Meter hinter ihnen herfuhr. Felix beschleunigte seine Schritte, sodass seine Frau Mühe hatte, Schritt zu halten. Als es ihr zu bunt wurde, blieb sie abrupt stehen.

„Sag mal, warum rennst du so? Oder sind wir auf der Flucht?"

Vielleicht? „Die Blase", antwortete er stattdessen. Er wollte sie nicht unnötig beunruhigen. Gleich die nächste Gasse nutzte er, um abzubiegen.

„Sag bloß, du willst hier irgendwo an die Wand pinkeln?"

„Nein. Natürlich nicht."

„Du glaubst doch nicht, dass hier ein Lokal kommt, oder?"

Zugegeben, die Gasse war wirklich sehr finster - und verlassen. Nur eine schwarze, abgemagerte Katze kreuzte ihren Weg.

Ein böses Omen? Wie war das nochmal? Von links nach rechts ist schlecht oder umgedreht?

Zehn ziemlich baufällige Häuser - darunter ein Holzhaus, das kurz vor dem Verfall stand - weiter blieb Pia abermals stehen. „Nee!"

„Wie bitte?"

„Keinen Schritt weiter." Sie klopfte Felix auf die Schulter. „Ich befürchte, mein Freund, du musst dir in die Hose pinkeln. Hier kommt beim besten Willen nichts mehr."

„Scheint so." Er drehte sich um. Nein! Da stand doch der schwarze Mercedes am Ende der Gasse. Nichts passierte, niemand stieg aus. Die Zeit schien stillzustehen. Felix hielt den Atem an. Dann, nach endlosen zehn Sekunden setzte sich der Wagen wieder in Bewegung.

Auch Pia starrte zum Ende der Straße.

Nachdem Felix langsam ausgeatmet hatte, fragte er: „Was hast du gesagt?"

„Äh…" Sie wandte sich ihm zu. „Pinkeln. Hose."

„Geht noch."

„Soso. Sag mal, hat der Wagen irgendeine Bewandtnis?"

„Nee. Warum? Alles klar, Mokkabar."

Pia gab sich mit der Antwort nicht zufrieden. „Das kannst du deiner Großmutter erzählen, meiner natürlich nicht. Dass was im Busch ist, sehe ich dir an der Nasenspitze an. Also sprich!"

Aha, Befehlsform. „Na gut. Die türkische Mafia verfolgt uns, ansonsten ist alles okay."

„Türkische Mafia?"

Er nickte, lächelte aber augenzwinkernd, was ihm nicht so leichtfiel.

„Ach, bloß die Mafia." Sie entspannte sich. „Spinner."

Zurück auf der Uferstraße, sah Felix gerade noch wie der Wagen rechts abbog. Höchstwahrscheinlich war alles ganz harmlos, und der Fahrer suchte bloß eine Straße oder ein Haus.

Oder ein Trick? Und man erwartete sie an der nächsten Ecke? Oder las er zu viele Krimis?

Felix entschied sich für das Letztere.

„Die Zisterne soll beeindruckend sein", unterbrach Pia seine schwarzen Gedanken. „Davor könnten wir noch bei „Sofia" vorbeischauen."

„Topvorschlag." Dann würden sie vielleicht die Karte loswerden. Besser wär`s.

„Was ist eigentlich mit deiner Blase?"

„Blase? Ach die, die hält noch `ne Weile."

„Überführt!" Sie sah ihn an. „Es war gar nicht der Grund, von der Straße abzubiegen. Du meintest das mit der Mafia ernst. Gestehe!"

Bevor er gestehen konnte, sprang Pia winkend auf die Fahrbahn. „Taxi!"

Abermals ein verkappter Formel-1-Pilot. Diesmal war es Felix recht. Denn ein möglicher Verfolger hätte es äußerst schwer gehabt, zu folgen. Der junge Fahrer toppte sogar Großvater. Ständig wechselte er die Spur, sprang in jede sich auftuende Lücke und verscheuchte hupend die Fußgänger, die den Versuch machten, die Straße zu überqueren. Schlingernd, mit quietschenden Reifen hielt er zehn Minuten später vor der Hagia Sofia.

Keine Verfolger. Wie auch.

Entspannt begaben sie sich zum Haupteingang des Monumentalbaus, wo sie auf den Museumsführer vom Vortag trafen.

„Halin nicht da", empfing er sie

Des Führers Zögern, weitere Informationen preiszugeben, veranlasste Felix dazu, ihm einen Zehntausender in die leicht geöffnete Hand zu drücken.

„Morgen oder übermorgen?"

„Oder überübermorgen."

Zuckende Schulter, keine Antwort.

Diesmal schüttelte ihm Felix nur die Hand. *„Teşekkür ederim."*

"Ich kann Sie auch führen."

Pia schüttelte ihren Pferdeschwanz. "Danke nein. Darum geht es nicht. Aber vielleicht können Sie uns sagen, wo es zur Zisterne geht?"

„Zisterne?"

Pia schaute in den Reiseführer. *„Cisterna Basilica."*

„Yerebatan Sarayı?"

Pia nickte. Dieser Begriff stand eine Zeile tiefer.

Er zögerte mit der Antwort, vermutlich hoffte er auf ein Auskunftsgeld. Doch Felix deutete auf den Schein in seiner Hand.

Er lächelte verlegen, dann deutete er nach rechts. „Drei Minuten." Und fügte an: *„Yerebatan Sarayı* ist die größte und die beeindruckendste Zisterne ihrer Art-"

Wie recht er hatte, stellten die beiden kurze Zeit später fest, nachdem sie die Treppen hinunterstiegen waren und die riesige, in Rot getauchte Säulenhalle betraten.

„Toll, einfach toll", hauchte Pia. „Diese Ausmaße. Wie eine riesige Palasthalle."

Das Ziegelgewölbe, das von 336 teils dorischen, teils korinthischen acht Meter hohen Säulen getragen wurde, teilte sich in 12 Reihen zu je 28 Stück auf. Ein regelrechter Säulenwald, den man über Laufstege oder mit einem Boot erkunden konnte.

Ein flacher Kahn hielt an der Treppe. Damit war die Entscheidung gefallen. Leicht schaukelnd nahmen sie Platz. Stehend und stumm stakste sie nun der Bootsführer mit hochgeschlagenen Mantelkragen durch das Säulenlabyrinth.

Wie *Hades*, der Wächter des Totenreiches, fand Pia. „Richtig unheimlich. So stelle ich mir die Unterwelt vor." Sie kramte erneut den Reiseführer aus dem Rucksack.

„Dieses riesige Wasserreservoir wurde 523 n.Chr. eröffnet, es sammelte das Wasser aus dem neunzehn Kilometer entfernten *Belgrader Wald* und wurde über die Viadukte des Hadrian in das Becken geleitet. Es war ausschließlich für die kaiserlichen Paläste bestimmt. Das Fassungsvermögen betrug circa 80.000 Kubikmeter. Die Zisterne ist 138 m lang und 65 m breit. An den Querstreifen der Säulen kann man den einstigen Wasserspiegel erkennen. Dieses „versunkene Schloss" ist seit mehreren Jahren nicht mehr in Betrieb und ist heute Museum-"

Schatten huschten über die hintere Wand. Ein idealer Ort für einen Killer, fand Felix. Wenn man sie hier im Labyrinth verschwinden lassen würde, würde man sie vielleicht erst nach Jahren finden. Felix lief ein kalter Schauer über den Rücken.

„Einige Szenen aus dem James-Bond-Film *Liebesgrüße aus Moskau* wurden hier gedreht." Pia sah vom Heft hoch. „Kam mir doch gleich so bekannt vor."

Langsam glitten sie auf eine Säule zu, die auf einem umgekippten Bildnissockel ruhte.

„Achtung!", warnte Pia, „das ist Medusa. Nicht in die Augen sehen, Schatz, sonst erstarrst du zu Stein."

„Huh."

Hades verzog keine Miene, sie wirkte versteinert. Vermutlich der Preis seiner Tätigkeit.

Felix amüsierte die Vorstellung, eilig schob er das Blitzlicht auf seine Kamera. Als das Lämpchen grün zeigte, drückte er ab. „Gilt das auch für ein Foto?", fragte er beiläufig und machte noch eine Aufnahme mit Frau und Hades.

„Wer weiß? Merkst du denn schon was?"

Er machte große Augen und erstarrte. „Nö!"

Jetzt zuckte doch ein kaum merkliches Lächeln über Hades Gesicht. Er drehte eine Zusatzrunde um die Säule.

„Und, wer war die Geheimnisvolle?"

„Medusa war eine der drei Gorgonen, Kinder des greisen Meeresgottes Phorkys und seiner Schwester Keto, dem Meeresungeheuer, die eine riesige Nachkommenschaft zeugten. Medusa und ihren beiden Schwestern wuchsen anstelle von Haaren Schlangen auf dem Kopf, und wer immer sie ansah, erstarrte sofort zu Stein-"

„Keine gute Zeit für Bildhauer", merkte Felix feixend an.

„Haha" erwiderte Pia nur und fuhr fort: „Medusa war die jüngste und hässlichste Schwester, und sie war als Einzige sterblich, wie sich herausstellte, nämlich als Perseus, der Sohn des Zeus, ihr den Kopf abschlug-"

Plötzlich tauchte ein weiteres Boot auf, besetzt mit zwei dunklen, mächtigen Gestalten. Felix Muskulatur lockerte sich erst wieder, als er die Besatzung erkannte. Es waren die Amerikaner. Mit einem grinsenden „Hello" glitten sie vorbei.

Pia und Felix lächelten zurück.

Während der amerikanische Kahn wieder in der Dunkelheit verschwand, führte unerwartet Hades, dessen Gesicht von flackernden Lichtreflexen des Wassers unheimlich beleuchtet wurde, die Medusengeschichte weiter. Seine Stimme röchelte leise.

„Aus der blutenden Wunde der kopflosen Medusa entsprangen Pegasus, ein geflügeltes Pferd, und ein Riese namens Chrysaor, beides Kinder des Poseidons. Perseus benutzte später das abgeschlagene Medusenhaupt, um seine Feinde zu Stein erstarren zu lassen." Er zog eine starre Grimasse.

Pia gruselte es. Sie musste hier raus.

Zum Glück war die Fahrt kurz nach diesem eindrucksvollen Schauspiel zu Ende. Bei der Verabschiedung lächelte Hades unmerklich. „Kommen Sie bald wieder", röchelte er.

Colombo warnt

Eine Stunde später, im Foyer ihres Hotels, stand diesmal ein anderer Portier hinter dem Tresen: tadellos rasiert, sehr korrekt gekleidet und so wirkte er auch.

„Zimmer 113, bitte", sagte Felix.

Der Korrekte drehte sich zum Schlüsselbord. Er fragte: „Felix Kegelmann?"

Felix bestätigte.

„Eine Nachricht für Sie. Wurde vor zwanzig Minuten abgegeben."

„Ach!" Wer sollte ihm eine Nachricht zukommen lassen? Sie kannten doch niemanden - bis auf Ibrahim. Felix nahm den Schlüssel und den nicht zugeklebten Briefumschlag entgegen. *„Thank you."* Er trat einen Schritt zurück. Neugierig zog er einen Zettel aus dem Umschlag heraus. Ja, die Nachricht kam tatsächlich von Ibrahim. Leider habe ich Euch nicht angetroffen. Schade. Er teilte mit, dass seine Familie und er gerne mit auf „Schatzsuche" kommen würden. Treffpunkt übermorgen 10.00 Uhr an der Anlegestelle zu den Prinzeninseln - nur wenn ihr könnt und wenn es euch recht ist. Gruß I. Y. Er steckte den Zettel zurück in den Briefumschlag. Doch dann durchfuhr ihn ein unangenehmer Gedanke. Wenn der Portier diese Nachricht gelesen hatte, was würde er denken? Vielleicht hatte die Nachricht noch jemand anderes gelesen?

So zugänglich, wie der Tresen hier war, würde es nicht verwundern. Nicht zu vergessen, es war - oder ist noch - ein Agentenhotel. Felix wandte sich um. „Nur ein Spiel", sagte er erklärend. „Für Kinder. Die Schatzsuche, meine ich."

„Schatzsuche?" Der Portier machte auf Fragezeichen und zuckte mit den Schultern. Aus seiner Mimik war nicht abzulesen, ob er den Zettel gelesen hatte oder nicht.

Felix bedankte sich erneut und folgte seiner Frau treppauf ins „Möbellager".

Keine halbe Stunde später klopfte es heftig an der Zimmertür.

Pia und Felix sahen sich verwundert an. Das war kein normales Klopfen. „Wer kann das sein?", fragte Pia ängstlich.

„Keine Ahnung." Felix zog sich schnell ein Hemd über.

Wieder donnerte es gegen die Tür.

„Jaaa, ich komme!"

Vor der Tür standen zwei unfreundlich aussehende Polizisten. „Mitkommen!", bellte der Größere der beiden.

„Warum?", fragte Pia aus dem Hintergrund.

Keine Antwort.

Auch Felix fragte jetzt leicht ärgerlich nach dem Grund.

„Mehr auf Revier", war die knappe Antwort.

Pia wollte protestieren, aber Felix hielt sie ab. „Das kann nur ein Missverständnis sein. Ich bin gleich wieder zurück, Mäusepieps." Er wandte sich den Beamten zu. „Darf ich mir noch Schuhe anziehen?"

Sie nickten.

Beim Verlassen des Hotels musste er an dem Portier vorbei, der keine Miene verzog und an der Bildungsfamilie, die ihn mit offenen Mündern anstarrten. „Alles bestens", sagte Felix nur. Vor der Tür bellte ihn noch der lilagetönte Pudel der Dicken an, als wäre er ein Böser.

Das Revier, ein morbider Bau aus der Gründerzeit, war zum Glück gleich um die Ecke.

Es war kein Missverständnis, wie sich gleich herausstellte. Der Kommissar, ein türkischer Colombo, dem er kurze Zeit später gegenübersaß, nahm erst seine Personalien auf, dann steckte er sich eine dicke Zigarre an, dann sah er Felix eindringlich an und fragte: „Was für einen Schatz suchen Sie, Herr Kegelmann?" Er sprach sehr gutes Deutsch.

„Keinen."

„Da habe ich aber ganz andere Informationen."

„Von wem?"

„Das spielt keine Rolle. Also, was suchen Sie?"

Es kann nur der Portier gewesen sein. Das mit dem Kinderspiel hatte ihn nicht überzeugt.

„Meinen sie das Kinderspiel?"

Er schwieg.

„Darf ich rauchen?"

Der Kommissar verneinte lächelnd. „Nichtrau-cherberereich."

Felix lächelte zurück, er starrte nur auf die Zigarre. „Also?"

„Das kann doch nicht ihr Ernst sein, dass Sie glauben, dass wir einen Schatz suchen."

Colombo zog an seiner Zigarre. „Und ob, Herr Kegelmann. Es gibt in unserem geschichtsträchtigen Land viele Leute, die glauben, sie könnten einfach antike Steine mit nach Hause nehmen. Es gibt viele Raubgrabungen, Hobbygoldgräber - und es gibt Schatzsucher." Erneut nahm er einen genüsslichen Zug und ließ den Dampf langsam entweichen. „Wo soll das nur hinführen? Wir lassen uns nicht ausplündern. Verstehen Sie das, Herr Kegelmann?"

Felix nickte. „Natürlich."

„Und darum ist es in unserem Land, und nicht nur in unserem, strengstens verboten, hier irgendetwas mitzunehmen."

Ohne zu erröten, wies Felix nochmal darauf hin, dass es sich ausschließlich um ein Kinderspiel handelt. Am liebsten hätte er es mit einem Indianerehrenwort bekräftigt, allerdings mit gekreuzten Fingern hinter dem Rücken.

„Das hoffe ich für Sie." Asche fiel Colombo auf die Hose, was ihn nicht sonderlich störte. Er beugte sich vor. „Wir werden Sie im Auge behalten."

„Kein Problem", erwiderte Felix.

„Sie können gehen."

Als Felix schon an der Tür war, kam unvermittelt die Frage: „Ach, eine Frage noch: Haben sie Komplizen?"

Felix fragte: „Komplizen?"

Wer ist I. Y.?"

Felix schwieg. Eilig verließ er das verräucherte Zimmer. Vor der Tür der Polizeistation atmete er tief durch.

Besuch bei Piri

Pia insistierte noch einmal leise am Frühstückstisch: „Wir sollten das nicht auf die leichte Schulter nehmen, Felix. Selbst wenn es nur eine Luftnummer ist - und das ist es doch."

Er nickte leicht. Trotzdem treffen wir uns mit Ibrahims Familie."

„Klar. Aber wir sollten ihn davor anrufen und warnen."

Die Dicke und der Pudel blickten verstohlen herüber, desgleichen die Bildungsfamilie. Auch Selim und seine Unterkellner guckten heute anders als sonst; vielleicht interessierter. Klar hatte sich der Vorfall im Haus herumgesprochen. Nur die

Japaner interessierte das anscheinend nicht, sie saßen wie immer vor dem Fernseher.

Felix schob sich eine Olive in den Mund. Im gedämpften Ton sagte er: „Ich würde heute gerne ins Marinemuseum, um mir die Wunderkarte mal genauer anzusehen. Was hältst du davon?"

„Gute Idee."

Um halb elf legte das Schiff in Besiktas an. Mit ihnen stiegen nur wenige Leute aus, unter ihnen die bebrillten Holländer aus ihrem Hotel. Man nickte sich zu. Zudem verließ auch ein Mann mit hochgeschlagenen Mantelkragen als Letzter das Schiff.

Das Museum, ein Gebäude aus den frühen Sechzigern, lag gleich neben dem Dolmabaçe-Palast und hatte sogar geöffnet. Auch gab es in einer knappen Stunde eine Führung auf Deutsch. Genug Zeit, um noch einen Türkischen Mokka in der kleinen Caféteria um die Ecke zu trinken.

Zehn Minuten vor der Zeit waren sie wieder zurück im Museum. Und, wer stand dort mit einem Aktenorder unter dem Arm? Die Krähe, die Fremdenführerin aus dem Topkapi Palast.

„Ich glaube es nicht", stöhnte Felix, „die wird doch nicht-"

Doch. Krähe war zuständig für die deutsche Führung.

Im Eingangsbereich hing ein Plakat, auf dem die Karte des Piri Reis abgebildet war. Felix zog seine

Kartenkopie aus der Jackentasche und verglich sie. Ja, eindeutig die Piri-Reis-Karte, wie Herr Demil schon bestätigt hatte. Zwar viel grober gezeichnet, aber sie war es. Vermutlich hatte Dr. Halin sie sogar selber geschaffen, vielleicht als Anschauungsmaterial bei Führungen. Ein Kollege von ihm hatte doch gesagt, dass er in der ganzen Stadt Führungen mache. Damit wäre das geklärt. Blieb noch die rätselhafte Rückseite.

Krähe klatschte in die Hände. „Alle, die die Führung auf Deutsch gebucht haben, bitte zu mir."

Anscheinend erinnerte sie sich nicht an den Quasirauswurf aus dem Harem. Keine Anzeichen des Erkennens.

Als die neun Personen zusammen waren, begrüßte sie die Gruppe kurz - unter ihnen auch der kräftige Kerl mit dem hochgeschlagenen Kragen - und legte dann auch gleich los.

„Das ist nicht irgendein Marinemuseum, meine Herrschaften, dieses Museum birgt einen großen Schatz. Nicht aus Gold oder Edelsteinen, nein, der Schatz ist ein Stück Gazellenhaut."

„Ohh!"

„Darauf abgebildet eine Weltkarte. Um genau zu sein: eine halbe Weltkarte, zirka 90 x 60 cm. Es ist die Karte des türkischen Admirals und Kartographen Piri Reis aus dem Jahre 1513.

Diese Karte, liebe Leute, wurde 1929 eher zufällig in den Archiven des Topkapi Palastes wiederentdeckt."

Damit war die Neugier geweckt.

„Bitte folgen sie mir."

Die Holländer blieben kurz vor dem Plakat stehen. „Lecker Karte", meinte der Mann, seine Frau nickte.

Vorbei an Vitrinen mit Schiffsmodellen, Globen und Schiffsutensilien aller Art kamen sie nun in einen abgedunkelten Raum. An den seitlichen Wänden mehrsprachige Dokumentationstafeln und in der Mitte eine Glaswand mit der halben Weltkarte des Piri Reis.

Leises Raunen ging durch den Raum.

Die Führerin wandte sich der Gruppe zu. „Das ist sie also."

Sie ließ den Besuchern einen Moment Zeit, die Karte in Augenschein zu nehmen. Die Karte strahlte eine Faszination aus, fand Felix, auch ohne zu wissen, welche Geheimnisse sie enthielt, einfach die Machart und das Alter reichten aus.

„Ist sie nicht schön?", fragte Krähe prompt und bekam volle Zustimmung.

„Was ist das Besondere dieser Karte, werden Sie fragen. Antwort: Zum Beispiel zeigt sie die Antarktis. Und das dreihundert Jahre vor ihrer offiziellen Entdeckung."

„Nein, wie ist das möglich?", kam umgehend die Frage aus der vordersten Reihe.

Krähe zuckte mit den Schultern. „Ein Geheimnis. Tja, dafür gibt es mehrere Erklärungen. Eine besagt, dass der Onkel, Kemal Reis, einst ein berüchtigter Seeräuber, ab 1501 in Diensten der osmanischen Flotte, altes Kartenmaterial bei der Seeschlacht von Valencia gegen die Republik Venedig erbeutet hat. Er soll sie einem spanischen Seemann abgenommen haben, der behauptete, mit Christoph Kolumbus gesegelt zu sein. Oder: Piri selbst, der bis zum Admiral der Osmanischen Flotte aufgestiegen war und Seekriege gegen Venedig und Portugal führte. Man vermutet, dass Piri seine Karte aus mehreren Seekarten erstellt hat."

„Und wo befindet sich die zweite Hälfte der Karte?", wollte Felix wissen.

„Sie ist leider verschollen." Sie hob die Arme. „Aber lassen Sie mich schnell weitermachen, uns läuft sonst die Zeit davon."

Sie ließen sie weitermachen. Keine weiteren Fragen.

„Die Karte wurde von verschiedenen internationalen Wissenschaftlern auf ihre Authentizität hin untersucht und als echt bestätigt. Erstaunlich ist die Erdkrümmung, die Piri berücksichtigt hat. Das kennt man eigentlich nur von Satellitenaufnahmen. Eine von vielen Theorien, die versuchen das Rätsel der Weltkarte zu lösen, besagt, dass er wahrscheinlich Einsicht in sehr altes Kartenmaterial hatte. Er selbst erwähnte zwei Atlanten, die exakte Angaben über den Mittelmeerraum und Teile des Roten Meeres enthielten, aus denen er Teile übernommen haben könnte. Diese beiden Atlanten sind sogar noch erhalten. Raten Sie mal wo?"

„Berlin, Staatsbibliothek", warf ein kleiner, älterer Mann mit Hornbrille in den Raum.

„Richtig!"

Er genoss die verblüfften Gesichter.

Auch das von Felix. Der aber war nicht über seine Kenntnis erstaunt, viel mehr über den Typ mit dem hochgeschlagenen Kragen. Es schien, als würde er gar nichts verstehen von dem, was erzählt wurde. Sein Blick war eher gelangweilt.

„Im Jahre 1957", fuhr Krähe fort, „wurde die Piri Reis-Weltkarte dem leitenden Kartographen der US-Marine übergeben, damit er sie einer ausführlichen Untersuchung unterziehen konnte. Dabei machte er eine erstaunliche Entdeckung, die der Wissenschaft bis heute eine Menge Rätsel aufgibt.

Die Karte, die genau auf dem Gizeh Plateau in Ägypten zentriert wurde, zeigt nicht nur die genauen Küstenlinien und Umrisse der Kontinente, sondern verzeichnet auch noch ganz präzise die jeweiligen topographischen Merkmale der jeweiligen Länder wie Berggipfel, Gebirgsketten, Inseln,

Hochebenen und Flüsse. Die Genauigkeit dieser Angaben verblüffte die Experten der US-Marine.

Aber nicht nur die bekannten Kontinente und das neu entdeckte Amerika sind genau dargestellt, sondern auch die Landmasse der Antarktis. Obwohl diese Landmassen mit mehreren Kilometern Eis überdeckt und die Umrisse nicht einmal mit Satellitenaufnahmen zu sehen sind."

Das Staunen wurde immer größer und brach sich mit einem einfachen „Ach!" Bahn.

„Erst 1952 gelang es Forschern, die genaue Küstenlinie mit der damals neuesten seismologischen Technik zu kartographieren.

Eine weitere Besonderheit ist die schon erwähnte Erdkrümmung. Bereits einige hundert Jahre bevor man Längen- und Breitengrade einführte und bevor es den ersten Globus gab, waren diese Linien auf der Karte berücksichtigt und eingezeichnet worden. Die Verzerrung ist also kein Fehler, wie man dachte, sondern genau das Gegenteil. Sie ist im Grunde der eindeutige Beweis dafür, dass man die Originale, nach denen die Karte angefertigt wurde, aus großer Höhe aufgenommen haben musste-"

„Hört sich richtig geheimnisvoll an. Kein Wunder, dass bei Erich von Däniken die Fantasie von Außerirdischen zu blühen begann", merkte die Hornbrille an.

Krähe ging nicht darauf ein, unbeirrt fuhr sie fort: „Es wurden also von der NASA einige Testaufnahmen mit im Orbit stationierten Satelliten gemacht, und man verglich sie mit der Piri Reis-Karte. Gerademal ein Grad Abweichung."

„*Moeilijk te geloven*", sagte der Holländer.

„Wie war es möglich, die Antarktis so darzustellen, wie sie ohne Eispanzer aussieht? Tja, noch so ein Geheimnis dieser Karte." Ihr rechter Zeigefinger wanderte nach oben rechts. „Der Nordosten, also Spanien und Westafrika. Diese Küstenlinien sind der genaueste Teil der Karte. Im Vergleich mit anderen zeitgenössischen und selbst heutigen Karten sind die Abweichungen nur gering, und viele Details lassen sich eindeutig zuordnen. Die Küstenlinie Westafrikas haben die Portugiesen schon lange vor Kolumbus recht genau kartiert, und trotz aller Versuche der Geheimhaltung, gab es natürlich immer wieder Datenlecks, so dass dieser Teil des Atlantiks zu Piri Reis' Zeiten schon recht gut bekannt war."

Sie schaute auf ihre Notizen.

„Ach ja. Amerika. Die Entdeckung lag gerade einmal zwanzig Jahre zurück, und das Wenige, was über die neue Welt bekannt war, wurde von den Spaniern und Portugiesen eifersüchtig geheim gehalten. Deshalb ist es bemerkenswert, dass ausgerechnet auf dieser osmanischen Karte die Küste Südamerikas schon weit nach Süden dargestellt ist - Jahre bevor Magellan in diese Gegenden vorstieß. Welche Quellen Piri Reis hierfür zur Verfügung hatte, gibt bis heute Rätsel auf." Krähe holte tief Luft, um noch flotter fortzufahren: „Die Karibik. Dies ist der Teil, der auf die heute verschollene Originalkarte des Kolumbus zurückgeht. Dass hier alles ziemlich grob und ungenau wirkt, liegt vor allem am verschrobenen Weltbild von Kolumbus, der ja bis zuletzt sicher war, Asien erreicht zu haben. Er soll zwar ein guter Seemann gewesen sein, aber ein ziemlich miserabler Kartograph. Brasilien hingegen ist sehr detailliert dargestellt. Piri Reis beruft sich hier auf portugiesische Quellen ... Hingegen das Binnenland eher willkürlich ist. Das zeigt sich zum Beispiel daran, dass die Flussmündungen in Afrika zwar recht genau abgebildet sind, der Verlauf der Flüsse aber nicht viel mit der Realität zu tun hat. Hier hat sich Reis offenbar von den phantastischen Ausschmückungen der mittelalterliche *Mappae Mundi* inspirieren lassen. Die Darstellung von Bergen, Tieren und Fabelwesen in Südamerika laden natürlich zu lebhaften Spekulationen ein - für Aussagen über die Genauigkeit der Karte sind aber letztlich die Küstenlinien relevant." Sie klappte ihren Ordner zu. „Bleibt noch zu sagen: Die Piri-Reis-Karte ist sicher eine der schönsten Karten aus dem Zeitalter der Entdeckungs-reisen. Das Kartenbild mit seinen klaren Linien erinnert schon an heutige Atlanten; die Details sind längst nicht so steif und unbeholfen dargestellt, wie es sonst in jener Zeit oft noch der Fall war. Hier ist eindeutig ein Meister seines Fachs am Werk gewesen."

 Nachdem der Applaus abgeebbt war, wünschte Krähe allen noch einen guten Tag, empfing dann das wohlverdiente Trinkgeld und verschwand eilig in Richtung Ausgang.

 „Welche Erholung für die Ohren", sagte Felix.

 Pia fand: „Es war sehr interessant, Felix, das muss man ihr lassen."

 „Ja, das war`s." Langsam drehte Felix sich nach dem Mann mit dem hochgeschlagenen Kragen um. Da er ihn nirgends entdecken konnte, verzichtete er darauf, Pia von ihm zu erzählen. Vielleicht hatte er sich auch geirrt, vielleicht war es bloß ein ganz normaler Besucher. Trotzdem wollte ihm die Drohung des Kommissars, dass er ein Auge auf sie werfen wolle, nicht aus dem Kopf gehen.

 „Ich brauche eine Pause. So viel Information", stöhnte Paula, „die muss ich erst mal verdauen." Ging ihm ähnlich. Also verließen sie das Museum und suchten sich ein Café mit Blick auf den Bosporus. Rechter Hand, vorbei am Chair ad-Din Barbarossa-Denkmal, an dem sie kurz verharrten. „Wer ist das denn?" Felix schaute zum pathetischen Denkmal hoch.

„*Khair ad-Din* beziehungsweise *Chaireddin*, von den Christlichen Europäern *Barbarossa* genannt, war ein Korsar in Diensten des Sultans. Er war Herrscher von Algier und Admiral des Osmanischen Reiches", entgegnete Pia, die im Handumdrehen aus dem Führer zitierte.

Weiter ging es zum Hafen Beşiktaş Iskelesi.

Die Frühlingssonne hatte schon richtig Kraft und trieb das Thermometer über die Zehngradmarke. Es gab noch freie Tische.

„Ist dir der Mann in dem Regenmantel aufgefallen?", fragte Pia, als sie sich gesetzt hatten. „Ein komischer Typ. Ich glaube der ist von der Geheimpolizei."

Demnach hatte auch sie ihn bemerkt. Felix nickte und hielt Ausschau und entdeckte ihn auch in fünfzig Meter Entfernung, lässig rauchend an einer Mauer lehnend.

In diesem Augenblick kam der Kellner über die Straße, sie bestellten Apfeltee.

Kaum war der Ober verschwunden, wies Felix Pia auf den Fremden hin. „Nicht umdrehen. Unser Schatten beobachtet uns."

Pia drehte sich um. „Na, was habe ich gesagt." Sie starrte in seine Richtung. „Der soll ruhig wissen, dass wir ihn bemerkt haben."

Felix war unschlüssig, ob das eine gute Idee ist. Aber nun war es eh zu spät.

Der Kellner brachte den Tee und kassierte auch gleich. Wieder wechselte ein Mittelklassewagen den Besitzer. Jedoch die schöne Aussicht auf die Boote und auf die Küste Asiens war es bei weitem wert. Auch mit Schatten.

Felix versuchte sich eine Zigarette zu drehen, was normal kein Problem darstellen würde, aber die Beschattung machte ihn doch etwas nervös. Er brauchte drei Ansätze, um eine halbwegs vernünftige Zigarette hinzubekommen.

„Sag mal, Schatz, sind wir eigentlich noch Millionäre?", fragte Pia unvermittelt.

Er nahm einen tiefen Zug, kramte das Geld aus der Hosentasche und zählte es. „Ja, sind wir."

„Dann", jetzt lächelte sie süß, „dann sollten wir heute unbedingt Shoppen gehen. Hier soll es ganz tolle Geschäfte geben, ganz im westlichen Stil, meint meine Freundin Ulli."

„Die, die mit einem Türken verheiratet ist?"

„Genau die."

„Na denn, ihr Mann muss es ja wissen."

„Davon gehe ich aus", lächelte Pia jetzt noch breiter.

Shoppen ohne Schatten

Unweit des Museums, am Park mit dem Atatürk-Denkmal, war eine Haltestelle, von der ein Bus direkt zum Taksim-Platz fuhr. Das passte.

Pia und Felix hatten sich die ganze Zeit in der Nähe des Denkmals aufgehalten, und erst in letzter Minute waren sie in den Bus eingestiegen. Ein Blick aus dem Fenster bestätigte ihnen, ihre kleine List hatte tatsächlich funktioniert, der Geheime warf ärgerlich seine Kippe auf den Boden und trampelte auf ihr rum.

„Den sind wir erst einmal los."

Vorbei am Dolmabaçe-Palast schlängelte sich der Bus enge Gassen hoch, wo noch einzelne historische Holzhäuser standen. Schon fünf Minuten später tauchte der weiträumige Taksimplatz auf.

„Weißt du eigentlich, was *taksim* heißt, lieber Mann?", fragte Pia beim Aussteigen. „Na?"

„Na?"

„Wasserverteilanlage."

„Echt?"

„Sie wurde Ende 1732 im Auftrag Sultan Mahmud I. hier errichtet. Verschiedene Wasserleitungen transportierten dann das Wasser unter Anderem in die Stadtteile *Galata*, *Beyoğlu* und *Beşiktaş*. Auch viele Brunnen wurden von hier gespeist."

„Ist sie noch in Funktion?"

„Die Verteilanlage samt Leitungssystem wurden um 1950 eingestellt. Die Paläste und Hotels, die direkt angeschlossen waren, verbrauchten zu viel; allein der Yıldız-Palast verbrauchte um 1900 schon ein Drittel des Wassers." Sie machte mit dem Arm eine weitläufige Halbkreisbewegung. „Irgendwo hier gibt`s einen langen, flachen Bau mit einem achteckigen Gebäude - das ist das eigentliche *taksim*."

Felix schraubte sein Weitwinkelobjektiv auf die Kamera. Trotzdem musste er mehrere Fotos machen, damit er den gesamten Platz abbilden konnte. Er schätzte ihn auf vier bis fünf Fußballfelder groß. Im Anschluss dann der Gezi-Park mit noch einmal ca. 3,8 ha, die grüne Lunge Istanbuls. Hier kann man sich die Füße platt laufen, ging ihm durch den Kopf.

„Da ist eine Telefonzelle!", rief Pia aufgeregt. „Hast du die Telefonnummer von Ibrahim dabei?"

„Ja, habe ich."

Zu zweit drängten sie sich in die enge Zelle. Ein kurzer Blick in die Gebrauchsanleitung - alles auf Türkisch - brachte nichts.

„Es gibt einen Münzschlitz und eine Wählscheibe und einen Telefonhörer. Wozu eine Gebrauchsanleitung?"

„Stimmt!" Pia fütterte nun den Apparat mit Münzen, doch alle fielen durch.

„Der ist aber mäkelig."

„Das ist Arbeitsverweigerung. Und Nu?"

Felix gab Pia die Pentax. „Ich geh mal Jemanden fragen."

Zwei Minuten später kehrte er mit der Nachricht zurück, dass der Apparat nur Jetons schlucke, die man in einem Postamt kaufen muss.

„Na prima!"

Nachdem sie die Telefonzelle verlassen hatten, hielten sie Ausschau nach einem Postamt. Weit und breit keine Post auf dem großen Platz zu entdecken.

„Nächstes Postamt in der *Siraselvila Caddesi*", half ein junger, dynamisch wirkender Türke in einem Markenanzug aus. „Die Straße geht südlich vom Platz ab."

So viele Straßen gehen hier ab. Und wo ist denn Süden?

Anscheinend konnte er Pias Gedanken lesen, denn er zeigte mit dem Finger auf die Straßeneinmündung. „*Siraselvila Caddesi.*"

Bevor Pia sich für die Auskunft bedanken konnte, eilte der junge Mann schnellen Schrittes weiter. Sie rief ihm den Dank nach: „*Teşekkürler!*"

„Businessman", merkte Felix an.

In dem Moment kam eine alte gebückte Frau - vielleicht eine Bäuerin - mit einem Reisigbündel auf dem Rücken vorbei. Sie sah nicht nach links noch nach rechts, sie schlich scheinbar zielstrebig über den Platz. Sie sahen ihr eine Weile nach.

„Das sind Kontraste", meinte Felix.

Nach knapp zehn Minuten hatten sie tatsächlich das Postamt gefunden. Sie waren aber nicht die Einzigen, die in die Post wollten. Felix tippte auf fünfzig Leute in der Schlange, Pia auf die Hälfte der Einwohner.

Also gaben sie das Vorhaben, Ibrahim anzurufen, erst einmal auf.

Zurück auf dem Taksimplatz warb ein Orangenpresser lautstark und mehrsprachig mit bester Ware.

„Genau, was ich jetzt brauche", sagte Pia und bestellte zwei frischgepresste Orangensäfte.

„Wirklich lecker." Pia schlug ihren Reiseführer auf, sog noch einmal am Strohhalm. „Jetzt ist der Platz einer der belebtesten Verkehrsknotenpunkte der Stadt und er dient auch für Aufmärsche, Veranstaltungen und Kundgebungen … Zum wohl blutigsten Ereignis der jüngeren Geschichte des Platzes kam es beim Taksim-Massaker 1977, als Teilnehmer einer Gewerkschaftskundgebung zum 1.Mai von Unbekannten von den Dächern des Intercontinental Hotels und vom Gebäude der Wasserbehörde aus beschossen wurden. Gepanzerte Fahrzeuge, Lärmbomben und Schüsse aus automatischen Waffen verwandelten das Gelände in ein Schlachtfeld. Es starben mindestens 34 Menschen, Hunderte wurden verletzt und über 450 Menschen festgenommen. Das Massaker ist nach wie vor unaufgeklärt. Maikundgebungen finden hier nicht mehr statt."

„Was ist denn eine Lärmbombe?", fragte Felix.

Pia zuckte die Schultern, steckte den Reiseführer in den Rucksack zurück, trank aus und sah sich um. „Wo müssen wir hin?"

Jetzt zuckte auch Felix die Schultern. „Ich schlage den Gezi-Park vor."

Sie nickte. „Gute Idee."

Kein Widerspruch? Hatte sie etwa das Shoppen vergessen?

Nein, hatte sie natürlich nicht. Denn am Ende des Platzes blieb sie stehen und verkündete: „Und anschließend, mit frischer Luft in den Lungen, würde ich vorschlagen, stürmen wir dann die schicken Geschäfte der Stadt.

Stürmen. Das ließ nichts Gutes ahnen. Mit hängenden Schultern folgte er seiner Frau.

„*Gezi* bedeutet so viel wie Spaziergang", las Pia von der viersprachigen Tafel am Eingang des Parks ab. „Mit der Fertigstellung des historischen Parks, 1856, war er der erste öffentliche Park der damaligen osmanischen Hauptstadt Istanbul. Die Neugestaltung und Erweiterung zur heutigen Grünanlage gehen auf den Entwurf des Architekten Henri Prost zurück." Sie drehte sich ihm zu. „Brauchst du noch mehr Info?"

Er schüttelte den Kopf. „Nicht zwingend."

Sie hielten sich auf der Mittelachse, die mit dichtem Baumbestand gesäumt war, darunter Bäume aus der Gründungszeit des Parks, und steuerten auf das schöne Gartenpaterre zu. Weiter nördlich dann zwei Springbrunnen. Am Delphinbrunnen gönnten sie ihren Füßen eine kurze Pause. Hier entstand das Foto mit dem Titel: Junge Frau kühlt ihre Füße im Delphinbrunnen.

„Nicht sehr originell", fand Pia und schlug einen anderen Titel vor: „Bezaubernde Millionärin labt sich am kühlen Nass ihres Hausbrunnens."

Felix lachte. „Gekauft!"

Sodann ging es weiter. Rechts sahen sie das große Hiltonhotel, jedoch bogen sie nach links ab, um zur Cumhuriyet Caddesi, einer *der* Shoppingstraßen Istanbuls, zu gelangen.

Viele westliche Läden großer Ketten fand man hier, aber auch kleinere Modeläden beziehungsweise Schuhgeschäfte. Die italienischen Pumps, mit denen Pia nach einer gefühlten Ewigkeit aus dem lila dekorierten Laden stolzierte, schlugen mit einer halben Million zu Buche.

Ein Haus im Grünen. Felix war beeindruckt.

„Weißt du, was die in Berlin kosten?"

„Vielleicht zwei Häuser im Grünen?"

Sie nickte schulbewusst.

Auf dem Rückweg kamen sie an vielen Juwelierläden vorbei, die hauptsächlich Goldschmuck anboten. Ein Laden fiel besonders durch seine überbordende Fülle an Goldketten, Goldringen, Goldarmreifen, Goldtellern und Goldpokalen auf. Wie eine Schatzkammer dekoriert. Staunend sahen sie sich die Auslage an.

Felix wunderte es, dass die Stücke nicht ausgepreist waren.

„Schön, wa?", sagte plötzlich jemand neben ihnen. „Kommen Sie doch rein, dann können Sie die Stücke in die Hand nehmen. Dann erst spüren Sie den Zauber des Materials. Dazu wird ein Tee serviert."

Verwundert drehte sich Felix zur Seite. Neben ihnen stand ein gut gekleideter Mann mit Fliege und lächelte breit.

„Beste Goldgeschäft der Stadt. Können Sie glauben."

„Ja, sehr eindrucksvoll. Aber wir wollen bloß gucken."

Pias Blick sagte etwas anderes.

Bevor sie sich versahen, saßen sie mit einem Glas Tee in der Hand in roten Polstersesseln und ihnen wurde eine Palette mit Goldringen unter die Nase gehalten.

Da sie damals zu ihrer Standesamtlichen Hochzeit nur eine Art Kaugummiringe getauscht hatten, wäre das jetzt eine gute Gelegenheit, richtige Eheringe zu erwerben, fand Pia.

Fand auch der zuvorkommende Jungverkäufer. Auch er sprach ein gutes Deutsch. „Das ist eine sehr weise Entscheidung. Lassen Sie sich Zeit", meinte er und wies darauf hin, dass es ja auch eine Art Geldanlage sei.

Felix wurde blass, Pia pflichtete ihm bei.

„Übrigens", der Mann mit der Fliege gesellte sich dazu, „der Name Gold stammt vom indogermanischen *ghel* ab, was so viel wie blank oder schimmernd bedeutet. Wussten Sie das?"

„Indogermanisch?" Felix schüttelte den Kopf.

„Zu jeder Zeit steht das Wort aber für *wertvoll* und *kostbar.*" Die letzten beiden Adjektive betonte er besonders. „Unser Geschäft gehört der *Juwellery Association Side* an. Sie steht für Qualität und Kontrolle."

Pia nickte Felix aufmunternd zu. „Hört sich doch gut an". Sie nippte an ihrem gesüßten Tee. „Oder?"

„Ja, hört sich gut an."

Dies war das Startzeichen für weitere Paletten. Weißgold, Gelbgold, Rosègold, Rotgold.

„Gold ist in seiner Naturform gelb, müssen Sie wissen. Dieser Umstand unterscheidet Gold von anderen Metallen und macht es dadurch so einzigartig."

Erneut wurde Tee serviert. Dazu *Baklava*, die süßen Blätterteigkissen mit Honig. Pia lächelte Felix an. Der schluckte unmerklich. Das waren doch diese obersüßen Teilchen aus dem Kuchenladen.

„Da reines Gold", fuhr der Fliegenträger fort, während der Tee eingegossen wurde, „zu weich ist, um daraus Schmuckstücke zu fertigen, wird es mit zusätzlichen Metallen wie Silber, Kupfer, Zink und Nickel kombiniert. Die Metalle geben die nötige Festigkeit und bestimmen auch die Farbe und den Wert. Gold wird, wie auch Diamanten, in Karat gemessen. Aber Goldkarate sind anders, sie bestimmen die Reinheit. 100% natürliches Gold sind 24 Karat. Üblicherweise werden 18 Karat, das ist ein Goldanteil von 75% Gold oder 14 Karat mit 58,3% Gold, für Schmuckstücke verwendet."

Felix kämpfte derweil, so unauffällig wie möglich, mit dem süßen Teilchen, das an seinem Gaumen klebte und seine Plomben schmerzhaft reizte. Aber die Süße war doch lecker. „Sehr interessant", nuschelte er. Erst beim dritten Schluck Tee löste sich die Honigbombe vom Gaumen und er schluckte sie im Ganzen hinunter. Jetzt lächelte er wieder. „Und, wie hoch ist der Goldanteil bei 585er Gold?"

„14 Karat", sagte der Jungverkäufer schmal lächelnd. „Das sind 58,3% Goldanteil."

„Als Geldanlage würde ich aber 18 Karat empfehlen", sagte der Fliegenträger. „So schlagen Sie zwei Fliegen mit einer Klappe, wie man bei Ihnen so sagt: Schmuckstück und Geldwert." Er zog einen breiten, schweren Ring aus der Palette. „Sehen Sie bloß, den Goldton? Er ist viel satter. Herrlich." Er gab ihn Pia, nicht Felix. Frauen waren für Schmuck viel empfänglicher.

Das überzeugte Pia auf Anhieb. „Ja, da muss ich Ihnen Recht geben."

Felix dachte hingegen an den Geldbeutel. Hier ging es schließlich um Millionen. Er tippte auf einen schmalen Ring eine Reihe tiefer. „Den Ring hier finde ich eleganter, was meinst du?"

Pia lächelte, sie kannte ihren Felix. Also nickte sie. „Haben Sie den auch in 750er Gold?" Das war der Kompromiss, fand sie.

Gleich erfuhren sie, warum die Schmuckstücke nicht ausgepreist waren: Auch hier wird gehandelt, obwohl es einen festgelegten Goldpreis gibt.

Pia erstarrte, als er den Preis nannte. Felix hingegen kannte als Trödler den Goldpreis in etwa. Erst vor kurzem hatte er ein goldenes Medaillon verkauft und sich vorab über den aktuellen Goldpreis schlau gemacht.

Nach zwei weiteren Tees - zum Glück ohne *Baklavas* - waren sie sich einig. Beide Parteien schienen zufrieden.

„Nehmen Sie Euroschecks?"

„Selbstverständlich."

Das hatte Felix nicht gedacht. Quälend lächelnd füllte er den Scheck aus.

Vor der Tür sagte Felix: „Eigentlich hätten wir bis morgen warten sollen."

Pia verstand nicht.

„Der Schatz. Vielleicht werden darunter Ringe sein?"

„Träumer."

A second wedding

Der „verstaubte" Salon des Büyük Londra war gut besucht. Links von Kellermanns saß die Bildungsfamilie mit den Töchtern, sie spielten Karten und tranken Brause. Ein Tisch weiter die Dicke mit ihrem lila Hund, beide begnügten sich mit Wasser. Rechts, neben der pompösen Anrichte aus der Gründerzeit, die Holländer, die an einem bunten Cocktail schlürften und sich angeregt über eine Karte gebeugt unterhielten. Die drei Asiaten saßen wie immer vor dem Fernsehgerät und zappten sich durch die Programme. Stirnseitig, auf dem roten Sofa, vier türkische Geschäftsleute in guten Anzügen, jeder ein Teeglas in der Hand. Und in der Ecke hockte ein mittelalter Mann mit mächtigem Schnauzer, schütterem Haar, der unauffällig in Richtung Kegelmanns schaute, auch er trank Tee und rauchte.

Der Saal war ziemlich hell beleuchtet, alle Kron-, Wand- und Tischleuchter in Betrieb. Zum Glück waren einige Glühbirnen defekt.

„Beautiful rings. Purchased here from us?", fragte Selin, der Oberkellner, als er Oliven, Chips und Sekt

servierte und sein Blick auf die goldenen Ringe fiel, die in einem geöffneten Schmuckkästchen auf dem Tisch lagen.

„*A second wedding. So to speak*", sagte Felix leise, fast flüsternd.

Selin lächelte breit. „*Oh! Congratulation and best wishes.*" Er hob den Blick und sah Felix an. „*Would you prefer Champagne?*"

Felix schüttelte den Kopf und meinte, dass Sekt vollkommen ausreiche. „*Too expensive. Thank you.*" „*Special price.*"

Felix schüttelte erneut den Kopf und deutete auf die Ringe, was so viel bedeuten sollte: Kasse leer.

Selin schien zu verstehen und verschwand.

Kaum war der Oberkellner verschwunden, stießen Pia und Felix an. Ein gehauchter Kuss musste reichen, schließlich wollten sie nicht auffallen.

Im gedämpften Ton ließen die beiden den Tag Revue passieren. Plötzlich fiel Pia ein, dass sie vergessen hatten, Ibrahim anzurufen, um ihn vor möglicher Überwachung zu warnen.

„Von hier können wir ihn nicht kontakten", sagte Felix, „das Telefon ist wahrscheinlich angezapft."

„Wie in der DDR."

„Die zum Glück Geschichte ist."

Pia seufzte. „Und die Postämter sind schon zu."

Felix nahm die letzte Olive. „Man kommt sich vor, als hätte man was angestellt. Dabei haben wir bloß ein Stück Papier mit der Kopie der Piri-Reis-

Karte. Gut, auf der Rückseite irgendwelche Notizen. Ist das verboten?"

„Nö!"

Felix fühlte sich auf einmal erleichtert. „Genau! Außerdem reicht es aus, wenn wir Ibrahim das morgen sagen."

Pia drehte ihren neuen Ehering am Finger, er glänzte und glitzerte. „Der ist wirklich schön, mein Gatte. Danke."

„Das war mir ein Bedürfnis, meine Gute."

Sie strahlte ihn mit ihren blauen Augen an. „Bist kein guter Lügner, aber-"

In diesem Augenblick erlosch das Licht.

„Huhhh!"

Dann tauchte Selin mit sprühenden Wunderkerzen in der Hand auf, im Schlepptau seine Unterkellner. Im Gänsemarsch steuerten sie direkt auf den Tisch von Pia und Felix zu. Ein Hauch von Traumschiffatmosphäre machte sich breit. Im Chor sagten sie: „*All the best for the wedding*", und die Unterkellner stellten den Sektkübel mit dem Schaumwein und eine Silberschale mit Baklavas ab.

Pia war ergriffen, Felix peinlich berührt, weil es eigentlich keiner mitbekommen sollte. Nun war es zu spät, also bedankten sie sich brav. Es folgten Glückwünsche der Nachbartische - ausgenommen der Ecktisch.

Die Schatzinsel

Alle waren gekommen: Ibrahims Oma und Opa, Mutter und Vater sowie Onkel und Tante, ein Bruder mit seiner Frau und ihren drei Kindern, dazu die Fünf von Yussufs - und natürlich Gizem, Ibrahims Frau mit ihren Eltern.

Ibrahim winkte wild, als er Kegelmanns im Gewühl entdeckte. Die Begrüßung fiel sehr herzlich aus, fast wie bei einem Familientreffen.

„Wir haben auch einen kleinen Spaten mitgebracht", sagte Ibrahim lächelnd und zeigte auf Hassans Rucksack, aus dem ein Holzstiel ragte.

„Ich glaube, den werden wir nicht brauchen", sagte Felix.

„Wer weiß."

Pia klopfte auf ihren Rucksack. „Und ich habe den Plan im Gepäck."

„Gute Frau."

Felix nahm Ibrahim an die Seite und erzählte ihm leise die Geschichte von Colombo und der Warnung.

Ibrahim machte ein ernstes Gesicht. „Dann hoffen wir mal, dass es keinen Schatz gibt."

So konnte man es auch sehen. Felix entspannte sich.

Nun kam Bewegung in die Menschenmenge, denn ein Schiff legte an. Die Luft füllte sich mit intensivem Dieselgeruch. Das Schiff schwankte. Trotzdem schob jemand das Brett zum Aussteigen heraus. Kaum lag es halbwegs am Kai auf, strömten Unmengen an Fahrgästen heraus.

Ibrahim wies lautstark darauf hin, nicht einzusteigen, erst das übernächste Schiff sei ihres. Also versuchte der Yussuf-Anhang, sich an die Seite zu drücken, um nicht von den Massen ins falsche Boot geschoben zu werden.

Zwei Minuten später landete schon der nächste Wasserbus an der Schiffsanlegestelle Eminonü und gleich darauf das Schiff zu den Prinzeninseln.

Auf diesem Kahn gab es ausreichend Platz, denn es war ein normaler Wochentag, und, es war Vorsaison.

Die Kinder eroberten umgehend die Plätze am Bugfenster, dahinter nahmen die Erwachsenen Platz. Gleich nach dem Ablegen brachten Onkel Hassan und Vater Yussuf Tabletts mit Tee und Brauseflaschen.

„*Başarılı bir hazine avında*", prostete der Onkel.

Ibrahim zischte: „*Çok yüksek sesli değil.*"

„Was hat er gesagt?", fragte Felix.

„Auf eine erfolgreiche Schatzsuche!", übersetzte Ibrahim fast flüsternd.

Felix drehte sich erschrocken um. Ganz hinten saß eine türkische Familie, daneben fünf ältere türkische Männer, im Gespräch vertieft. Davor die drei Japaner und auf der linken Seite das niederländische Ehepaar aus ihrem Hotel.

„Die neun Prinzeninseln liegen im südöstlichen Marmarameer und bestehen aus vier bewohnten und fünf unbewohnten Inseln", las Pia laut vor. Ibrahim übersetzte. „Der Name rührt daher, dass die damaligen Herrscher ihre jüngeren Brüder hierher verbannten, um die eigene Macht zu sichern. Es gab aber auch andere Namen für die Inseln. Im Altertum zum Beispiel nannte man sie Volksinseln, und in der byzantinischen Zeit wegen zahlreicher Klöster Priesterinseln. Die Türken bezeichneten sie eine Zeitlang als Rote Inseln, rot, weil das Gestein sehr eisenhaltig ist. Als Ausflugsziel und Badeorte wurden die Inseln erst vor rund hundert Jahren entdeckt. Früher lebten dort Fischer und Mönche. Die Nähe zu Istanbul und günstige Schiffsverbindungen haben heute die Prinzeninseln zu beliebten Vororten der Istanbuler gemacht. Außer Müllabfuhr, Polizei und Feuerwehr gibt es dort keinen Autoverkehr, nur die *At arabasis*, die Pferdekutschen, sind zugelassen."

Kaum hörten die Kinder das Wort at arabasi, ging die Bettelei los. Sie endete in ohrenbetäubenden Jubel, als Ibrahim eine Fahrt über die Insel versprach.

„*Büyük Ada*, die Hauptinsel, ist immerhin fünfeinhalb Quadratkilometer groß", sagte Ibrahim an Felix gewandt.

„Und, was denkst du, wie lange brauchen wir dorthin?"

„Rund eine Stunde." Opa und Onkel nickten bestätigend, als er die Frage übersetzte.

Und tatsächlich steuerte der Dampfer nach gut einer Stunde auf eine Insel mit zwei Hügeln zu. Die Gruppe begab sich an Deck, um das Einlaufen in den kleinen Hafen hautnah mitzuerleben.

„*Büyük Ada*", schallte aus dem Lautsprecher.

Obwohl Pia ein wenig kalt war, genoss sie die Seeluft, die Sonne, das blaue Meer und den Anblick der grünen Insel. Ziemlich groß, konstatierte sie, hier etwas Vergrabenes zu finden, schien schier unmöglich. Die Hinweise waren dünn.

Unwichtig!

Vielmehr freute sie sich auf den Ausflug mit Ibrahims Familie, die sie von Anfang an in ihr Herz geschlossen hatte. Vier Generationen, die, wie es schien, problemlos miteinander lebten; es wurde viel gelacht.

Leider sind Großfamilien in Deutschland ein Auslaufmodel. Tja, gerne hätte sie auch mehrere Kinder in die Welt gesetzt, aber immer hatte der richtige Zeitpunkt gefehlt. Bald würde die biologische Uhr ablaufen. Oh Gott! Ein stiller Seufzer.

Jemand zuppelte an ihrem Mantelärmel. Als Pia sich umwandte, sahen sie zwei schwarze Kulleraugen fragend an. Vielleicht war der Seufzer gar nicht so still.

Pia beugte sich nach unten. „Du bist Esin, stimmt`s?" Das vierjährige Mädchen nickte heftig und strahlte über das ganze Gesicht. Pia strich über ihr pechschwarzes Haar und sagte, obwohl die Kleine es nicht verstehen würde: „Weißt du was, Esin, ihr braucht gar nicht nach einem Schatz zu suchen, ihr habt ja euch. Besser geht`s nicht." Ganz schön pathetisch, würde Felix sagen - trotzdem stimmt es.

Drei Minuten später stürmten die „Schätze" lauthals von Bord.

Der kleine Hafen wirkte verschlafen. Daran würden auch die rund 40 Gäste, die jetzt das Schiff verließen, nichts ändern. Hier war man, zumindest im Sommer, Massen von Touristen gewöhnt. Von daher waren viele Läden geschlossen, lediglich ein Café und ein Zeitungskiosk hatten geöffnet.

„Kein „Schatten", soweit ich das überblicke", sagte Felix im gedämpften Ton. „Oder?"

Pia nickte zögerlich. „Vielleicht der Dicke mit der Sonnenbrille?" Aber der verschwand zusammen mit den Asiaten im Café.

„Offenbar hat Colombo eingesehen, dass das mit dem Schatz Quatsch ist."

„Vielleicht."

Schnell verteilten sich die Fahrgäste im Ort. Die Hälfte, eigentlich nur Yussufs und Kegelmanns und die Niederländer, strebten direkt zu den Kutschen, die gleich hinter dem Café auf einem großen freien Platz standen. Als sie auftauchten, unterbrachen die Kutscher ihren Müßiggang. Eine spezielle Kutsche aussuchen war nicht, hier ging es streng der Reihe nach.

Die alten Kutschen, gezogen von je zwei Pferden, boten lediglich vier maximal fünf Leuten Platz. Eine Plastikplane schützte vor Regen und im Sommer vor Sonne.

Man ließ den Niederländern den Vortritt, was die mit einem *dank u erg leuk* quittierten.

Ibrahim, sein Vater, Onkel Hassan und Felix bestiegen die erste von fünf benötigten Kutschen. Verwundert gab sich der Fuhrmann, als Onkel Hassan ihm erklärte, dass sie am St. Georgs Kloster am Friedhof aussteigen wollten, und dass er sie zwei Stunden später wieder abholen sollte. Den fragenden Blick auf Hassans Spaten, der aus dem Rucksack ragte, begründete der Onkel damit, dass er für die Picknickdecken den Boden ebnen wolle.

Picknick an einem Friedhof? Nicht sehr einleuchtend, fand Felix.

Aber der Kutscher fragte nicht weiter nach, nickte nur und dachte vielleicht: Die Istanbuler spinnen.

Eine Stunde später bestieg eine einzelne Person mit Sonnenbrille ebenfalls eine Kutsche.

„Traumhaft", merkte Felix mehrfach an und schoss einige Fotos von der Kutschenkarawane, die jetzt an schönen, weißen Holzpalästen vorbeirollte.

„Alles Ferienhäuser der reichen Istanbuler ", sagte Ibrahim. „Die stehen in dieser Jahreszeit leer."

Gleich nach dem Ortsausgang ging es durch ein Wäldchen mit Nadelbäumen, dann stieg der Weg leicht an und mündete auf einem Küstenweg und bot einen wunderbaren Blick über die Bucht und die anderen Inseln. Die Sonne brachte das Marmarameer zum Funkeln. Nach einer halben Stunde gemächlicher Fahrt war das Ziel erreicht.

„Schade!", rief Pia beim Aussteigen. „So hätten wir noch stundenlang weiterfahren können."

Allgemeine Zustimmung. Bis auf Felix, Ibrahim und Onkel Hassan, die es kaum erwarten konnten, endlich das Geheimnis zu lüften.

Sobald sich die Kutschen entfernt hatten, breiteten die Frauen und die Kinder die Decken unter einer mächtigen Föhre aus. Auf weißen Deckchen wurde das mitgebrachte Essen drapiert; Fladenbrot, Oliven und Käse und einiges mehr.

Derweil betrachteten die Männer die Kartenrückseite noch einmal eingehend.

Felix musste sich kneifen. War das wirklich real, dass er hier auf einer Insel im Marmarameer mit Türken nach einem vermeintlichen Schatz suchte? Ein Grinsen huschte über sein Gesicht.

Opa Yussuf studierte die Karte besonders genau, er hatte sogar eine kleine Klapplupe dabei. Angespanntes Schweigen. Er strich sich über seinen langen Vollbart, dann sagte er nach einer gefühlten Ewigkeit: „*Onbir.*"

„*Onbir?*"

„Das heißt elf", übersetzte Ibrahim.

„Ist er sicher?", fragte Felix.

Opa Yussuf nickte ernst. „*Evet, onbir!*"

Es hörte sich an wie *How, ich habe gesprochen!* Und war bestimmt auch so gemeint.

Was für ein zusätzlicher Hinweis.

Jetzt war klar: Sie suchten nach einem Grab, entweder mit der Nummer elf oder in der elften Reihe oder an elfter Stelle in irgendeiner Reihe oder vielleicht elf Schritte von irgendeinem Punkt. Viele Oders, fand Felix. „Und, wo fangen wir an?"

Unschlüssig sahen sich die Männer um. Die Gräber waren nicht in Reih und Glied angeordnet, sondern lagen, manche kaum als Grabstätte zu erkennen, weit im Gelände verstreut.

Ein Plan musste her. Onkel Hassan hatte einen parat: Augen auf!

Also schwärmten die Männer rund um das alte Kloster aus. Die Augen fest auf die Steine gerichtet, schließlich konnte jeder Grabstein der Ort des Schatzes sein. Manche Steine waren von Gestrüpp überwuchert, manche unkenntlich verwittert, manche umgekippt.

Plötzlich Pferdegetrappel, was auf eine Kutsche hindeutete. Schnell begaben sich die Männer zu den Decken.

Ja, es war eine Kutsche, aber ohne Passagiere.

„Komisch", meinte Ibrahim. „Keiner macht eine Leerfahrt."

„Vielleicht hat er Feierabend?"

Ibrahims Nicken war nicht überzeugend. „Ja, vielleicht."

Der Kutscher grüßte kurz. Ohne anzuhalten setzte er seinen Weg fort. Kaum war er verschwunden, ging der Suchtrupp wieder eilig an die Arbeit. Die Uhr tickte und der Grabsteine waren viele. Auch Pia und Gizem, Ibrahims Frau, halfen mit, das Geheimnis zu lüften.

Nach einer knappen, leider erfolglosen Stunde klagten die ersten über Kreuzschmerzen und Hunger. Also wurde eine schnelle Pause eingelegt.

Ohne zu essen starrte Opa Yussuf auf das kryptische Gekritzel und meinte nach einer geraumen Zeit noch einen zusätzlichen Hinweis entziffert zu haben. *Fri* ...?

Das war sehr spärlich. Ratlose Gesichter.

Onkel Hassan war der Erste, der die Suche erneut aufnahm.

Allerdings war der anfängliche Goldrausch merklich abgeebbt, dennoch verteilten sie sich erneut im Gelände. Felix fotografierte zwischendurch das fragwürdige Unterfangen. „Unter Schatzsuchern am Marmarameer" würde er die Fotos betiteln.

Wieder Pferdegetrappel. Diesmal waren es die drei Japaner. Die Kutsche wurde langsamer. Felix durchfuhr ein Schauer.

Gleich würden sie anhalten, Pistolen zücken und die Karte fordern.

Keiner sagte ein Wort, alle starrten gespannt zu den drei Asiaten. Als sie auf gleicher Höhe waren, nickten sie nur lächelnd und setzten ihren Weg fort.

Erst als sie außer Sichtweite waren, atmete Felix durch. Fing er an zu spinnen, er hatte sogar Schweißperlen auf der Stirn.

„Weiter!", rief Ibrahim.

Eine weitere halbe Stunde später ließ Felix sich auf der Decke neben seiner Frau nieder. „Nichts!"

„Enttäuscht?"

„Mmh. Ein bisschen schon", gestand er.

Kurz darauf traf der Rest der Goldsucher ein. Ihre gesenkten Köpfe ließen leicht erraten, dass auch sie nichts entdeckt hatten.

Gizem und ihre Schwester Aischa verteilten jetzt die restlichen Fladenbrote mit Ziegenkäse und schwarzen Oliven, dazu den warmen, gesüßten Tee aus den Thermoskannen.

Ibrahim sah sich um. „Wo sind denn die Kinder, Gizem?",

„Spielen", entgegnete sie beiläufig und verteilte das letzte Brot.

Ganz langsam löste sich die allgemeine Enttäuschung. Ibrahim lachte auf einmal, er meinte, dass es wohl das ungewöhnlichste Picknick sei, das er je erlebt hätte. Schatzsucher-Picknick.

Könnte durchaus eine Geschäftsidee sein, meinte Onkel Hassan und verstaute den kleinen Spaten wieder in seinem Rucksack. Darüber müsste man demnächst mal nachdenken.

Wildes Geschrei kündete die Rückkehr der Kinderschar an. Anscheinend hatten die Mädchen Blumen gepflückt, denn jedes von ihnen hielt einen Strauß in der Hand.

„*Tesekkür ederim*." Pia nahm erstaunt die drei gelben Osterglocken entgegen, die Esin ihr entgegenstreckte.

Blumen? Frische Schnittblumen?

„Wo habt ihr die denn her?", fragte Ibrahim. Ihm schwante was. Und nicht nur ihm.

Esin zeigte Richtung Westen. „Da gibt`s noch mehr", sagte die ältere Schwester.

Offenbar gab es noch einen Friedhof.

„Die Kutschen kommen!", rief Pia.

„Halbe Stunde zu früh!", schimpfte Ibrahim. „Die müssen warten."

Im Laufschritt folgten die Männer den Kindern durch ein kleines Waldstück, das an einem Grashügel endete. Und tatsächlich, dahinter breitete sich ein kleines Gräberfeld neueren Datums aus. Die nummerierten Grabsteine waren ordentlich in drei Reihen angeordnet. Auf Grab elf lagen frische Blumen.

Kurzes Schweigen.

Onkel Hassan sagte: „Ich hole den Spaten." Felix hielt ihn zurück. Denn auf dem Grabstein stand ein Name, der alles erklärte.

Frieda Traude Halin, geb. Krause
1902 – 1993

„Ich glaube es nicht", stammelte Felix. Dr. Halins Mutter oder Tante oder irgendeine andere Verwandte, die hier vor Kurzem beerdigt worden ist. „Ich glaube es nicht", wiederholte er.

Alle starrten ihn fragend an. Ibrahim berührte ihn an der Schulter. „Was ist? Sag schon?"

Nun gestand er die wahre Herkunft des Plans. Ibrahim übersetzte. Als Erster lachte Onkel Hassan, kurz darauf der Rest der Schatzsucher. Das Lachen wollte nicht enden.

„Moment." Felix lief zurück und holte den Plan und legte ihn auf das Grab.

Kurze stille Andacht.

Auf dem Rückweg übersahen alle den dicken Mann hinter der dicken Föhre, der die Szene beobachtet hatte. Es war der ominöse Fahrgast, der dreihundert Meter vor dem Kloster ausgestiegen war und das Treiben genau verfolgt und fotografiert hatte. Leider war er mit dem Ergebnis nicht zufrieden. Er steckte sich eine an, dann machte er sich auf den langen Rückweg; dummerweise hatte er nur eine einfache Fahrt gebucht. Eigentlich hatte er alle verhaften wollen und wäre dann mit den bestellten Kutschen mitzurückgefahren. Jetzt würde er das Schiff verpassen.

Die Fahrt zurück zum Hafen verlief relativ ruhig. Im tiefsten Innern hatten die Meisten doch gehofft, auf einen Schatz zu stoßen. Auch Pia und Felix, obwohl die beiden versicherten, dass es nicht so wäre. Viel wichtiger wäre der Ausflug gewesen. Oder?

Am verschlafenen Hafen kehrte die Gruppe in das Café „Orient-House" ein. Felix brach seine letzte halbe Million an. Er bestellte Tee, Brause und reichlich *Rahat-locum*, kleine, weiche aus Sirup gelierte Süßigkeiten.

„Also, ich hätte alles ins Haus gesteckt", sinnierte Ibrahim Tee schlürfend. „Und wäre was übriggeblieben, hätten wir die Wasserhähne vergoldet."

Reine Verschwendung, fand Gizem. Sie hatte da eher an eine gute Ausbildung für der Kinder gedacht.

Ibrahim gab ihr natürlich recht. Erst danach goldene Hähne.

Onkel Hassan hatte von einem Boot geträumt, Oma, Opa und die Eltern hätten ihren Schatzanteil den Kindern vermacht.

Ibrahim bedankte sich für ihre Großherzigkeit.

Eine Traumhochzeit hatte die älteste Tochter geplant. Die kleineren Kinder hätten sich schon mit einem eigenen Spielzeugladen zufriedengegeben.

„Wir", sagte Pia abschließend, „wir hätten euer Nachbargrundstück gekauft und uns ein Ferienhaus darauf gebaut. Stimmt`s Felix?"

„Stimmt genau."

Das Hupen des Schiffs holte sie in die Realität zurück. Beim Einstieg lächelte Felix den Japanern zu. Sie lächelten zurück.

Vorbei am sonnenbeschienenden Leanderturm rückte die Anlegestelle immer näher, so auch der endgültige Abschied.

Nun wurde Pia das Herz doch noch schwer, sie verdrückte zwei drei Tränen, die der frische Wind jedoch schnell trocknete.

An der Kaimauer gab es viele Umarmungen. Ibrahim und Felix versprachen sich in die Hand, auch in Berlin weiter Kontakt zu halten.

Ibrahim klopfte Felix auf die Schulter. „Gold gesucht, Freundschaft gefunden."

„Konfuzius?"

„Nein, Ibrahim Yussuf."

Alle lachten.

Epilog

Am Flughafen trafen Kegelmanns auf die Bildungsfamilie.

„-zweitausendsechshundert Jahre Geschichte haben wir hier erlebt", resümierte der Vater. „Auf drei große Weltreiche geblickt, die Architektur der Antike und des Mittelalters bis in die Neuzeit bestaunt -"

Kegelmanns nickten ihnen beim Vorbeigehen zu und begaben sich zur Wechselstube.

Der Devisenhändler, es war derselbe wie bei der Ankunft, öffnete die Glasluke.

Felix zögerte einen Moment. Dann steckte er die restlichen Lirascheine wieder in die Hosentasche zurück und lächelte Pia an. „Die behalten wir, ja? Fürs nächste Mal."

Danksagung

Großer Dank gilt meiner Frau, die mit mir in diese großartige Stadt gereist ist und mich mit Rat und Tat unterstützt hat.

Auch möchte ich dem Verlag danken, der mir die Veröffentlichung ermöglicht.

Der Autor

Peter Scheel, Jahrgang 1954, lebt in Berlin-Kreuzberg. Er arbeitete lange Zeit im Berliner Kulturbereich. Mit seinem dritten Roman beleuchtet er die Faszination Istanbuls, eine Weltstadt mit einer 2600 Jahre alten Geschichte.